八犬伝　上

山田風太郎

角川文庫
23405

目次

八犬士

孝《こう》の珠を持つ　犬塚《いぬづか》信乃《しの》
義《ぎ》の珠を持つ　犬川《いぬかわ》荘助《そうすけ》
忠《ちゅう》の珠を持つ　犬山《いぬやま》道節《どうせつ》
信《しん》の珠を持つ　犬飼《いぬかい》現八《げんぱち》
悌《てい》の珠を持つ　犬田《いぬた》小文吾《こぶんご》
礼《れい》の珠を持つ　犬村《いぬむら》大角《だいかく》
智《ち》の珠を持つ　犬坂《いぬざか》毛野《けの》
仁《じん》の珠を持つ　犬江《いぬえ》親兵衛《しんべえ》

――一人の作家が、一人の画家に語り出した――。

㊁の世界　伏姫《ふせひめ》

一

長禄《ちょうろく》二年、といえば、足利八代将軍義政《よしまさ》のころ。関東では太田道灌《どうかん》がはじめて江戸という土地に城を築いた翌年のことだが――八月、安房《あわ》の滝田城《たきたじょう》は、落城に瀕《ひん》していた。

その夕方、城主の里見義実《よしざね》は、十六になる嫡男義成《よしなり》と二人の家老をつれて、城内を歩いていた。

まだ三十代というのに、義実は杖《つえ》をついていた。負傷したからではない。飢餓のためだ。あとの三人も、水底の人間のようによろめいている。

敵に包囲されてから十日になるが、食糧があったのは最初の三日だけで、あとの七日は城兵すべてがほとんどものを食べていない。いままでもちこたえたのがふしぎなほどだ。

一刻ほど前から、雨気をふくんだ風が吹き出して、城内の光景はほんとうに水底にあるかのようにゆらめいて見えた。凄愴《せいそう》な光の中に、いたるところ餓死した城兵が横たわり、立っているものの影があっても、その動きはすべて緩慢であった。

「これでは、討って出られぬ」

義実はついにうめき声をあげて、家老たちをふりかえった。

彼は、最後の出撃をするために、戦える兵を集めようと見まわったのだが、それはとうてい不可能だ、という結論に達しないわけにはゆかなかった。

「無念至極《しごく》じゃが……動ける者は城を出て、降伏させせい。わしたちは、その前にみな腹を切ろう」

そのとき、ゆくてのやぐらのかげから、

「いけない、八房《やつふさ》!」

と、叱《しか》る女の声がした。

その方角から、一頭の犬と、さらにそれを追って、一人の女人《にょにん》が現れた。

犬は、まるで神社の唐獅子《からじし》が動き出したようであった。ただし、それは大きさと頭部のかたちだけで、胴はあばら骨が浮き出している。

そして、女人は蒼白《あおじろ》くやせて、半透明に見えた。――義実の姫君で、ことし十七になる伏姫《ふせひめ》であった。伏姫は頸《くび》に白い珠のじゅずをかけていた。

義実が声をかけた。

「どうしたのじゃ、姫？」

伏姫は、息を切らせていった。

「八房が、死んだ侍の肉を食おうとしたので叱《しか》ったのでございます」

義実はしばらく言葉を失い、そばの地面におかれたままの矢びつに腰をおろして、ただ暗然として犬を見まもった。

「むりもない。畜生だけに、いっそう飢えはたえがたかろう」

八房は、前にうずくまったまま、舌をたらしてあえいでいる。

「今夜、わしたちは死ぬ。伏姫も死ぬぞ。飢え死にする前に、お前も刺し殺してやったほうが慈悲かも知れぬ」

遠く城外から、敵のときの声が伝わって来た。

「さりとても、にっくきやつは安西景連《あんざいかげつら》」

眼を宙にあげて、義実は歯ぎしりした。

この破局を呼ぶにいたったてんまつを思い出すと、改めて総身わななかざるを得ない。

義実の領国は、安房四郡のうち、平郡《へぐり》、長狭《ながさ》二郡を占めるが、去年どういうわけか、その二郡だけの稲に病気が発生して、ひどい不作となった。寛大な義実は、百姓から年貢をとるに忍びず、そのためにこの夏、城中の食糧は数日分を残すまでになった。そこで、彼は、隣国の安西景連に救援を求めた。

というのは、数年前、安西の領する安房、朝夷《あさひな》二郡が、やはり害虫のため大不作となったとき、その救援依頼に応じて五千俵を贈ったことがあったからだ。

安西の城、館山城《たてやまじょう》に使者にたったのは、金碗大輔《かなまりだいすけ》という若い家老であったが、これが館山にいったきり、そのまま帰って来ない。

代わりにやって来たのが、二千余の安西勢であった。

かねてから、えげつない人物という評も聞いていた景連が、こちらの使者から滝田城の食糧が数日分と聞いて、突如攻撃の企てをたてたのにちがいなかった。金碗大輔は、急報を封じるために殺されたものに相違ない。

安西の悪心を知っていたら、それでも兵糧を集めることも出来たろうが、思いがけない奇襲で、城はたちまち飢えにおちいった。

「きゃつの首を見たい！」

と、義実はさけび、熱病のような眼を八房にそそいだ。

「八房、きさま、景連をかみ殺してくれぬか？」

八房は口をとじて、じいっと主人の顔を見まもった。

「もし、その首を持って来たら、そのあと一生、魚肉はお前の望むまま、いやなに、侍一人ぶんの知行を与えてもよいぞ」

すると、犬が首をゆらゆらと横にふったように見えた。

「いや、それでは足りぬか、それでは、何なら伏姫を、お前の花嫁にしてやろうか」

「父上、およしなされませ！」

伏姫がさけんだ。

「八房はただの犬ではありませぬ。——」

悲鳴のような声であったが——義実も思わず息をひいていた。

わわわう、という地底からのうなり声のような声が、八房の口から聞こえて来たからだ。

八房がふつうの犬ではない、ということは義実も知っている。その巨大さ、その姿かたちのみならず、人語を解すること、なみの犬の幾倍かに見えることにおいて。

だから、思わず知らず、いま義実は右のような述懐をもらしたのだが、しかし、何といってもしょせんは犬だ。これは一城のあるじにもあるまじき、苦悶《くもん》と怒りのあまりのうわごとであった、と、義実はわれにかえった。

「あはは、わしともあろう者が、畜生を相手に馬鹿げたことをいったものよ」

義実は、照れたように左右をかえりみて、立ちあがろうとした。

が、八房はその前をふさぐようにうずくまったまま、なお義実を見てうなりつづける。その首が徐々にあがっていって、墨のような雲をあおいで、びょうびょうたる咆《ほ》え声に変わっていった。

何となく、水を浴びたような思いになり、

「ゆけ、八房！」

と、義実は杖《つえ》をあげて叱咤《しった》した。

八房は起きあがり、駈《か》け出した。

城門の方角へ向かったその影が、うす闇《やみ》に消えようとしたとき――そこにそびえていたけやきの大木の枝から、何やら落ちて来て、犬の背にとまったようであったが、犬はそれを気にもかけないように駈け去った。

「あれは何でござる？」

「けものの影のようであったが。――」

と、家老の杉倉木曾介《きそのすけ》と堀内蔵人《くらんど》が顔見合わせた。

ややあって、義実がさけんだ。

「いまのは、たぬきではなかったか？」

「えっ、たぬき？」

子息の義成がとんきょうな声をあげた。

「これ、八房は、たぬきの乳で育てられた犬じゃと申したな？」

と、義実は夕闇のかなたをすかしてつぶやいた。

「それから、いまはじめて思い出したが、蔵人、木曾介……あのたまずさが死んだとき、その血を吸っていったたぬきがあったな？」

「たまずさ？」

義成が、けげんな顔をした。

「たまずさとは何者ですか？」

義成ばかりではなく、家老の杉倉、堀内も判断に苦しむ眼をむけている。

「いや、何でもないわい」

義実は首をふった。

「いま、ちょっと思い出しただけじゃ」

館のほうへ歩きながら、しかし義実は自嘲《じちょう》するようにつぶやいた。

「蔵人、木曾介。……もしあのたまずさの怨霊《おんりょう》がこの城にとどまっておったら、今宵滅亡しようとするわれらを見て、さぞよろこぶであろうな」

――十六の義成は知るわけはない。が、杉倉木曾介と堀内蔵人は知っているはずだ。

両人がさっきたまずさという名を聞いて妙な顔をしたのは、その名に記憶がないせいではなく、なぜいま主君がその不吉《ふきつ》な名を口にしたのか判断に苦しんだのだろう。

二

十七年前のことだ。

若き里見義実は、杉倉木曾介、堀内蔵人という二人だけの家来をつれてこの安房へ逃げこんで来た落武者に過ぎなかった。

きのうの友がきょうの敵となる乱世はいまもつづいているが、そのころも、京の将軍対関東公方《くぼう》、公方対関東管領《かんれい》、管領対諸豪族の、謀叛《むほん》、裏切り、戦いに関八州は混沌《こんとん》として、中でも十七年前の結城《ゆうき》合戦は大乱であった。

管領上杉に滅ぼされた関東公方足利持氏《もちうじ》の遺児を奉じて結城氏朝《うじとも》が起ち、これに幕府と管領上杉憲実《のりざね》の連合軍が攻めかかったいくさだが、三年の籠城戦《ろうじょうせん》ののち、嘉吉《かきつ》元年四月、結城城は落城した。

里見は、足利持氏恩顧の家柄で、若き義実は父の季基《すえもと》とともにこの籠城戦に加わったが、落城の途中、父は戦死し、彼は二人の家来とともにからくも安房へのがれた。

そのとき、この土地ではからずも一人の乞食《こじき》に逢《あ》ったのである。

彼はこの安房の滝田城の家臣金碗《かなまり》八郎という者であった。

おたがいの素性がわかったとき、八郎は里見義実に訴えた。

この国の民百姓に生色がないのをごらんなされたか。実はこの安房二郡は山下定包《さだかね》という領主だが、ここ数年の虐政に苦しんでいる。

しかし山下は、はじめから領主であったのではない。数年前までは神余《じんよ》光弘《みつひろ》という方が領主であった。自分は神余の遠縁にあたる家柄の近習《きんじゅう》で、山下は牧童あがりの卑賤《ひせん》の家来であった。ところが、あるころから、光弘さまがたまずさという美女を寵愛《ちょうあい》なされ、このたまずさが美男の山下と密通して、主君をただ酒池肉林の快楽のみにふける暗君とした。

自分は主君に諫言《かんげん》すること何たびか、ついにその怒りにふれて追放され、流浪を余儀なくされるに至った。

このたまずさは絶世の美女である上に、一匹のたぬきを飼ってめでるという妙な趣味を持っていた。

そしてまた山下定包も、あるいはたぬきの同類であったかも知れない。彼は妖《あや》しき詐術をもって国を奪ったからである。

この国の農民に杣木《そまき》朴平《ぼくへい》、洲崎《すのさき》無苦蔵《むくぞう》という者があったが、百姓にもかかわらず剣を修業する勇ましい男たちで、民をしいたげる元凶は山下定包であるとして、ひそかに彼をつけ狙《ねら》った。

古来安房に、良馬を産する青海港《あおみこ》という土地があり、山下はそこの出身で、だから彼はふだんそこから産した白馬に乗って往来した。

で、一日、杣木と洲崎は、狩りに出た殿さまに従った白馬の山下定包を弓で射てたおしたのだが、あにはからんや、それは殿さまの神余光弘であった。

山下ははやくも自分が狙われていることを察知していて、たくみに主君を自分の白馬に乗せていたのである。二人の刺客《しかく》は包囲されて、一人は斬《き》り死にし、一人は捕われて処刑された。

こうして山下定包は、自分への刺客を利して、主君をたおし、自分が領主となり、たまずさを公然愛妾《あいしょう》とし、以来、淫楽《いんらく》と虐政をほしいままにして来たのである。——

金碗八郎はこう語った。

そして、自分は放浪の旅先でこのことを知り、さきごろからひそかに帰国して山下を狙っているのだが、山下の護衛は厳重で、かつ乞食《こじき》に身をやつしても自分の顔を知る者は多く、彼に近づくことは容易でないことを知った。

しかるに先日から、はからずも人品骨柄《じんぴんこつがら》ただならぬあなた方を見かけ、そのあとを追って、どうやら結城城から落ちて来られた方々らしいと見た。ついては、何とぞ義俠《ぎきょう》をもって私をお助け下さり、国を盗んだ山下定包を討ち、民を塗炭の苦しみから救ってはたまわるまいか。──

里見義実主従は、この依頼に決然と応じて起《た》った。

やがて彼らは、百姓たちを組織して一揆《いっき》にたちあがらせ、動揺する敵中に裏切者を作り、その裏切者の手で、黒炎のなかで山下定包を自滅させたのであった。

いま、まざまざと、そのときの光景を思い出す。

乗っとった滝田城の庭に、たそがれどき、捕えられたたまずさはひき出された。──

「たまずさ、おもてをあげよ」

金碗八郎はののしった。

「色をもって国をかたむけたのみならず、主君をたばかって殺した奸臣《かんしん》の妾《めかけ》となり、二代にわたっておのれの快楽のために民をしいたげた大妖婦《だいようふ》め、思い知ったか」

しばられたたまずさは顔をあげた。

「何をおっしゃいますか。たのしみをほしいままにしたのは私ではありません。先代の殿さまと定包どのがみずから望まれたことです。しかも先代の殿さまを殺したのは、金碗どの、あなたのお弟子たちではありませんか」

金碗八郎は、とっさに言葉を失った。――神余光弘を弓で射殺した杣木朴平と洲崎無苦蔵は、まさしく彼のもとで武術の修行をした男たちであったからだ。

「二代にわたって国をかたむけたとおっしゃいますけれど、二代にわたって仕え、その禄《ろく》を受けて恥じなかったのは、男の家来衆みなではありませんか。ましてあなたは、その御主君に放逐され、いまどこのだれとも知れぬ他国の人を連れて来てお城を滅ぼしたのではありませんか。女の私だけに、何の罪があるのです。女の苦楽は他人によると申します。光弘さま、定包どのに寵愛《ちょうあい》されたのが悪いとおっしゃっても、弱い女に、あれよりほかにどんな道があるのでしょうか」

黒髪をふりみだし、涙を浮かべていい返すたまずさは、雨に打たれる花さながらの美しさであった。

義実には、とうていこれが、八郎から聞いた傾国の魔女とは見えなかった。

「この女のいうことには一理ある」

と、彼は八郎をかえりみた。

金碗八郎が唇をふるわせて黙っているのを見て、義実は庭の杉倉木曾介に命じた。

「木曾介、縄をといてやれ」

「御慈悲、ありがとうござりまする！」

たまずさが狂喜のさけびをあげたとき、八郎がうめき出した。

「ならぬ、ならぬ。お前がそんな哀れな女でないことは、おれが見て知っておる。いや、うぬが定包とならぶ大悪とは、十目の見、十指の指すところだ！」

彼は凄《すさ》まじい顔色で義実を見た。

「義実さま、いま定包その他奸臣どもを誅戮《ちゅうりく》したあと、この女だけをゆるしては、一揆《いっき》に立った国中の百姓がどう思うでござりましょうか。それではもののすじがたちませぬ！」

「さようか」

義実は気圧《けお》されて、暗然とうなずいた。

「それでは、その首はねよ」

金碗八郎みずから、陣刀をぬきはらって、庭へ下りていった。

たまずさは、しかし八郎よりも義実を見た。

「里見どの、私を殺されるのか」

義実は黙っている。

たまずさの美しい顔が、鬼女の形相《ぎょうそう》になった。彼女はさけんだ。

「うらめしや、金碗八郎、ゆるしてやれという里見どののお言葉にそむいて私を斬《き》るなら、お前もまた遠からず刀のさびになる日が来るぞ。それよりも里見どのも言い甲斐《がい》のないお方、いったんゆるせといいながら、八郎にいいくるめられ、人の命をもてあそばれるとは。——」

勇ましい義実であったが、このときふいに背があわ立ち、この女はやはり魔女だと戦《せん》慄《りつ》した。

「人は言葉のとがというものがある。殺さば殺せ、私のたたりで、里見家を、子、孫まで畜生道におとして、煩悩の犬と変えてやるわ！」

八郎の陣刀がきらめき、その美しい鬼女の首は地に斬《き》り落とされた。

みずからの吐いた血の海の中に、身首《しんしゅ》を異にしたたまずさはつっ伏し、うす暗い空気は急にしいんとしたが、なぜか義実は、耳の奥に黒雲の吹きどよもすような音を聞いた。

「城の外の野に埋めい」

そう雑兵《ぞうひょう》に命じた金碗八郎も、すこし蒼《あお》ざめている。

やがて、雑兵たちがたまずさの屍骸《しがい》を戸板にのせて運び去る光景を、ふしぎに虚脱した思いで見送っていた義実は、突然、その雑兵たちの驚きのさけびを聞いた。

彼も見た。ちょうど戸板がけやきの大木の下を通りかかったとき、枝から飛び下りて来た影が見えたのだ。

「たぬきだ！」

「こいつめ！」

「しっ、しっ」

戸板のうしろを持っていた雑兵が騒ぎ、そばについていた二、三人の武者が刀をぬいて駆《か》け寄ったとき、黒いけものの影は、また空中に舞いあがり、高いけやきのしげみに消えてしまった。

義実は、やっとこのとき、たまずさという女がふだん一匹のたぬきを飼って可愛《かわい》がっていたという話を思い出した。――そのたぬきは、戸板の上のたまずさの首の切り口から、音をたてて血を吸って飛び立っていったという。

それから十七年。

ただひとつの思いがけない事件があったほかは、この戦国の世に珍しくおだやかな日々が過ぎた。

思いがけない事件というのは、金碗八郎の自決であった。

はからずも落武者の身で安房の一隅に国を得て、義実は何よりもさきに、その天寵《てんちよう》を恵んでくれた金碗八郎に謝意を表するために、その年の七夕の夜、領内の東条《とうじよう》という支城を与えることを申し出た。

すると、何たることか、その席で八郎は腹を切ったのである。驚いて、そのわけをきく義実に、息もたえだえの八郎はいった。

「そもそも私は、そんな名利《みようり》を得るために働いたのではございません。ひとえに主君から国を奪った奸臣《かんしん》山下定包に誅罰《ちゆうばつ》を加えるためでございます。さりながら、思えばその主君の失《う》せられました直接の原因は、私の弟子の生兵法《なまびようほう》によるものでございました。……あのたまずさが申した通りでござる。その私がいま一城を頂戴《ちようだい》したら、たまずさの亡霊が笑いましょう。私は主君へのおわびと、あの妖婦《ようふ》に笑われぬために――すなわち、この世の道理のすじを通すために腹を切ったのでござります」

凝然たる義実は、しかしこのとき耳の奥に、「お前もまた遠からず刀のさびになる日が来るぞ」というたまずさの最後の声と、そして現実に聞いたことはないが、たしかに彼女の高笑いの声を聞いた。

「義実さま、何とぞこの安房の国を、天下第一の武陵桃源《ぶりようとうげん》として下されませ。八郎の魂《こん》魄《ぱく》は、それをお見まもりいたします。……これ大輔、まだ乳の香のする年とはいえ、この父の願い、よっく耳にきざんで、里見家のためにいのちを捧《ささ》げるのだぞ」

そういって、金碗八郎はつっ伏し、眼をとじた。

大輔というのは、彼が流浪中に生まれて、その年五つになる子供であった。

この事件以外は、平和な日々が過ぎた。義実は滝田城のあるじとなった年、上総《かずさ》の豪族万里谷家からいさら子《ご》という花嫁を迎えて、翌年に伏姫、そのまた翌年に義成が生まれた。一方、治政の上でも、金碗八郎の、安房を武陵桃源にしてくれという遺言を守って仁政を心がけたので、領民もよく服し、この一国、波風もたたなくなった。

しかるにきょう、滝田城と彼の一族は、突如として滅亡の日を迎えたのだ。

——いま、八房はたぬきを背にのせて、いずこへか駈《か》け去った。

実は、考えてみるとその八房は、たぬきの乳で育てられたという妙な犬であった。だから、ふいに現れて八房にとりついたのは、あるいはそのたぬきであったかも知れないのだが、このときそれと同時に、妖姫《ようき》たまずさが飼っていたというたぬきのことが、義実の頭により強くよみがえって来たのは、今夜にも落城しようという事態のせいであったからだろう。

——馬鹿な！

義実は、頭をふった。

——それがどうしたのだ？　かりにあのたまずさのたぬきがまた現れて八房にとりついたとしても、それがどうしたというのだ？

雨つぶが頰《ほお》を打ちはじめた。墨をながしたような空は、そのまま夜にはいり、風さえたけり出した。いかにも落城の夜にふさわしい。

館の一部屋に、一灯をかこんで、義実は奥方のいさら子、子の伏姫、義成、家老の杉倉、堀内らと円陣を組んだ。

酒もないから、文字通りの水盃《みずさかずき》、さかなもないから、皿にもられたのは木の実であっ

三

た。

「伏姫、義成。……お前ら、その年で死なせるのはふびんじゃが、しかし十七年前、父はいくさに敗れてこの国へのがれて来た浪人であった。それが一城のあるじとなり、十七年間、幸福の生を過ごして来られたことをせめてものことと思え」

そうはいうものの、うら若く美しい二人の子を見ては、飢えにおめおめ助けを求めたおのれの愚と、それにつけこんで攻撃して来た敵の悪どさに、にえたぎるようないきどおろしさを禁じ得ない。

水盃はまわった。

ここで一族自殺したあと、両家老が火をかけてこれまた腹を切る。あとの城兵たちは、思いのままに落ちよといったが、一兵残らず腹を切るという。

決然と、義実はいった。

「まず、死ね、義成。——」

そのとき、外で妙な音がした。縁側をかきむしるような音だ。

「はて?」

堀内蔵人が首をかしげ、立っていって障子をあけた。

雨しぶきの中に八房が、ふたつの前肢を縁側にのせていた。その口にくわえているのは、ひとつの人間の生首であった。

「八房、どうしたのじゃ?」

義実がさけんで、立ちあがった。

そのとたんに、首は犬の口からはなれ、ごろんところがって、ちょうどこちらを見ているように縁側に立った。

みな、身の毛をよだててこれに見いり、次の瞬間、杉倉木曾介が形容も出来ない怖ろしいさけびをあげていた。

「安西景連《かげつら》！」

あとでわかったことだが、その首は刀で斬《き》られたものではなく、かみちぎられたものであった。血潮にまみれ、髪の毛をねばりつかせ、恐怖にかっと眼球をむき出したその首は、人間のものとも思えなかったが、えらが張り、強欲そのもののような敵将安西景連の顔にまぎれもなかった。

凍りつくように立ちすくんだ一同のうしろで、伏姫の声が聞こえた。

「父上、八房は、父上がさっきお命じになったとおりのことをして来たのです」

黒風黒雨吹きどよもす大地の底で、八房はのどをあげ、びょうびょうと咆《ほ》えた。

たぬきはどこへ行ったか、姿はない。

同時に、遠く城外からも敵の大叫喚がつたわって来た。それはあきらかに、示威のためのときの声ではなく、大異変の勃発《ぼっぱつ》に混乱する悲鳴の声であった。

この驚倒すべき出来事で、事態は一変した。

大将の横死に、敵は動揺し、陣をといて撤退しはじめ、それと知って義実が反撃を命じ、必死の力をふりしぼって追撃した里見勢は、敵を潰走《かいそう》から降伏にまで追いこんだからである。

里見義実は、安西の二郡も領する大守となった。

四

軍功の第一は、いうまでもなく犬の八房だ。

八房の前には、山海の珍味が運ばれた。しかし八房はそれを食おうとしない。義実みずから与えようとした。しかし、八房は受けつけない。

はては地に這《は》ったまま、いよいよあばら骨の浮き出した腹を波うたせ、むき出した牙《きば》のあいだから舌をたらし、怖ろしいうなり声をたてて、えさをやろうとする者にあわや飛びかかろうとする。

ついに、八房は鎖につないだまま、それに近づく者もなくなった。

そして、秋の一夜。——

「父上さま、ふしぎなことがあります」

その夜、伏姫は改まった顔色で、父母のいる座敷にはいって来ていった。

「どうしたのじゃ」

「このじゅずの文字のうち」

と、伏姫は坐《すわ》って、手にしたじゅずをさし出した。

「いつのまにか、信の文字が消えているのです」

灯にすかして、それをのぞきこんで、義実はうなった。

そのじゅずは、ふだん伏姫が二重にして首飾りのように首にかけているものであったが、実に奇怪なものだ。もとは、あの八房がくわえて来たじゅずなのである。

それには、こんな来歴がある。

伏姫は、生まれて七年、ものをいわなかった。笑わなかった。わが子ながら、実にこの世のものとは思われないほど美しい子であっただけに、いっそういたましく、三歳のときから毎月、領内の洲崎明神《みょうじん》という神社へ、家老の杉倉木曾介と堀内蔵人が、交替で姫を抱いて祈願にかよったのだが、姫が七歳の年のある日、木曾介がふしぎな話を聞いた。

洲崎明神の近くにある百姓家で、たぬきに育てられている犬があるという。

いってみると、それはほんとうの話であった。飼主の百姓の話によると、その犬は生まれてまもなく、母犬が一夜狼《おおかみ》にかみ殺されたのだが、まだ眼もひらかないその子犬が、それからもつつがなく育ってゆくので、あやしんで見張っていたところ、夜な夜な一匹のたぬきが忍びこんで、子犬に乳をのませていることが判明した。

やがてその犬は、みずから餌《えさ》を食うようになったが、まるで唐獅子《からじし》のような大きさとかたちをそなえるようになったという。

たぬきの件はともかく、その犬の姿と巨大さに感心して、木曾介はそれをもらい受け、城へ連れて帰った。純白の毛に、牡丹《ぼたん》のかたちをした八つの黒いぶちがあるので、その犬は改めて「八房《やつふさ》」と名づけられた。房は花房の意味である。このときは、たぬきを飼っていた妖姫《ようき》たまずさのことを思い出す者は、ひとりもなかった。

この犬を、ふしぎに伏姫が愛した。この犬が、ふしぎに伏姫になついた。

それからまもないある日、七つの伏姫が、はじめて「やつふさ」と声を出して呼んだのをきっかけに、姫は言葉をしゃべるようになり、また笑いはじめたのである。

そしてまたある日、家老の金碗大輔が姫とともに洲崎明神へお礼の参詣《さんけい》にいった。八房を連れてである。

金碗大輔はまだ十二歳であったが、あの金碗八郎の遺児で、特に義実がその年で家老職に任じたものであった。

そのとき、洲崎明神の裏山にある役行者《えんのぎょうじゃ》の石像を祭った洞穴の中へはいっていった八房が、一連のじゅずをくわえて来たのだ。

それは水晶らしいが、百八つの珠のうち、八つの珠だけが特別のかがやきを持って、その中に奇妙な文字が浮かんでいた。うるしで書いたのでもなければ、彫りつけたものでもない。透きとおる珠の内部に、一個に一字ずつ、八つの文字が浮かんでいるのである。

忠、孝、信、悌《てい》、仁、義、礼、智《ち》、の八文字が。——

以来、そのじゅずは伏姫の首飾りになった。のみならず、ふしぎな力があった。伏姫が何かのことで病んだとき、その珠のどれかをふくむと、いちどに快癒するのだ。しかも、伏姫だけに効くのである。

——さて、いま伏姫にいわれて、義実がのぞいて見れば、つらなった八つの珠の文字のうち、いかにも「信」の文字だけが消えてどこにもない。

「これは」

と、さけんだとき、遠くから、ただならぬさけび声が聞こえてきた。

「はて？」

騒ぎは急速に近づき、顔見合わせている三人の前のからかみが倒れた。そして、八房が現れた。

切れた鎖をひきずった八房は、真一文字に伏姫に近づき、その袖《そで》をくわえた。

「何をいたすか、八房……」

愕然《がくぜん》として義実は、なげしの下に馳《は》せ寄って槍《やり》をつかみ、鞘《さや》をはらった。

たおれたからかみの向こうに、追って来た家来や侍女たちがひしめいた。が、伏姫のながいたもとをくわえたまま、八房は凄《すさ》まじいうなり声をあげた。血ばしって、らんらんとひかる眼は、人間たちをひるませるのに充分なものがあった。

恐怖に喪神したか、伏姫は、座ったまま首をたれている。

「八房、出い、出ぬか。出ねば、畜生ながら、成敗いたすぞ！」

槍《やり》をとりなおした義実に、

「待って下さい、父上さま」

と、伏姫は顔をあげてさけんだ。

「私には、八房の心がよくわかります」

「なに？」

「この間から、私は考えていたのです。……父上さまは八房に、敵の大将の首を持って来たら伏姫をつかわそう、とお約束なさいました。その約束を果たしてもらえないので、八房は怒っているのでございます。八房の怒るのはもっともです」

「ば、馬鹿なことを申すな」

「馬鹿なことではありません。ごらんのように、八房がくわえて来たじゅずのうちで信の文字が消えているではございませんか？」

「…………」

「父上にこんなことを申しては恐れ多うございますけれど、かりにも一国のあるじともあろうお方が、いったんお口になされたお言葉は、あとでとり消すわけには参りません。約束は守らなければなりませんわ」

「姫、お前は何を考えておるのじゃ？」

「私は、八房の花嫁にならなければならない、と考えているのでございます」

母のいさら子が、悲鳴をあげた。

「何ということをいい出すのです。お前は、この秋にも金碗大輔と祝言をあげるはずであったのに――」

「大輔どのは館山城に使者にいって、そのままゆくえも知れません」

と、伏姫は首をふった。

「きっと、亡くなったことでしょう」

「それにしても、けだものの花嫁になるなんて……」

「八房は、ただの犬ではありませんわ」

と、伏姫はいった。

「それに、ごらんなさいませ、なぜじゅずのうち、信の文字が消えたのか。……私はこのことに、何やら天の心を感じるのでございます」

義実は全身にあわを生じていた。いま伏姫が、「一国のあるじたるものは、いったん口にした言葉はとり消すわけにはゆかない」といったことに。十七年前たまずさが死ぬとき、同じ意味の言葉で自分を責めたことを思い出したのだ。

あのとき、たまずさはいった。「私のたたりで、里見家を、子、孫まで畜生道におとして、煩悩の犬と変えてやるわ！」

――ならぬ。それはならぬ！　天の心と申して、それは魔天ではないか？

さけび出そうとして、義実の舌はこわばり、声が出なかった。

「それで、お前はどうしようというのじゃ？」

「ごらんあそばしませ、八房は私のそでをひいております。八房のゆくところへ、私も参りましょう」

と、伏姫は答えた。

「父上さま、母上さま、私はもう亡いものとお考え下さいませ。八房がいなければ、城は滅び、私たちはみんな死んでいたのです。それに私は、もともと八房のおかげで口がきけるようになったのです。八房の望みにこたえてやりましょう」

義実は、やっと声が出た。

「伏姫、その犬は魔性のものにとりつかれておるぞ！」

「もし魔性のものにとりつかれているなら、私が救ってやりましょう」

涙のきらめく眼で笑い、

「さあ、八房、お前のゆくところへいっしょにゆきましょう」

と、いって、伏姫はじゅずを首にかけようとして、ふとそれに眺めいり、

「あ！」

と、さけんだ。

「信の文字がまた浮かび出していますわ！」

義実ものぞきこみ、その通りなのを認めて、うなり声をもらした。

「父上さま、何やらが、やはり天から見ているようでございます。ああ、これはいよいよ約束を守らなくてはなりませんわ。……」

伏姫は立ちあがり、八房にひかれて歩き出した。いちど、ふりむいていった。

「八房が仏性をとり戻したら、私は帰って参ります。それまで私を、どうか追わないで下さいませ」

その姿は、すでにこの世のものではなかった。

いま伏姫は、八房はただの犬ではないといった。しかし、そもそも伏姫自身がただの娘ではないことを義実は感じている。わが子ながら、神々《こうごう》しいほど美しく、その心は清浄純潔そのものの娘であった。

「あなた、これをこのまま、お見すごしになるのでございますか」

いさら子は、泣き声をあげて身をもんだ。

「しばらく、ようすを見よう」

義実はうめいた。

それから、うなされたような眼で見まもっている家来たちの中に、杉倉木曾介と堀内蔵人の顔を見ると、

「伏姫はどこへゆくか。……青海波《せいがいは》にのせてやれ。当座の衣類などをつけて」

と、命じた。青海波は、青海港《あおみこ》から産した、彼の秘蔵の名馬だ。

「それから、法華経《ほけきよう》と、筆と墨すずりと、少しの料紙を」

と、伏姫がいった。

さきに、喜悦のよだれをたらしながら、犬の八房がゆく。

そのあとを、小さな荷をつけた馬の青海波にうちのり、全身白衣に着かえ、護身の短刀を帯にさしはさんだだけの伏姫が、横すわりにゆられてゆく。八房も大きいが、青海波も、なみの馬の一倍半はあろうかと思われるほど大きい。

月明の秋の一夜、こうしてこの妖《あや》しき人獣の影は滝田城を出ていった。

「だれかある、追え」

と、義実が左右をかえりみた。

「小人数。……見えかくれにじゃ」

と、進み出たのは尼崎《あまさき》十郎という侍であった。もとは安房の郷士だが、義実が山下打倒に起《た》ってから参加した豪勇の士だ。いまは四十半ばになる。青海波を義実に献上したのは彼であった。

「私が」

駈《か》け出した尼崎十郎のあとを、十人ばかりの武士が追った。その中には、尼崎の倅《せがれ》の十一郎もいた。

……数刻ののち、伏姫たちは、滝田の北方にそびえる富山《とやま》という山にはいっていった。高さはともかく、けわしい上に巨木がおいしげって、猟師もあまりはいったことがないという山だ。

その道ともいえぬ道を、月さえささぬ森の中を、八房はのぼり、青海波はのぼる。

あとを追いながら、さしもの荒武者たちが満身の汗となり、しかも、恐怖のためにその汗はすぐに水のように変わった。

と、やがて、森のかなたに、どうどうたる水音が聞こえた。

その森をぬけたところに谷川があった。尼崎らがついたとき、伏姫らはすでに対岸にあり、暗い月光に、伏姫が馬から下りる姿が見えた。してみると、馬は伏姫をのせたま、川を渡ったのであろうか。

侍たちは立ちすくんだ。その谷川は、幅三間に足らぬとはいえ、無数の岩に凄《すさ》まじいしぶきのくだける急流であったからだ。

が、尼崎十郎はすぐに、青海波なら渡ったはずだ、と腑《ふ》におちた。

伏姫はこちらを見た。が、そのまま馬と犬とともに、さらに向こうの森のほうへ歩み去ろうとする。

「おおーい、おおーい、青海波」

たまりかねて、尼崎十郎は呼んだ。

「返せ、そして、わしも渡してくれ！」

すると、犬が、地にひいた馬の手綱《たづな》をくわえて、こちらにひいたようだ。

青海波はひき返して来た。そして、岩も水も、苦もなげに踏み越えて、こちらに戻って来た。

「よし、ともかくもわしはこれで渡るぞ！」

尼崎十郎は馬に飛びのり、谷川にはいった。

と、そのなかばあたりまで来たとき、突如、怒濤《どとう》のような大波が宙天にあがり、その銀のしぶきの中に、青海波は横だおしになり、

「あっ、父上！」

という尼崎十一郎の悲叫もむなしく、尼崎十郎は馬もろとも下流へおし流されていった。

八房が、月に向かって、びょうびょうと咆《ほ》えた。

五

里見義実は、尼崎十郎の横死の報告を聞き、それから富山山麓《さんろく》の百姓たちが、昔からその谷川を渡ろうとすれば必ず溺《おぼ》れ死ぬので、まだそれより奥へはいった者はない、あれはこの世とあの世をへだてる川だ、といっている、という報告を受けた。

それに怖れをなしたわけではないが、それ以来義実は、伏姫のゆくえを追うことをひかえた。伏姫が出ていったときのようすから、彼の手をひるませる何かがあったのだ。

しかし、母のいさら子は、ただ泣きつづけた。そして、ついには病むようになった。

その病状がようやくただごとではない、と知って、義実がついに両家老以下三十人ばかりの家来を連れて富山に向かったのは、伏姫が去って翌年の秋であった。

その一年、伏姫と八房はどうしていたか。――

富山の山は、まれに晴れた日には、館山の入江や、遠く洲崎の岬（みさき）が見えることもあるが、たいていは雲と霧にとざされていた。

そこにも、やがて例の谷川に落ちる岩だらけの渓流が、段をなしてながれていた。そこから少しはなれて一つの岩屋があり、その出口に近いところに、まるで経机のようにひらたい岩があった。

その岩窟《がんくつ》で、干し草をしとねとして伏姫は暮らした。八房はその外で寝た。

伏姫はなんどか八房にいった。

「八房、約束通り、私はお前の妻になりました。けれど、それはただ心の中でのことです。それ以上、私に近づいてはなりません」

八房は岩屋の中にはいって来なかった。

八房は、毎日ちかくの森の中から木の実のついた枝をくわえて来た。渓流から魚をくわえて来た。それを岩屋の入口においた。それを食べて、人も犬も飢えなかった。病めば、例の珠を口にふくむと、すぐに癒《い》えた。

風雨の日は、洞穴の入口にそれこそ唐獅子《からじし》のように座ってそれをふせいだ。八房はこの山上での伏姫とのこんな生活に、喜々《きき》として満足し切っているように見えた。

それでも、ときにたいくつして伏姫が外に出て八房と遊ぶと、たわむれているうちに八房の口からよだれがしたたりはじめ、眼が異様なひかりをはなち、うなり声をあげ、はてはいどむように前肢をあげて伏姫にのしかかろうとすることが、なんどかあった。

そのたびに伏姫は、懐剣をつかんでさけんだ。

「八房！　たわけたふるまいをしやるな。よさぬと、私はのどを刺して死にますぞえ！」

すると八房は、肢を折って、ふかぶかと首をたれるのであった。

多くの場合、伏姫は例の岩の机に向かって、写経し、また法華経をとなえた。八房は洞穴の外で、じっとそれを聞いていた。

雲と霧の中に、それはすでに人外境の光景であったが、一年ほどたって、まさに人外境のことが起こった。

伏姫は、自分の月のものがとまっていることに気がついたのである。

清浄な処女であったが、さすがに女だ、伏姫は月のものがとまるのは身《み》籠《ご》もったしるしだということは知っていた。

伏姫は首をかしげ、また首をふった。

私が身籠る？　そんなことのあるはずがない！

しかし、そのうちに伏姫は、たしかに腹中に何やらうごめくものがあるのを感覚しはじめた。――伏姫は不安になり、おののいた。

伏姫は、八房がただの犬ではないと思っていた。その八房が、敵将安西景連《あんざいかげつら》の首をとって城を救ってくれたときから、たしかに何かまがまがしいものにとりつかれていることを感じていた。

だから、父が八房に与えた約束を守り、八房の花嫁となると誓い、八房とともに暮らし、ひたすら法華経をとなえて聞かせてやったら、八房の邪念は鎮まるだろうと考えた。実際、八房はここへ来てから、自分の法華経に耳をすましているように見えた。

それなのに、私が身籠《みごも》ったというのか？　そんなはずはない！

伏姫は苦悩した。夜も眠れなくなった。

秋のある夕方であった。伏姫は前夜の不眠のために思わず岩の経机につっ伏してうたた寝をし、まどろみの中に遠く八房の咆《ほ》える声を聞いた。それから耳もとで一つの声を聞いた。

「伏姫、お前、懐胎したのを知っているな。知っているはずじゃ。それをだれの子と思う？　八房の子じゃぞ。犬は懐胎二ヶ月、きょうあすにも、お前は八匹の犬の子を生むじゃろう」

女の声であった。なまぐさい息が首すじをかすめ、伏姫は夢中で首にかけていたじゅずをつかんだ。

「お前は、八房に法華経を聞かせた。八房に仏心が生じた。それもまた私の予想の通りであった。人と犬と、魂相通じ、そのときお前は孕《はら》んだのじゃ。……あの犬は、私の乳で育てた犬、安西景連は山下定包《さだかね》どのがお前の父に滅ぼされるとき、隣国でありながら見殺しにした薄情者ゆえ、八房に首をとらせたのじゃ。そして里見も、私の望んだ通り、その子のお前を畜生道におとしてやった！」

伏姫は怖ろしさのあまり、胸をかきむしり、思わずじゅずの糸が切れた。

そのとたん、耳をつん裂くようなけものの悲鳴があがった。夢ではなかった。現実に、伏姫の耳もとに口をよせていた者を、珠のいくつかが打ったのであった。

伏姫は顔をあげて、赤い落日の下を逃げてゆく一匹のけものを見た。

すると、向こうから八房が駈《か》けて来た。八房の声も夢ではなかった。八房は川のそばに寄って何かに咆《ほ》えていたのだが、このときこちらにひき返して来て、そのけものを発見したようだ。

けものは、八房を怖れた風でもなく立ちどまったが、そのとき八房が猛然と襲いかかって来、これにあわてふためいて、いちど宙がえりして犬をやりすごすと、ころがるように川のほうへ逃げ出し、八房はそれをまた追っていった。

その光景を見つつ、伏姫は動けない。それが一匹のたぬきで、たぬきは八房を自分の仲間だと思いこんでいたのが、案に相違して牙《きば》をむいて襲って来られたので、仰天して逃げたらしい――など、判断する余裕もない。

伏姫は腹にただならぬ痛みを覚えていたのである。

たぬきは渓流の岩を飛んで逃げた。八房がそれを追って、岸で跳躍しようとしたとき、対岸のしげみの中で銃声があがり、もののけの影さながらに八房は空中にはねあがったあと水に落ち、そのまま姿が見えなくなった。

伏姫は、岩の机に指をくいこませている。彼女は、自分の痛みが陣痛というものではあるまいか、と思った。

伏姫はうろうろとまわりを見まわした。

岩机のまわりに、珠が散乱していた。八個だ。彼女はそれをつかんで、いずれも例の文字が浮かんでいるのを見た。

――お前は八匹の犬の子を生むじゃろう。お前を畜生道におとしてやった！

怖ろしい声が耳に鳴った。伏姫は、自分が病んだとき、その珠がいつも苦しみを溶かしてくれたことを思い出した。

「珠よ、腹の中の魔物を溶かしておくれ！」

伏姫はあえぎながら、その八つの珠を次々にのみこんだ。しかし、痛みは去らなかった。

向こうの森から、鉄砲をかかえた一人の若い武士が走り出して来るのが見えた。それから、別の方角から、集団の声と足音が近づいて来るのが聞こえた。

六

若侍は渓流を渡ろうとして、この集団の物音に気づいたらしく、怪しむようにそちらをふり返った。

森の中から、三十人あまりの武士のむれが出てきた。

「おおっ、殿！」

と、若侍はさけんで、両ひざをついた。

「金碗大輔《かなまりだいすけ》ではないか」

むれの中から、眼をまるくして呼びかけたのは里見義実であった。

去年の夏、隣国安西景連のもとへ、食糧を借りにやった金碗大輔だ。米の代わりに安西が攻めて来てあのいくさとなったのだが、使者となった大輔はそのまま帰らず、てっきり彼は安西方に殺されたものと思っていたが、それが生きていて、しかもこんなところに見出そうとは。

彼は、義実に一国を与えるよすがを作ってくれた金碗八郎の遺児で、だから義実は大輔を、若くして家老格にとりたてたばかりか、去年の秋にも伏姫をめあわせようとしていた若者であったのだ。

「まことに申しわけございませぬ」

大輔は地に伏し、手みじかに述べた。

あの使者に立ったとき、安西は返答を一日のばしにし、四、五日も待たされていると、ふいに敵の襲撃を受け、従者たちはみな殺され、自分は血戦してあやうくのがれたものの、滝田城外へ馳《は》せ戻ったときは、城は鉄環のように安西軍に包囲されていた。――とつおいつ、判断に苦しんだあげく、いっそ鎌倉へ駈けつけて、公方《くぼう》さまに安西の暴挙を訴えて敵の囲みをといてもらおうと、鎌倉へいっている間に、思いきや、安西軍は敗れて事はおさまってしまった。

何もかもまのぬけた不首尾で面目なく、おめおめ城に帰りかね、心ならずもいままで関東を放浪したあと、このごろひそかに安房に帰って来て、やっと伏姫さまが八房にかどわかされて富山に籠《こも》られたという噂《うわさ》を耳にした。

深い仔細《しさい》は知らず、その事実だけで血の逆流するのをおぼえ、ある猟師から鉄砲を借りてこの富山にのぼり、さきほどそこの森かげから偵察していると、早くも気がついたか八房が、こちらをむいてしきりに咆《ほ》えるので、ござんなれと火縄に火をつけたところ、いったん八房は去ったが、ふたたびこちらに凄《すさ》まじい形相《ぎょうそう》で駈《か》けて来たので、たったいまこの渓流に撃ちおとしたばかりだ、と大輔はいった。

「で、殿は？」

「奥のいさら子が死病についての。それで伏姫を呼びに来たのじゃ」

義実がそう答えたとき、家来たちがどよめいた。

川の向こうに、伏姫が現れ、こちらに歩いて来るのだ。

ただ、見る、真っ赤な世界であった。川の向こうは、崖《がけ》も土も樹々も草も、西の海に落ちようとする太陽の光をあびて、この世のものならぬ朱色に燃えていた。

その中に、伏姫の白衣だけが真っ白であったのがふしぎであった。

「あっ、伏姫！」

川のふちまで馳《は》せ寄って、義実はさけんだ。

「無事であったか、伏姫。――」

そして、渓流の中へ足を踏みいれようとした。

「待って下さいまし、父上さま」

伏姫は呼びかけた。

「そこをお渡りになってはなりませぬ。ここは別の世界でございます」

「伏姫、母が死にかけておるのじゃ。それで父が迎えに来た」

ひと息、黙っていたのち、伏姫は答えた。

「私も、いま死にまする」

「なに？」

「父上さま、私は八房の子を孕《はら》みました」

義実も家来たちも、雷に打たれたようになって川のかなたを見つめた。

もとから半透明に見える感じの伏姫であったが、いま彼女はすでにこの世の人ではない聖霊の幻影に見えた。

「八房は里見にたたる悪霊《あくりょう》の化身でございました。けれど、お聞き下さい、八房は、私の祈りによって浄化されたのです。ところが、浄化されたために、私は肌身も許さないのに、八房の子を身籠《みご》ったのでございます。それもまた悪霊の悪念によるものでございました。このままならば、私は、まもなく八匹の犬を生むことになりましょう」

伏姫は両ひざをついて立つ姿勢になった。

「けれど、私はいま天からの声を聞いたのでございます。いま私が、犬と交わったのではない潔白のあかしをたてるなら、この世は潔白なものが邪悪に勝つという天道を地上に描く機縁になろうと。――思えば、私はその機縁を作るために生まれて来たものでございました」

何のことか、意味もわからず、しかしみな身体じゅうしびれたように立ちすくんでいる里見主従たちの眼に、このとき伏姫が帯から懐剣をきらっとぬいたのが見えて、はっとした。

「ごらんなさいませ、父上さま。伏姫は潔白でございます！」

白衣と帯はそのままに、伏姫は片ひざだけをたて、短刀を左腹につきたてると、いっきに右へひいた。

その刹那《せつな》、赤い世界にただひとつ純白であった姿が、燃える朱色に変わった。人々の眼には、そこにその色の大きな牡丹《ぼたん》が咲いたように見えた。

血の風がそこから吹いて来た。

「あーっ」

みな、名状しがたい叫喚をあげた。

その赤い風の中に、何やら閃光《せんこう》が走って、彼らの頭上を飛び去ったからだ。

血の霧がうすれて、つっ伏している伏姫の姿が見え、義実がもういちど、いよいよ狂乱して流れに踏みこもうとしたとき、

「あれ、あれ」

「あれは何だ？」

家来たちの中にさけぶ者があり、彼らが指さす天の一角を仰いで、みな眼をむき出した。

おう、見よ、真っ赤な西空に、きらめく光体が旋転している。「飛行物体」は八つあった。それはしばらく飛びめぐり、入りみだれていたが、ついで扇のごとくひらいて、流星のように北方へ翔《と》び去った。

七

しばし、呆然《ぼうぜん》とそのゆくえを見送っていた義実らは、やがてかくてはならじと川を渡った。

伏姫のところへ馳《は》せ寄り、抱きあげた。もとよりこときれていたが、その顔は死微笑というより、神々《こうごう》しいとしかいえない笑いをきざんでいた。

ついで、洞穴へいって、彼女が暮らしていたあとを見る。

と、机に似た岩のそばに、じゅずが切れて落ちているのに気がついた。それをひろいあげてのぞきこんでいた義実がさけんだ。

「おう、八つの珠がない！　あの、忠、孝、信、悌《てい》、仁、義、礼、智《ち》の文字を浮かばせた珠がない！」

金碗大輔がはっとしたように空を仰いだ。

「では、さっき大空に飛んで、いずこかへ翔《と》び去ったのはそれでござりましょうか？」

彼らはやがて、ほら穴にちかい檜《ひのき》の木の下に伏姫を埋葬したが、その死はもとより、いま現実に見た大怪異をいまだに信じかね、判断しかね、まるで自分たちも魔界の中の人間として動いているような気がした。

義実も同じ思いらしく、いま作ったばかりの伏姫の土饅頭《どまんじゆう》を見つめて、

「これはいったい、どうしたことじゃ？」

と、うわごとのようなつぶやきをもらした。

そのとき、大輔がへなへなと座りこんだ。その手に短刀がひかるのを見て、義実は手にした杖《つえ》でそれを打ち落とした。

「大輔、何をいたす」

「殿、お願いでござる。伏姫さまのおんあとを追わせて下さりませ」

大輔は身をもんだ。

「かりにも姫君のいいなずけの私、愚かな気まよいを捨てて早く滝田のお城に帰っておりますれば、まさか姫も犬の花嫁になるなど仰せ出されなんだでござりましょう。また、私、死んでも左様なことを見すごしはいたしませなんだ。私の無為の結果がこの無惨の出来事につながったと思えば、ただ痛恨のきわみです。そのおわびに……いや、何より伏姫さまがもはやこの世にないと思えば、大輔、生きておる甲斐《かい》もなく……」

「馬鹿っ」

義実は叱《しか》りつけた。

「過ちづきの上に、さらにまた過ちを重ねる気か、大輔。ましてやお前の父も腹を切って死んだ。親子二代非業《ひごう》の死をとげては、あの悪霊《あくりょう》とやらに、のどを鳴らして笑われようぞ」

「はっ」

「死ぬほどなら、坊主となって、姫の菩提《ぼだい》をとむらえ。……それ、この伏姫のじゅずをつかわそう」

と、いって、義実はじゅずを大輔の首にかけた。

「例の八つの珠は失われたままじゃが。……」

金碗大輔は茫《ぼう》として義実を見あげていたが、突然、

「おう」

と、さけんだ。

「殿！　私、僧となりましょう」

その眼が、ふしぎなひかりをはなって来た。

「そしてこれより回国して、失われた八つの珠を探して参りましょう」

「なんじゃと？」

「あの大怪異の意味を解くのは、それよりほかはないと存じます。いや、さっき、伏姫

さまは、自分の死ぬのは、潔白なものが邪悪に勝つという天道を地上に描くためだと仰せられました。そのお言葉の意味を解くためにも、あの八つの珠を探し出さねばならぬと存じます」

金碗大輔は、日が沈み、蒼茫《そうぼう》たる下界のかなたに眼を投げていった。

「それが、いちどは伏姫さまの夫となる運命にあった私の義務のように思います。よしやこれから幾年かかろうと、このじゅずの珠がもとの通り百八つになるまでは、私、安房の国に帰っては参りますまい」

家来の中から、一人の若侍が顔をあげた。

「もし、お許したまわるなら、私も金碗どののお供をいたしたいと存じまするが。……」

去年、ここへ来る途中の谷川で死んだ尼崎十郎の子の十一郎であった。

実の世界　江戸飯田町《いいだまち》

一

――眼をとじて語った作家は滝沢馬琴《たきざわばきん》である。眼をとじてきいていた画家は葛飾北斎《かつしかほくさい》である。

文化《ぶんか》十年の晩秋のある午後、場所は江戸飯田町中坂下《なかざかした》の滝沢家の二階、馬琴の書斎であった。

たまたまやって来た北斎に、馬琴は、来年からかこうと思う作品の筋をしゃべるからどうかきいてくれ、そして、素描でいいから、面白いと思った個所を絵にしてみてくれ、といって語り出したのが、以上の物語であった。

「どうだね。――まだ発端だけだが」

端然と座ったまま、眼をあけて馬琴はきいた。

「いや、この前の弓張月《ゆみはりづき》も面白かったが、それ以上だ」

北斎は、つみかさねた本箱に背をもたせて、あぐらをかいている。

「しかし、まだかかないうちに、よくそれまで考えたもんだ」

「私は、全編を考えぬいたあげくでなくては、最初の一行もかけないのだ」

「いま、発端だけだといったが、それじゃ、そのあともみな考えてあるのかね」

「いや――ま、だいたいはね。全編考えぬいたあげく、とはいったが、実際にはなかなかそうはゆかん。なにしろ拙者の構想では、弓張月は足かけ五年かかったが、この南総里見八犬傳は十年くらいはかかりそうだから」

と、馬琴はしぶく笑った。

「まさか、十年分の物語を、微に入り細をうがって考えることはできん。実は、いましゃべったところでも、実際に筆をとればだいぶちがってくるだろう。だから、いまのうちにお前さんにきかせて、批評をききたいのだ」

「へえ、十年」

北斎はあきれたように相手を見た。

「ま、あんたは長生きしそうではあるがね」

このとし、曲亭《きよくてい》馬琴は数え年で四十七。はげあがったひたい、あごのはった、口の大きい、きびしい顔、若いころ相撲とりにならないかとすすめられたという、大柄などっしりした身体。――全身から精気が放射されて、まるで地上にうずくまる虎のようなおもむきがあった。

そういった葛飾北斎は、このとし五十四、やせ気味だが馬琴よりさらに長身で、皮膚は風雨にさらされたなめし皮みたいで、どこかムチのようなしなやかさがある。これも髪の毛は少なく、あぐらをかいた両足が、ひざまでまる出しになるような粗末な着物を着ている風態であったが、ふしぎに昇天する竜のような気稟《きひん》があった。

が、この人間の竜虎の相対している部屋は、西日のかんかんあたる六畳間で、部屋のまわりに天井までつみあげた四十数個の本箱の重みのために、柱も床もかたむいている始末だ。

正座した馬琴の前であぐらをかくような人間は、この世でめずらしい。また、馬琴がそれを許しているのも希有《けう》なことだ。

それには、この北斎が、七年ほど前、半年ばかりこの馬琴の家に居候をしていたということも原因の一つかも知れない。

そのころ馬琴の大作「椿説弓張月《ちんせつゆみはりづき》」のさし絵をかくのにいろいろ打ち合わせる必要があるというので、北斎のほうからおしかけてきたのだが、当人に女房も子供もあるのに、平気な顔で半年ほども泊まりこんでいた。それをまた、来客ぎらいの馬琴が、しぶい顔をしながらも受けいれたということもふしぎである。

万事挙止おもおもしい馬琴に、はじめのうちは一応尋常な言葉づかいをしていたこの居候は、しかし、すぐにあぐらはおろか、寝ころんで応対しかねないありさまになった。決して七つ年上だからということでもなければ、こちらを馬鹿にしてのことでもない、この男はだれに対してもそういう天性なのだ、ということは馬琴にもわかった。

わかっても、そんなことは決してゆるさない馬琴のはずだが——それでも放り出せない強烈な魅力がこの北斎にあった。それは、その天衣無縫の性格と神変自在の画技と、自分の仕事に対する純粋な没入性であった。

で、彼に「弓張月」のさし絵をかいてもらったことは大成功であったが、やはり北斎の右の特徴が、やがて馬琴と衝突した。

この当時、作家はさし絵の絵組みは自分でかくのがふつうで、なかには山東京伝《さんとうきょうでん》のようにりっぱに絵師でも通る腕を持った人もあったくらいで、この点にかけてはまるきり下手な馬琴も、人物の配置や大体の背景くらいはざっと自分でかいた。

ところがこの北斎は、そのうち全然それを守らなくなったのである。まったく自分好みの人物配置にしたり、作中にない物や風景をかいたりしはじめたのである。ときには、故意に作者をからかうためにこう変えたのではないかとさえ思われることがあった。それで馬琴もわざと裏をかいて、自分の望みとは逆の指定をやったこともある。

が、とうとうたまりかねて、厳重抗議を申しいれた。

これに対して北斎は、

「ああかいたほうが、あんたの小説がいっそうよくなると思ったからよ。事実その通りだよ」

と、うそぶき、

「だいたい絵入りの読物なら、絵は作者と同等だよ」

と、いった。

現代なら、小説家をピッチャーとするなら、さし絵画家はキャッチャーではない、バッターだ、と北斎はいったにちがいない。

「そういうおいらが気にくわないというなら、よしな」

馬琴は立腹して、版元にそのむね申しこんだ。

すると版元は、大あわてで双方をなだめにかかった。その馬琴に対するいいわけのなかに、「まったく弓張月のさし絵の評判は、小説にまさるとも劣らぬものがある」という意味にとれる言辞があって、馬琴はいよいよにがりきった。

にがりきった馬琴が、自分の奇想を完全に生かすか、あるいは自分以上の奇想にみちたさし絵をえがき得るものは、北斎しかないことを認めないわけにはゆかなかったので、この件は胸をさすって北斎のなすがままにまかせた。

が、北斎のほうは、さし絵は作者のそえものではない、といったのは、ただひらきなおりのタンカではなく、まったくの本心だったとみえて、この「弓張月」の終わったころから、ほとんどさし絵をかかなくなってしまったのである。まれに他の作者のものをかいても、あきらかになげやりであった。

すくなくとも馬琴とは、さし絵の関係は切れた。

それでも彼は、平気な顔でときどき飄然《ひょうぜん》と現れて、酒ものまないのに酔っぱらったように絵の話を、ひとりでしゃべりたてて帰ってゆく。

ところが、おととしの師走《しわす》のことである。

北斎がやって来て、亡母の三十三回忌をやりたいのだが、金がない、と、こぼした。なんでもその母は、元禄《げんろく》の赤穂《あこう》浪士討入りのとき、吉良《きら》家の付人《つけびと》として勇戦した小林平八郎の孫だとかきいていた。そこで馬琴は、香典としては大金を、白紙にくるんで彼にわたした。

さて、その法事があったはずの日、またぶらりと北斎が姿を見せたが、法事のことなどついぞ口にせず、浅草の年の市の人出の話などして、ときどきげえっぷというような声を出す。

あげくのはてに、ふところから出してはなをかんだ紙を見て、馬琴の顔色が変った。それが先日、自分が香典をつつんでやった紙だということに気がついたからだ。

馬琴に問いつめられて北斎は、頭をかきかき、あの金で絵師仲間と盛大に飲み食いしてきたことを白状した。そしていった。

「あんたにゃ悪いことをしたがね。よくよく考えてみると、お布施ばかりあてにしている坊主にお経をとなえてもらって何になるものか。それより命日に、倅《せがれ》のおいらがたらふくうまいものを食って、長生きの養いにしたほうが、ずんと仏はよろこぶにきまってるじゃないか。どうも親孝行させてもらって、ありがとうよ」

日常、こういう法事とか祭事とかに神経質なほどこだわる馬琴は、あきれるより大立腹した。

「もう二度とここのしきいをまたがないでくれ」

と、彼はいいわたした。

それ以来、さすがに北斎は姿を見せなくなっていたが、きょう二年ぶりに、何のこだわりもない顔で現れて少々たのみごとがあってね、といった。

二

あえば、なつかしい。――馬琴にとって、そんな思いをさせる人間は、この男をおいてほかにだれもいない。

きいてみると、馬琴が近くまた大作をかくことになっているといううわさをきいたが、出来たらそのさし絵を、おいらの娘むこの柳川重信《やながわしげのぶ》という絵師にかかせてもらえないだろうか、というのであった。

「お前さんが、家族のためにたのみごとをするとはめずらしいな」

「なに、むこというより、孫可愛《かわい》さでね。孫のためにその父親を、もちっとちゃんとさせてやりたいのさ」

「ほう、孫もあるのか」

「この春、生まれたばかりだ」

本所《ほんじょ》亀沢町《かめざわちょう》には、北斎の住む長屋がある。

「亀沢町に？」

「いや、深川の重信の家だがね」

そういいながら北斎は、十枚ばかり、持って来た柳川重信の絵を出した。

馬琴はパラパラとそれを見た。北斎は心配そうに、

「どうだね、ま、何とか用のつとまる絵だと思うが」

「それより……」

馬琴は相手を見た。

「お前さん、やってくれんのか」

「おいらはやらんよ」

と、北斎はニベもなく首をふった。

「あんたに文句をいわれいわれ、さし絵をかくのはもういやだ」

「いや、お前さんがかいてくれるなら、もう文句をつけんが」

「つける。あんたが文句をつけんことは、こんりんざいない」

馬琴は苦笑した。

「とにかく、おいらはさし絵はもうやめたんだ」

「いま、何をやっておる」

「漫画をかいとる」

北斎は肩をそびやかした。

「それより、この重信を使ってやってくれ。この男はおとなしい男だから、あんたの望むままの絵をかくだろうよ」

いいたいことをいう。

お前がやってくれないなら、むこなんかにやってもらう気はない。——という言葉がのどまで出かかって、馬琴はそれをのんで、

「そうか、それではしかたがない。さし絵のことはあとでもういちどよく考えることにして、その……私の八犬傳だがね。はじめのほうの腹案だけはわりにくわしくできておる。それをこれからしゃべってきかせるから、その中で、お前さんが画興をもよおした場面だけを、下絵程度でいいから、ここでかいてくれないか」

と、いい出した。

未定稿のうちに北斎に絵をかかせることは「弓張月」で生活を共にしていたころ何度かやったことだ。

そのとき、自分の想像力を上まわる壮絶あるいは怪異の構図に、どれほどこちらが鼓舞され、また新しい工夫がわき出してきたことか。——馬琴はそのことを思い出したのであった。

その共同生活をしているときにきいたのだが、北斎はさし絵をかきはじめたころ、いっそ自分が物語作者となって、そのさし絵を自分でかこうとこころみたこともあるとい

う。

ただ、べつにたのみごとを抱いているから、というせいばかりではなく、そういうおぼえもあってのことか、北斎はちょっと好奇心に眼をひからせた感じで、

「それじゃ、承ろう」

と、本箱にもたれかかって眼をつむったのであった。

——いま、八犬傳の発端部をきかされ、その批評を求められて北斎は、

「しかし、こりゃ少しは根のある物語なのかね？」

と、きいた。

「この前の弓張月は、ともかくもほんとにいた為朝《ためとも》が主人公だったが」

「かくすつもりはない。これはあちらの水滸伝《すいこでん》を日本化しようというものだ。……ただ、根も葉もない話ではない。この物語のころ、里見義実《よしざね》が安房《あわ》の領主となったのはほんとうの話だ。以来里見家は代々受けつがれたが、慶長《けいちょう》に至って、大御所さまのおにくしみを受けてつぶされた大久保家と縁つづきになっていたため、里見家も改易になって、そのときの殿さまが配流先《はいるさき》で死なれると、殉死した八人の忠臣があったという史実がある」

馬琴は自信まんまんたる微笑を浮かべていった。

「ある史実があって、その根を変えずに葉を変える。根を変えないからこそ稗史《はいし》——伝奇小説となる。ま、これが書くほうも読むほうも一つの遊びになるのだね。この世の遊びにはすべて約束事がある。約束事を守ってこそ遊戯になるのだ。史実に従ってうそを

つく。私は戯作者《げさくしゃ》としてこの約束事を守っているつもりだ」

「ははあ。そんなむずかしい理屈はよくわからんが、ふしぎだ」

「何が」

「いまさらのことじゃないが、あんたのような人から、こんな途方もない話が出てくるのが」

「ほかの作者だって同じじゃないか」

「いや、ほかの作者ならわかるが……あんたのような人から出てくるのがふしぎだ」

「お前さんだって、お前さんのどこからあんな絵が出てくるかふしぎといえばふしぎだよ」

「おいらのは絵だよ。職人芸の絵だよ」

「私も職人だ」

「いや。……あんたはどうしても職人とは思えない」

馬琴は沈黙した。

「絵なら、本人と無関係だということはわかるが」

北斎はしげしげと相手を見やって、

「あんたのような……石灰でかちんかちんにかためたような人がなあ」

と、ため息をもらした。

「それが、読本《よみほん》をかくと、いまきいたような、美しい姫君が犬の子をはらむような物語をぬけぬけと考え出す。おいらから見ると、史実もへったくれもない荒唐無稽《こうとうむけい》な話だ。それがあんまり度はずれているから、京伝先生も旗をまいたんだなあ」

そのとき、ギシギシと、せまい急な階段をのぼってくる足音がして、馬琴の一人息子の鎮五郎《しずごろう》が蒼白《あおじろ》い顔をのぞかせて、

「お父さま、山東京伝先生と京山《きょうざん》先生がおいででございます」

と、伝えた。

三

「京伝先生が？」

馬琴はさすがに驚いた顔をしたが、

「ここへお通し申せ」

と、いった。

二階をいれても十坪にも足りない小さな家で、階下には雑然とした居間と、息子の勉強部屋と、娘たちが寝所《しんじょ》にも使っている納戸《なんど》と、台所、かわやしかない。

「鎮五郎、お茶もお前がいれてこい」

と、馬琴は命じた。

妻のお百は二人の娘をつれて、昼すぎから小伝馬町《こでんまちょう》のべったら市へ買物に出かけたと

かで、あとには息子の鎮五郎だけらしい。

「うわさをすれば影とやら、かね」

と、北斎もめんくらって立ちあがり、

「京伝先生はおいらにもひさしぶりだ。あいさつくらいせにゃ、かえって変だろう」

ウロウロしたが、すぐに本箱の一つを無造作に持ちあげてべつの本箱の上にのせ、自分の座る空間を作った。

この書斎にある道具は、筆やすずりはおろか、はさみ、ひげきりに至るまで、一点の移動もきらう馬琴は、ぶっちょうづらをしてこれを見ていた。

すぐに山東京伝と弟の京山があらわれた。

京伝は、五十なかばのはずだが、文壇の閲歴の上でも個人的にも馬琴の大先輩にあたる。

有名な通人で、おしゃれで、いわゆる京伝鼻と世に呼ばれたような高い鼻を持ったいい男であったが、ここ数年あわない間に、馬琴の目にはひどく京伝が衰えたように感じられた。

「や、北斎さんもきていなすったのか」

と、京伝が眼をまるくすると、京山が、

「さし絵はやめられた、ときいたが」

と、いぶかしげな声を出した。

あきらかに、北斎がここにきていることが面白くない表情だ。あいさつしようと残ったはずだが、北斎は、自分がここに来た理由を説明するのがめんどうくさくなったとみえて、ちょっと目礼しただけで、下をむいて、すねのあたりをかきだした。

ちょっと座がしらけたが、馬琴は気にする風もない。

鎮五郎が、大名屋敷の小姓《こしょう》みたいにうやうやしく茶を運んで来て、下りていった。

「いくつになられたのかな」

「十七でござる」

「行儀がよくて、いかにも曲亭さんのお子らしい。いつもおうちにおられるのか」

「いや、きょうは家内や娘が、べったら市へ出かけるので留守番を命じましたもので、いつもはさるお医者のところへ見習いに出しております」

そんな話のあとで、京伝は遠慮がちに自分の用談を話し出した。

このところどういうものか、めっきり体力と気力の衰えを感じるようになった。小説のほうも思わしくない。そこで気になるのは、もし自分に万一のことが起こったさいの女房のことだ。

そんなことが気になり出し、近いうち、あつかましいが、書画会をひらきたいと思っている。ついてはその回状に発起人として名を出させていただけまいか、と京伝はいうのであった。

京伝の妻は、京伝が吉原《よしわら》から身請けした十七も年下の恋女房であることは有名だ。

書画会というのは、料亭に金持ちや知人をあつめて、画賛した扇子、盃《さかずき》、風呂敷《ふろしき》などを買ってもらう喜捨集めのもよおしであった。

馬琴はしばらく考えていたのちに口をきった。

「そりゃ、先生、おやめになったがよろしかろう。書画会などと、名は風雅めかしておるが、実際は、わびしい、おしつけがましい祝儀集め。……京伝先生のお名にかかわりましょう」

「さ、それはわかっておるが」

と、京伝は色白の顔をあからめて、

「なにぶん、いま申したようなわけで、恥をしのんで思い立ったことです」

「人間、自分の死んだあとのことなど、いくら心配してもきりがござらぬ」

と、馬琴はいった。

「こりゃ、いまこと新しく京伝先生に申しあげることではなく、拙者の平生《へいぜい》からの持論ですが、人間、遺産など残すべきものではない。なまじそんなものを残せば、よくある、あさましい遺産争いなど、かえってわざわいのもとになる。残すなら、一人で生きてゆける力を持った人間を残せ……と、考えておるのです。げんに私のところなど、家内に、せがれ、娘たち合わせて五人の家族があるが、残してやる財産などありません」

「そういわれては一言もないが」

京伝は恥に身をくねらせるような動作をして、

「いまさら私の家内に、一人で生きてゆく力を持てといったところで……」

「いや、先生の奥様なら、かえってその力をお持ちのはずではございませんか？」

「というのは、兄貴の妻が遊女あがりだからという意味か」

と、口を出したのは、弟の京山であった。

「兄さん、だから馬琴なんかのところへゆくのはおよしなさい、と、とめたじゃありませんか。こんな男のところへくれば、ただ恥をかきにくるだけだ、といったじゃありませんか」

顔だちはよく似ているが、おっとりした兄にくらべて、ふしぎに癇癖《かんぺき》の強い印象を与える京山であった。年は四十なかばだろう。これも戯作者《げさくしゃ》だ。

「曲亭、少しばかり読本《よみほん》があたったからといって、あんまりテングにならないほうがいいぜ」

まっさおになって京山はいった。

「べらんめえ、よくそんな偉そうな口がきけたものだな。二十何年か前、着たきりすずめで兄貴のところへころがりこんで、弟子入りを哀願したのはだれだ。おれはそばにいたからこの目で見ている。その、おぼつかない筆で、はじめてかいた戯作《げさく》を、親切に版元に世話して本にしてやったのはこの兄貴じゃないか」

馬琴も、ひたいに青筋をたててにらみかえしている。彼にすればそのあたりの事情の感触はすこしちがうが、ぐいと口をへの字にむすんだきりである。

「兄さん、こんな亡恩の人非人のところへ哀れみをこいにきたのがまちがいだった、と、あきらめなさい。さ、帰りましょう」

かえって、馬琴に悪いことでもしたようにためらう京伝を、京山はひきたてるようにして、足音もあらく階段を下りていった。

馬琴は見送りに立とうともしない。

黙って、本の中に座っていたが、格子戸をあけて出てゆく音が消えてから、

「素町人《すちようにん》め」

と、吐き出すようにつぶやいた。

突然、北斎が大声で笑いだした。

「なに、あんたのほうが可笑《おか》しいんだよ」

「何が可笑しい？　拙者は、ただ京伝先生の名誉のために忠告しただけだ」

「いや、まったくあんたはオサムライだよ」

「いうにことをかき、忘恩の人非人とは」

馬琴は声をふるわせた。さっき、あおくなっていた顔が、朱をそそいだように変わっている。

「しかし、人非人というのはひどいと思うが、やっぱりあんたは忘恩の徒かも知れないよ」

北斎はなお笑いながらいう。

「京伝先生は黄表紙《きびょうし》や洒落本《しゃれぼん》の名手だが、そっちのほうで手鎖《てぐさり》をかけられたものだから、読本のほうに戻ろうとしたが、さてその土俵にゃもう曲亭馬琴という大横綱が上ってい てどうにもならない。――」

「………」

「相撲のほうじゃ、兄弟子を負かすことを恩を返すっていうが、あんたはまさに恩を返したんだよ。みかたによっちゃ、それが忘恩といえらあね。みかたによっちゃ――じゃない、京伝先生より京山のほうが、こっちは腕のちがいもわからないぼんくらの戯作者《げさくしゃ》だから、わけもわからずそのことでヤキモキしてるようだ」

北斎は、ひえっ、ひえっ、ひえっ、と、へそから空気がもれたような笑い声をたてた。

「いま京山は、べらんめえ、といったっけね。なるほどあの兄弟は、よくも悪くも江戸っ子だ。……あんたは深川《ふかがわ》の生まれ、おいらは本所の生まれ、御同様にまさしく江戸っ子のはずだが、両人、これほど江戸っ子らしくない江戸っ子はないねえ。ひえっ、ひえっ、ひえっ」

馬琴はニンガリともしない。作家のくせに、平生《へいぜい》この人物には、ユーモアとか冗談のたぐいはほとんど通じない。

北斎が江戸っ子らしくないかどうかは別として、馬琴はまさに、その重々しくかまえているところ、どこか北のほうの国の家老か何かのようであった。

彼は北斎のしゃべっていることとは別のことを考えていたようだ。

「しかし、私は京伝先生に何かいう資格はないかも知れん」

と、やがてつぶやいた。

「なにしろ、一介の戯作者だからなあ。何にせよ女子供の娯楽のための架空話をかいている人間だということでは、目クソ鼻クソを笑うのたぐいだ」

その顔には、痛恨ともいうべきかげがあった。

北斎は首をふった。

「そうかねえ。おいらは、戯作者曲亭馬琴をたいしたもんだと考えてるがねえ。……」

「私は学者になりたかった。もし生まれ変われるなら、あの貝原益軒《かいばらえきけん》先生とか、本居宣長《もとおりのりなが》先生のような人間に生まれたかった。……」

「それじゃあ、八犬傳はよすかね？」

「いま、それを考えておるのだ」

「ちょっと、そこの紙とすずりを貸してくんな」

馬琴は放心状態で、うしろの小さな机の上から、紙たばとすずり箱をとって、北斎にわたした。

北斎は本箱にもたれたまま、ひざに紙をのせて何かかきはじめた。

馬琴は、なお考えこんでいる。階下の入口あたりで人声がしていたが、それにも気がつかない風だ。よほどいまの山東兄弟とのやりとりがこたえたらしい。

「おい、出来たよ、見てくんな」

受けとって、のぞきこんで、馬琴の眼がひろがった。

妖犬八房《ようけんやつふさ》が、風雨の中に敵将安西景連《あんざいかげつら》の血まみれの首をくわえている図と、魔女たまずさが金碗八郎《かなまり》のために斬首《ざんしゅ》される図と、落日の中に聖なる伏姫《ふせひめ》が片ひざたてて切腹している図であった。

「ひとの筆で、はしりがきで——ま、あんたの絵組み同様だが」

と、北斎はてれたようにいった。

もとより、「弓張月」のように精密無比のさし絵とはちがうが、その筆のおどるところ雲を呼び、その筆のはしるところ風を呼ぶ快腕は、墨が散り、墨がかすれているだけに、いっそう気韻生動して発揮されている。

「ううむ。……」

馬琴はうなった。

「やっぱり、北斎だなあ。……」

その眼が、かがやきをとりもどしていた。

「八犬傳はやる」

と、馬琴はいった。

「やったほうがいいよ」

北斎は笑いながらうなずいた。

「あんたは、あんな読本《よみほん》をかくよりほかに能はないんだよ。それよりほかにとりえはないんだよ」

そのとき、鎮五郎がまた階段を上ってきて、

「お客さまでございます」

と、伝えた。唇がふるえている。

「どなたか」

「毛利さまの御老女と奥家老さまでございます」

四

「なに、毛利さまとは……あの、長州の毛利さまか」

馬琴も仰天した。

「は、何でもことし七十になられる御後室《ごこうしつ》さまが、以前から弓張月を、本の糸のきれるまで御愛読あそばされ、是非いちど馬琴の話をききたい、まげて屋敷へきてくれまいか、とのことで――」

馬琴は猛虎のような顔になっていた。表情というより、気がまえが、そんな風に見えた。

「おことわりしてくれ」

と、はげしく首をふった。

「はじめての客は、紹介状がなければあわぬ、と返事するように申しつけてあるではないか」

「それはわかっておりますが、なにぶんお大名の御後室さまからの御使者で——馬琴のつごうのよい日でよいが、もしきょうきてくれるならと、御用意のおかごまでおつれで、お供のお中間衆《ちゆうげんしゆう》も十人ばかり路地にひかえておられるごようすで」

馬琴はしばらくうなり声をもらしていたが、やっといった。

「きょうはおりあしく気分がすぐれずひきこもっております、とお伝えしてくれ」

「お父さま、あなたがおあいになって、そう申しあげて下さい」

「え？」

鎮五郎は泣きべそをかかんばかりであった。

「毛利家の御老女と、御家老がわざわざおいでになっておりますのに。……」

「あえば、私が病気でないことがわかるではないか。……鎮五郎、親の難儀が助けられぬというのか」

光栄の招待を難儀という。

蒼白《あおじろ》い顔をした息子は、猫ににらまれたねずみのように身体をふるわせながら、おじぎして起《た》ちあがった。

馬琴は声を殺してつけ加えた。

「それから……曲亭馬琴は、その作ったものをお読み願っただけで光栄の至りと存じております。お目通りゆるされたとて、当人は決して面白くも可笑《おか》しくもないへんくつ人でございます、と申しあげてくれ」

やがて入口で、その毛利家の使者らしい怒気をふくんだ声と、あえぐような鎮五郎の声が、はっきりわからないままに聞こえてくるのに、馬琴は息をつめて耳をそばだてていた。

声はやんだ。どうやら使者の一行は立ち去ったようだ。

「ほほっ」

北斎が、ため息をついた。

「えらいもんだなあ、お大名からのお呼びにひじ鉄をくわせるとは」

「十坪に足りぬぼろ家とはいえ、ここは曲亭馬琴の城だ」

馬琴はいちどそびやかした肩を、つぎにがくりと落として、

「七十になられる御後室《ごこうしつ》といったな。婆さんのお話相手はごめんこうむる」

といった。馬琴がこんな冗談をいうのはめずらしい。北斎は笑った。

「若けりゃゆくか」

「いや、老若をとわず、女とつきあうのはにが手じゃ」

これは冗談ではなく、心底からの述懐にきこえた。

「それはそれとして、よく、しつけたもんだなあ」

「なにが？」

「あんたの息子さ。当世、親をばかにする息子が多いというのに、火の中、水の中へでもとびこむことをいとわぬほど従順だ。それどころか、あの年で、親にあれほどシャチホコばってるのは、武家でもめずらしいのじゃないか」

「それが、あたりまえだ。めずらしいというのは、世間がまちがっておるのだ」

「ちょっと、身体がひよわに見えるが」

「それで、私も少し心配している。岩みたいな私の息子に、どうしてああいうたちの息子ができたのか。……」

「それで、お医者になるのかね」

「うん、まだ見習い中だが、そのほうのすじはいいそうだ。一応の医者になったら、あれをどこかお大名のおかかえにしたいというのが私の望みだ。私は武家の出だが、いまは武家ではない。扶持《ふち》をもらってこそ武家だ。あの子がそうなってくれる日のために、私はあくせく戯作《げさく》商売をやっているようなものだ」

眼をほそめ、うっとりと馬琴はつぶやいて、それからまた不安そうな顔になり、

「鎮五郎め、どうしたか、上ってこんが」

と、いって立ちあがった。

「それをもらっておこうか」

と、北斎は手を出した。馬琴は手の中にまだ持っていた北斎の絵に気づき、それをわたして階下に下りていった。

　しばらくすると、上ってきて、

「いや、なさけないやつだ。毛利家のお使者を追い返したのはいいが、それっきり腰がぬけたという。一喝してやったら、やっと足が立ったわ」

　と、馬琴は笑った。

「一喝はいいが、あんた、少しあの息子をしつけ過ぎてるんじゃないかえ」

「しつけ過ぎ？」

「さぞ、こわいおやじだろうなあ、息子さんがあんたを見る眼は、いつも叱《しか》られてる犬みたいだぜ」

　と、北斎はいった。

　馬琴は眼をむいた。

「これは驚いた。お前さん、子供の育て方について、私に説教するのか」

「いや、そんなつもりはないが、おいらもあんたも、どうやら世間なみに子供をうまく育てられるたちじゃあないな、と思うからさ。娘はともかく、男の子がよ。だからおいらは、男の子が——一人あったが——親に文句をいうようになったころ放り出して、知り合いの商人にくれちまったよ。おいらに育てられるより、そのほうがましだと思ってね」

「しかし、孫は可愛《かわい》い、とかさっきいったではないか」

「孫はおいらが育てるんじゃあないからね。おいらが育てなきゃならないときが来たとするなら、やっぱり放り出すだろうね。……そして、おれのみるところ、あんたの場合も御同様に思われるがね」

「何をいう、私とお前はちがう。その点、天地ほどちがう」

「その通り、大ちがいだ。あんたはかまい過ぎ、おいらは放り出し。しかし子供にとっちゃ、どっちがいいかというと、まだ放り出しのほうがしあわせなんじゃないかね。……いや、おいらがこんなことをいうのはおかしいが、いま息子さんを見てて、ふっと思いついていってみただけさ。ごめん、ごめん」

北斎が頭をかいたとき、また下で戸のあく音がした。やがて何人かの女の声がきこえた。

「や、家内たちが帰ってきたらしい」

と、馬琴がいって、しばらくすると、日本橋のべったら市へいっていたとかいう妻のお百が上ってきた。

「あんた、いま毛利さまのお使いがおいでになったんですってね」

北斎を見たが、これにはあいさつもせず、立ったままいう。もっともお百はやぶにらみの女で、どこを見ているのかよくわからない。

「鎮五郎からきいたか」

「それより、いましがた路地から出てきた三ちょうのかごの行列を見て、きもをつぶして帰ってきたら、うちへこられた毛利さまのお使いというじゃありませんか」

お百は馬琴より三つ年上の、すが目の、きつねみたいな顔をした女であった。それが、たいへんなかんしゃくもちであることは、ここに居候をしていた北斎もよく知っている。

「せっかく御後室《ごこうしつ》さまから話にきてくれとおたのみがあったのに、それをケンもホロロにことわるなんて――いったい、なんてことをするのさ」

馬琴は重々しくいった。

「女子供の知ったことではない」

「子供に関係あるじゃありませんか」

「何が？」

「鎮五郎がお医者になったら、どこかお大名のおかかえ医者にするんだ、って、あなたはいつもいってるじゃありませんか。毛利さまの御後室さまは、何よりその手づるになるじゃありませんか」

「あ！」

馬琴は頭に手をやった。

「それは気がつかなかった。毛利家と鎮五郎の将来を結びつけるなどという考えは、ついぞ頭に浮かばなんだ」

「それごらん、何かといえばひとを無学だの無思慮だの、いつもばかあつかいにするくせに、かんじんのときは自分が大まぬけだ。あなたはそういうひとなんです」

お百はがみがみとののしった。

たで、

「北斎さん、きいて下さい」

と、二年ぶりにあう北斎を、さっきから自分の話し相手にしていたような口のききか
たで、

「きょうでも、あたしたちがべったら市で、べったら漬けを何本買った、切りざんしょうを何匁買ったと、きっとあとできいて、必ず日記につけるにきまっています。それだけ金づかいに細かいひとが、自分は何をやってるかってえと、分量ばかり多くって、ちっともお金にならない読本《よみほん》なんかにふうふういって――草双紙《くさぞうし》をかきゃ、もっとらくにもうかるのに」

「わかっておる。もう下りてくれ」

と、馬琴は苦笑していった。

威儀厳然たる馬琴が、この長屋のおかみさん風の代表のようなお百には、どういうわけか、倅《せがれ》の場合とは反対に、猫の前のねずみのようにおとなしいことを、北斎は承知している。

「弓張漬けだかべったら漬けだか知らないが、小っちゃいことにゃしわんぼうで、大きなことにゃまるで勘定があわないんですよ、このひとは」

話が飛躍して、わけのわからない悪態をついて、お百は下へ下りていった。

それを見送って、ニガリをのんだような表情をしている馬琴をしばらく見つめていて、

「いや、どうも、この浮世は、八犬傳の世界のようにはゆかんなあ」

と、北斎は笑った。

「とんだ長居をした。おいらもそろそろおいとましよう」

と、立ちあがりながら、

「ところで、むこの重信の件はよろしくたのみますよ」

「おや、お前さんがかいてくれんのか」

と、いって馬琴は、さっきの絵が北斎の手に移っているのに、はじめて気がついた。

「かかん、だいいち十年もかかるという小説のさし絵なんか、おいら寿命がもたんよ。えっへっへっへっ」

「そ、それじゃ……だれがかくにしろ、その絵を参考にしたい。おいてってくれ」

「いや、これはあくまでもおいらの絵だ。重信がこれに縛られたら、かえって変なものになる。これは無いものとしよう」

と、いって、北斎はその絵をビリビリとひきさき、たたんで、ちんと鼻をかんで、すぐ足もとのくず入れにすててしまった。

五

北斎は家を出た。

路地の出口の左側は八百屋だ。ここは前に馬琴が下駄屋をやっていたものを、いま八百屋に貸してある家だ。そこまできたとき、小さな地震があった。

北斎がふりかえってみると、馬琴の家の二階がユサユサとゆれているのが見えた。本の重みのせいにちがいない。――北斎は、ぷっとふき出した。

さっき、馬琴が、「ここは曲亭馬琴の城だ」といったのを思い出したのである。

さっきはべつに可笑《おか》しくなかった。当代一流の戯作者《げさくしゃ》の家として、ことさら小さな家とも思わない。むしろ貸家持ちで、本宅も持っているのが出来過ぎに感じられるくらいである。北斎自身、裏長屋に住んでいる。

しかし、このときは、本の重みでゆれる二階に、あの威張りくさった男が不安そうに天井を見ているであろう姿を想像して、ひどく可笑しかった。

通りへ出ても、ゴミゴミした貧しい町だが、家なみもゆく人も、あかあかと夕焼けに染まっているせいか、いつもより印象がちがって美しい。――のちに爛熟《らんじゅく》の化政《かせい》と呼ばれた時代の江戸の町にはちがいなかった。

「あれじゃ、戯作者仲間から総すかんをくうのもむりはない。ふだん、仲間の会合にもとんと顔を出さんので義理知らずといわれてる上に、京伝にあんなあいさつをしては、怒りん坊の京山の悪口がたいへんだろう」

通りを神田《かんだ》の方角へ向かって歩きながら、ひとりごとをいう。

「お高くとまってる、と式亭三馬《しきていさんば》も怒ってるらしいが、……何かというと侍を持ち出すその馬琴が、ほんものの侍が出てくるとつっぱる。つっぱるどころじゃない、お大名のむきからのお呼びもはねつけるたあ驚いた。自分でもへんくつ人といってたが——そいつを承知してるのは感心だが——あそこまで徹底してるとは思わなかった」

　ぶつぶつ、つぶやきながら歩くのが北斎のくせである。

「そこがおいらは好きだ。そこは好きだが……天下、眼中にないかのようなその馬琴が、くだらない家族にクョクョ、コセコセこだわるのがおいらにゃわからん。せがれなんか、いじりまわして、まるでアヤツリ芝居だ。そのくせ、女房にゃ頭があがらん」

　声をたてて笑った。

「友だちにゃきらわれ、女房にゃあなどられ、子供にゃこわがられ、せっかくのごひいきにゃけんつくをくわせて腹をたたせる。……その馬琴を面白がり、気の毒がってるのは、ま、この葛飾北斎くらいなもんだろうぜ」

虚の世界　犬士出現

一

文明《ぶんめい》二年、といえば、前回の物語から十一年ののち。

その春、安房《あわ》の里見家にまた異変があった。

十一年前、伏姫《ふせひめ》の死と前後して母のいさら子《ご》は病死し、その翌年、父の義実《よしざね》は隠居した。

子の義成《よしなり》があとをつぎ、そのまた翌年に妻を迎えた。以後毎年のようにつぎつぎに子供が生まれたが、ふしぎにそれは女の子ばかりであった。

そのうちに、京にいわゆる応仁《おうにん》の乱と呼ばれる大乱がはじまり、関東一円にもあちこち動揺が起こったが、安房一国に事はなかった。

ただ、例の金碗大輔《かなまりだいすけ》は僧形《そうぎょう》となって旅立ったきり、帰ってこない。

泰平は嘉《よみ》すべきだが、滝田《たきた》の城中をかけまわるのが女の子ばかりなので、その文明二年の春の一日、なかでもいちばん伏姫に似ていて、「五の君」と呼ばれる三つになる孫娘を見て、ふと祖父の義実が、「なんじゃ、はじめはよろこんでおったが、伏姫もこうふえてはのう」と、冗談をいった。

すると、そのあと、この五の君が女中たちと城内の林を散策中、ふいに舞い下りてきた一羽の大わしが、その大きな足でひっつかんで、羽根をちらしつつ、あっというまに、雲みだれたつ天空のかなたへさらい去ったのである。

文字通り仰天して、狂気のようにさわぐ女中たちの中に、義実は半喪神して立ち、うわごとのようにうめいた。

「ああ、わしはまたいらざる言葉のとがをおかした！」

二

同じ文明二年の春の一日、夕ぐれちかく。——

武蔵国《むさしのくに》豊島《としま》郡大塚の庄のある道場で、二人の男が木剣をとって相対していた。

道場といっても、大きな百姓家の一軒を、ぜんぶ板敷きにしただけのものだが——一人は三十なかばの、みるからに強壮な男で、これが道場のあるじ赤岩一角《いっかく》という。むかいあっているのは、四十なかばの、いかにも病身そうな男で、これは村の手習い師匠の犬塚番作《いぬづかばんさく》という。

道場のはしにならんで座っているのは、弟子らしい村の若者四、五人であったが、みんな驚いたように眼をむいている。そのほかに、十一か十二くらいの男の子と女の子が、これは二人とも泣き出しそうな顔をしていた。

木剣だから、ただ迅速に型の応酬をかわすのが通常の稽古《けいこ》だが、これはそう見えない。殺気さえみなぎっている。

いや、事実、試合の前に犬塚番作は声をかけたのである。

「赤岩さん、いざ勝負となると、ついほんもののいくさのくせが出るかも知れませんぞ」

そうはいったものの。——一見、犬塚番作のほうがひとたまりもないように思われたが、何呼吸かののちには彼のほうが赤岩一角を押しているように見えた。

「おうっ」

犬塚はおどりかかって打ちこんだ。赤岩はからくも受けた。

犬塚番作は、左足がびっこのようであった。

いちど受身に見えた赤岩一角は、七、八合はげしく打ち合うと、猛然と反撃に転じた。

「父上！」

と、女の子が悲鳴をあげた。

犬塚番作ははねとばされたようにうしろへとんだが、片足が悪いので、よろめいて、背を壁にぶっつけた。

さらに追い打ちをかけようとした赤岩が、このとき突然棒立ちになった。その眼が恐怖に見ひらかれた。

「父上！」

と、こんどは男の子が悲鳴をあげた。

壁に背をぶつけた犬塚番作は、逆にはねかえって、手もとを狂わせながらまた打ちこんだが、赤岩はふせぐことも忘れたようで、もろにその右肩に木剣を受けた。

「参ったっ」

と、彼は絶叫した。

しかし、犬塚のほうがそのまま木剣を投げ出し、くずれるように座りこみ、両手を床についてあえいでいた。

赤岩一角は入口のほうを見て、怖ろしい声でさけんだ。

「額蔵《がくぞう》、なぜ道場に猫をいれた？」

一同は、やっとこのとき、入口にかけこんできた一匹の猫を、追いかけてきたらしいやはり十くらいの少年が、あわててつかまえて、抱きあげるのを見た。

「はい」

少年はオロオロして答えた。

「犬塚さまのところの与四郎が追っかけたのでございます」

「何でもいい、はやくつれてゆけ！」

「はい！」

尻《しり》きれじゅばんになわ帯をしめたその少年は、猫をだいて、あたふたと出ていった。

「父上！」

少女がはせ寄って、犬塚にすがりついた。

「犬塚さん、大丈夫ですか」

と、赤岩も、眼をもどして心配そうに見下ろした。

「いや、大丈夫」

と、犬塚番作はやっと顔をあげて、

「久しぶりの立ち合いで、見苦しいところをお見せして恥ずかしい。それにしても、さすがは赤岩一角どの、とうてい私などは及ばぬ」

「いや、負けたのは私のほうです。お身体が悪いのに、恐れいった」

「なに、いまのはあんたが急に手びかえてくれたせいで――」

「ちがう、もし戦場同様の白刃であったら、その前にまちがいなく私のほうが斬《き》られていましたよ」

一角は、番作の手をとってひき立てた。

さっきまでこの道場で、おたがいに稽古《けいこ》していた弟子たちは、奥で酒をくみかわしていた師匠の一角先生と、それと仲のいいはずの犬塚番作先生が、突然出てきて、二人で試合するといい出したので驚いたのだが、このなりゆきにほっと胸をなで下ろした。

こういうわけだ。

赤岩一角は三年前にこの村へやってきた。

彼は野州の剣士であったが、下総古河《しもうさこが》の二階松山城介《にかいまつやましろのすけ》という高名の達人をしたって、そこに弟子入りするつもりで、妻子ともども故郷を出てきたのだが、おりあしく山城介は回国の旅に出たあとで、その望みは果たされず、とどのつまり、相手が帰国するまで、この大塚に住んで待つことにしたのであった。

彼はここで生計のために剣法道場をひらいたが、時あたかもいわゆる戦国時代にあたり、百姓ながら武芸を志すもの少なからず、またそこまでゆかなくても自分の身をまもるためにも一応剣術を習っておきたいと望む者もあり、道場は結構はやった。

同じ大塚に住んで手習いの師匠をしていた犬塚番作とは、いずれも郷士ながら武士としてウマがあい、番作は一子をその道場にかよわせ、一角は一子を番作の寺子屋にかよわせるという仲となった。

ところがこの冬、赤岩の妻が病死した。二階松山城介はまだ帰国しないようすだ。それで赤岩一角はとうとう断念して野州の故郷へひきあげることになった。明日にも旅立つ予定であった。

そこで先刻、その番作がやって来て、二人で別れの盃《さかずき》をかわしているうちに、ふと剣法で試合と実戦のちがいの話が出、まだ実際に人間を斬《き》ったことのない一角が、以前はんとうのいくさに加わったことのある番作に、むりに勝負を申しこんだというわけだ。

「明日はまたきてお見送りしよう」

犬塚番作は笑ってそういい、道場にいた自分の子を伴って出たが、外に出るといった。

「赤岩先生は、猫がこわいらしいの。……信乃《しの》」

信乃は父をけげんそうに見あげた。

「猫がはいってきたので、あの人は負けたのじゃ。ま、世にない例でもないが、あんな豪傑が、猫をこわがるとは可笑《おか》しいのう、あははは」

少女と見えたのが、少年信乃であった。ことし十一になる。

が、実はだれもこれを少女と見る者はいまい。なるほど髪は女児風にゆい、かんざしをさし、着物も女衣裳《おんないしょう》だが、四肢は同年の子より二つ三つは大きいのではないかと見えるほどのびのびしている。容貌《ようぼう》は、可愛《かわい》らしいにはちがいないが、颯爽《さっそう》の香気をはなつ少年にまぎれもない。

これは番作が三十なかばで生んだひとり子なので、ことのほかいとしがり、男の子を女風に育てればすこやかに育つといういいつたえに従って、名も信乃、姿も娘のように育ててきたものであった。

さて、その翌朝、赤岩父子は旅立った。

一応、もういちど古河をまわってみるというので、大塚の東をながれる神宮川《かにわがわ》まで犬塚父子も見送った。荷は、両家に出入りしている糠助《ぬかすけ》という中年の百姓が背負っていった。

信乃は、赤岩の息子の角太郎《かくたろう》と話をしながら歩いた。桃の花が路上にこぼれている。

角太郎は美童であった。女姿の信乃などより、よほどおっとりしている。しかし、一面なかなかりんとしたところがあって、父親同士に劣らず信乃とよく合った。道場での稽古《けいこ》もいっしょによくやり、いい好敵手であった。

「ああ、おれはこれから、だれと剣術の修行をしたらいいんだ？」

と、信乃はなげいた。

それをきいて、赤岩一角がふりかえり、笑顔でいった。

「父上に習え」

信乃は番作をちらっと見た。

赤岩一家が大塚へくるすこし前——信乃の母親はなくなっていた。それ以来これまた病みがちな父が、試合をする姿などきのうはじめて見たが、しかしそれが悪かったか、見送りにはきたものの、父の身体は何だか具合が悪いようであった。

一角先生はまたいった。

「もととなる太刀筋はみな教えてある。あとはただ修行じゃ。修行は木立《こだち》を相手に、一人でもできる」

「その通りじゃ、信乃」

と、父の番作もうなずいた。

やがて神宮川にきた。

「いつか、またあえるかなあ、角太郎」

「きっと、またあえるよ、信乃」

二人の少年は、泣きながら抱きあって、別れをおしんだ。

赤岩父子は、渡し守安平《やすへい》の舟に乗って、東へ去った。

三

やがて犬塚父子と糠助が、大塚村へ帰ってくると、村の入口に待っていたらしい額蔵が、顔色をかえてさけんだ。

「信乃さま、たいへんです、与四郎が紀二郎をかみ殺しました！」

与四郎は信乃が飼っている犬の名で、紀二郎は大塚村の庄屋が飼っている猫の名だ。つまり、きのう赤岩一角を立往生させた猫だ。そして額蔵は、信乃と同じ年のくせに、猫同様に庄屋に飼い殺しにされている少年であった。

「えっ、与四郎はちゃんと綱でつないでおいたよ」

「それで安心して、紀二郎がそばへよってったもんだから、与四郎が綱をひきちぎってかみ殺したんです。いま、うちのひとたちが、村じゅう与四郎を探して、大さわぎしています」

信乃はかけ出そうとした。

父の番作が、きびしい声でいった。

「よせ、ほうっておけ」

彼らは村にはいった。

なるほど、庄屋の奉公人たちが、手に手に棒を持ってかけまわっている。してみると、まだ与四郎は見つからないらしい。

信乃は父の顔色をうかがっていたが、気にかかってならないらしく、とうとうたまりかねて顔をあげ、たかく口笛を吹いた。

すると、どこからか一頭の、背黒く腹の白い大きな犬があらわれて、疾風のようにかけてきた。そして、信乃のそばにくっついて、はげしく尾をふった。番作はそれを見たが、何もいわない。

「あっ、いた！」

「与四郎がおったぞ！」

棒を持った男たちがこれを見て、かけ集まった。

犬塚番作は平然と歩いている。信乃も犬も、同じく平気な顔で、あとから歩く。百姓糠助と少年額蔵だけは当惑の表情であった。

が、男たちは手が出せなかった。びっこをひき、色あせた衣服を着た浪人のなれの果てといった姿の番作だが、犯しがたい威厳がただよっている上に、彼の素性をみな知っていたからである。

彼の姉のかめざさは、当の庄屋の妻なのであった。本来なら、いまの庄屋大塚ひき六の家屋敷はもとより、八町四反の田畑みな、この犬塚番作のつぐべきものであったのだ。

そもそも番作の父、大塚匠作《しょうさく》は、もと関東公方《くぼう》足利持氏《もちうじ》に仕えた武士で、その後浪人してここに住まいした郷士であったが、いまを去る三十余年前、持氏の遺児を奉じてたった結城《ゆうき》のたたかいに、元主家の恩に報ずるために、当時十六歳の子番作とともにはせ参じた。

思えば、同じそのいくさに、里見義実も参加していたのだが——。

三年の籠城《ろうじょう》ののち、結城城が落城したのは前にのべたとおりだ。

さてそのとき、足利持氏の遺児三人のうち、春王安王《はるおうやすおう》は捕虜となり、京へ送られる途中、将軍からの命令で、美濃《みの》の樽井《たるい》の宿で処刑された。

そのとき、刑場に斬《き》りこんだ者がある。落城からのがれた大塚父子だ。これはむりな斬りこみで、結局二人は両公達《りょうきんだち》を救えず、番作は重傷を負った父を助けてあやうくのがれたが、その父もすぐに落命した。

のみならず番作はこの襲撃で負傷してびっことなり、天下のお尋ね者になった。

彼はすぐに故郷の武蔵国大塚に帰ることはできず、信州にひそんでいた。妻のたずかは、その潜伏中に得たものであった。

番作がたずかを伴って大塚に帰ってきたのは、それから三年後のことであった。

すると、家屋敷は姉夫婦に奪われていたのである。

奪われたというのは、姉のかめざさは父の前妻の娘で、つまり番作の異母姉にあたるが、これがどこからきたかわからぬごろつきのひき六という男といっしょになっていたのである。

このひき六がしたたか者で、あえて大塚の姓を名乗り、かめざさもそれに染まり、二人で、「天下のお尋ね者に大塚の家はわたせぬ」と、ひらきなおった。

もう結城合戦のほとぼりはさめ、番作はお尋ね者ではなかったが、淡泊な彼は苦笑して、家はそのままにし、村の一隅に小屋を作って、そこを寺子屋にした。

ただ、ひき六かめざさ同様、大塚の姓を名乗るのは気持ちがわるいといって、みずから犬塚と改めた。

すでに大塚夫婦は奉公人たちをこき使い、小作たちを責めはたぎ、甚だ評判は悪かったが、番作も少々気むずかしい人間に変わっていた。

村人たちは庄屋の威光をおそれつつ、番作に同情し、その寺子屋に子供たちをよこし、ことあれば食べ物などを持ってきてくれた。それをまた大塚ひき六夫婦は不愉快に思って、何かにつけて悪意のある仕打ちをしたが、番作は超然としていた。

彼ら夫婦は、貧しいけれどおだやかに暮らし、二人のたのしみは、ここに帰ってから生まれた信乃の成長にだけあるように見えた。

さて、午後になって、庄屋から二人の百姓が使いとなってどなりこんできた。

「なぜ他家の猫をかみ殺すようなけんのんな犬を飼っておるか。あの猫をわが子同様に可愛《かわい》がっていたおかみさまは、紀二郎の屍骸《しがい》を見てから熱を出して寝こんでいる始末だ。

こうなっては、犬といえども仕置きにかけねば承服できぬ。そちらがその犬を殺すか、さもなくばこちらにひきわたしてもらいたい。

番作は笑いとばした。

「復讐《ふくしゅう》死刑は人間界のことだ。犬猫にそれをあてはめるのはばかげておる。それをいうなら、これからは猫を自分の家から外へは出さんようにしてもらいたい。そう庄屋にいってくれ、使い御苦労」

しかし、その夜から番作は病の床に伏した。

まさか犬猫騒動を気にやんだせいではなく、あの赤岩先生との試合がたたったのだろう、と十一歳の信乃も一応はそう考えたが、それから二、三日して、家の近くにそっと歩いてきた伯父ひき六の娘から、こんなことをきかされた。

「おにいさま、与四郎をすてて」

伯父の娘といっても、実はどこからかのもらい子で、信乃より三つ年下の――八つになる浜路《はまじ》という娘だ。

信乃のほうは、それでも父と大塚家の断絶ぶりを意識して、めったによりつかないが、浜路は三つおさないだけに、あちらでいくらとめられても、無邪気にお手玉など持って、こちらの家にやってくる。信乃をおにいさまと呼ぶ。

「うちじゃ、山伏さんよんで、おいのりしてるの。おかあさまにきいたら、これでにくい番作と与四郎をいのりころしてやる、といってたわ。わたし、こわい」

信乃は息をのんだ。

「ね、もとは与四郎なのよ、かわいそうだけど、あの犬すててきて」

信乃は犬を捨てることにした。

与四郎は、信乃が生まれたときからいる犬であった。

いや、正しくは生まれる前からだ。いまは亡き母からきいたところによると、あまり赤ん坊が生まれないので、そのころ母は毎日夜明け前、滝野川《たきのがわ》の弁財天にかよっていのったが、ある秋の一日、どこからかついてきて、あとになりさきになりして離れない犬を、神さまからのお使いのように思って飼うことにした。それからまもなく信乃を身ごもったというのだが、それがこの与四郎であった。

浜路からたのまれた日の夕方、信乃は与四郎を巣鴨《すがも》の森へつれていって樹につなぎ、涙ぐみながら自分ひとり帰った。

すると翌日、犬はちゃんと軒下に座っていた。

彼はまた次の日、こんどは神宮川のむこうへいって、はなして帰ってきた。

すると翌日、また犬は軒下で尾をふっていた。

信乃は眼をまるくし、困惑し、十日ばかりのち、とうとう百姓の糠助に相談した。

「こういうわけさ。与四郎はどうしても帰ってくるんだよ。だけど、ほうっておいちゃ、父上はいのり殺されてしまう」

糠助は、庄屋に使われる百姓ながら、ほんとうに善良で親切な男で、主人の眼をはばかりながら、よく犬塚家の世話をしてくれた。三年前の冬、母が死のうとしたとき、その命を救おうとして八歳の信乃が、滝野川の不動の滝で水垢離《みずごり》をして、寒気のあまり気絶していたのを、あやうく糠助に見つけられて助けられたこともある。

「それでおれはかんがえたんだ。こうなりゃ、伯父さんの家の前で、与四郎をたたいて、たたきのめしてやる。それを見たら、あっちの人も、そんなおいのりをやめてくれると思うんだけど、どうかしら？」

十一歳の子供の切ない知恵であった。

しかし、糠助はうなずいた。糠助も大塚家の怪祈禱《かいきとう》を知っていておぞましく思い、しかもそれをどうすることもできないことに心をいためていたからだ。

「そうでございますな。そうしてやりゃ、向こうさまも少しは心が安まるかも知れませんな」

その午後、信乃と糠助は、与四郎をひっぱって庄屋の裏門のちかくへつれていった。

信乃が大声をはりあげた。

「こら与四郎、おまえが紀二郎を殺したおかげで、人間の親戚《しんせき》同士の仲がわるくなった。おまえのおかげだ。罰にこれからたたいてやる！」

そして、糠助が綱でひいている犬を棒でたたいた。

すると与四郎は仰天したようすで、怖ろしい力で綱を糠助の手からふりはなし、一目散に庄屋の門内に逃げこんでいった。

「あっ、与四郎だっ」

「与四郎がはいってきたぞ！」

そんな声が聞こえると、二、三人の男が走り出して、あわてて門をしめた。

家や庭のあちこちで、火事みたいに大げさなわめき声があがり出した。

「逃がすな」

「ぶち殺せ」

「刀はないか、槍《やり》はないか！」

そして、与四郎の凄《すさ》まじいほえ声と悲鳴が聞こえた。

思いがけない事態に信乃は立ちすくみ、ついでとびあがった。

「糠助！　与四郎が殺される！　助けておくれ、かんにんしてもらっておくれ！」

糠助はうろたえ、オロオロしながら門にしがみつき、それから別の入口を求めて土塀にそって走っていった。

与四郎の声が、キャーンとひと声すると、それっきり聞こえなくなった。

信乃は両手で耳にふたをし、夢中で家に走って帰った。

「どうしたのじゃ、信乃？」

床の上から顔を横にして、番作が尋ねた。

蒼《あお》ざめて、信乃が話すと、

「愚かなことをしたものじゃ」

と、父はつぶやいた。しかし、やつれた顔は苦笑を浮かべていた。

と、その眼がふっと裏のほうにむけられて、

「これ、与四郎が帰ってきたのではないか」

と、いった。

信乃は裏にかけ出した。

まさしく与四郎であった。ただし、犬の原形もとどめない血のかたまりとなっていた。それでも与四郎は、自分のうちに逃げ帰ってきたのだ。

「与四郎、与四郎、おれが悪かった！」

信乃はとびつき、抱きしめた。すると、犬の波うつ胸のあたりで、また骨の折れる音がした。

四

それから数刻して、さっき与四郎を助けに庄屋の家にはいっていったはずの百姓糠助が悄然《しょうぜん》としてやってきた。

「犬塚さま、困ったことになりました」

「どうしたのじゃ？」

「与四郎が庄屋さまのおうちにかけこんだことは、若さまからおききでござりましょう」

「聞いた」

「与四郎はみなの衆に追われて、庭といわず座敷といわず逃げまわったのでござりますが、ちょうどそのとき庄屋さまはお座敷で、管領《かんれい》家から村への兵糧供出の御教書《みきょうしょ》、また当地の陣代《じんだい》さまの下《くだ》し文《ぶみ》をごらんになっておったそうで……そこへ、いきなり与四郎がかけこんできたので、あわてて逃げられたあと、その御教書と下し文が、犬の前足にかけられて、ズタズタに破られておったとかで……それは庄屋さまが印をおして陣代さまへお返しにならねばならぬもので、さて大変なことになったと、御夫婦とも蒼《あお》くなっておられます」

糠助も蒼くなっていた。

「これでは犬を仕置きしたところで追いつかず、犬を追いこんだこちらの信乃さま、また私糠助めの首が飛ぶ。……」

糠助は唇をわななかせ、

「いや、こちらとてあぶない、と、おののかれ、さっきまで、とつおいつ御評定《ごひょうじょう》でござりましたが、さて私に申されるには、番作のところには、以前から大塚家に伝わる村雨《むらさめ》という希代《きたい》の名刀があるはず、せめてそれを鎌倉の管領さまにささげたてまつれば、その罪をおゆるしになるかも知れぬとのことで……そのことを番作に話してみてくれと仰せられ、こうして私が参ったわけでございます」

「あははは」

床の上で、ひげぼうぼうの番作は笑い出した。

「糠助、お前、その破られたという御教書を見たか」

「いえ、それは」

「ころんでもただでは起きぬとはまさにこのこと。そりゃ、こんどのさわぎにかこつけて、この際その刀をまきあげようというあちらの悪知恵じゃ」

「えっ？　まさか。――」

「お前が悪いのではない。ただ人が好すぎる。不肖犬塚番作は、これでもほんもののいくさにも加わった武士、そんな子供だましの計略にはひっかからぬとひき六に伝えろ」

ほうほうのていで、糠助がひきとっていったあと、しかし番作はぐったりと床に横たわって、天井をながめていた。

ただならぬその眼に、信乃はおびえた。

夕方になって、番作は呼んだ。

「信乃、ちょっと参れ」

瀕死《ひんし》の犬にまだかかわっていた信乃は、父の前にかしこまった。

番作は破れた夜具の上にあぐらをかいていた。

「お前、さっきの糠助の話を聞いたろう」

「聞きました」

「村雨という刀について、まだ聞かせたことはなかったのう」

「はい、存じません」

「それは、あそこにある」

と、顔をあげた。梁《はり》につるした大竹がそこにあった。

番作は夜具のそばの小机の上のすずり箱から小柄《こづか》をとって、はっしと投げあげた。

なわの一本がふっと切れると、大竹はかたむき、そこから錦《にしき》の袋につつまれた長いものが落ちてきた。

「持ってこい」

信乃からそれを受けとると、番作は袋のひもをといた。中から一本の刀があらわれた。見るからに古雅なつか、つば、さやだ。

そのすすけた大竹は昔から見ていたが、中にそんなものがはいっていようとはまったく知らなかったので、信乃は眼をまるくした。

「これは昔、関東公方《くぼう》足利持氏公がご所持あそばした、源家から伝わる宝刀じゃ。名づけて、村雨という。その持氏公が京の将軍家と不穏になられ、御運命のあやういことを予見なされて、家来のわが父匠作にこれをひそかにわたし、いつの日かおん子にお命あらば返してくれとおたのみなされた。……」

番作は話した。

「父が足利家を浪人して、この大塚の里にひきこもったのは、実はそのためじゃ。……ところで、例の結城のたたかいに、父もわしもはせ参じたことはお前も知っていようが、天運非にして城は落ち、二人のおん子も落命なされ、父もまた死んだ。そのいまわのきわに、父が背負っておったこの村雨をわしにわたし、もう一人のおん子成氏《しげうじ》さまがまた世に出られるときあらば、これを献上するように、といった。……それをまた、いまお前にわたして同じことをいう。この父はついにそのよき日を迎える機あらず、きょうここに死んでゆく。……」

信乃はびっくりして、父の顔を見まもった。

「父上が、きょう死なれる！　そんな！」

父がこの十日ばかり、一日ごとにやつれはててゆくのを見て、信乃は苦しんでいたけれど、きょう死ぬなんて！

「このままですごせば、あるいはまだ五日や七日のいのちがあるかも知れぬ」

と、番作はいった。

「が、そのあとのことをわしは考えた。そのあとお前はどうなるか。かしこいようでもお前はまだ十一、ほうっておけば飢え死にするよりほかはない」

「いえ、私はだいじょうぶです。糠助もいます。村の人もいます」

「なるほど、それらの人びとが餌《えき》はあたえてくれるかも知れぬ。しかし、それではお前は乞食《こじき》の子同然となる」

信乃は唇をわななかせるだけであった。

「やはり、お前を養ってくれるのは、あの大塚の夫婦しかない。あの伯母は、腹ちがいながら、あれでもお前の伯母じゃ。しかも、あそこの家は、本来わしが、従ってお前がつぐべき家なのだ。養われて恥じるところはない」

「あの家に？　養われる？」

信乃は眼をまるくした。信乃は、あの夫婦と父が義絶状態にあることを知っている。その上、きのうきょう、あんなさわぎがあったというのに。——

「思いもよらぬとお前はいうだろう。わしの考えていたのもそのことなのじゃ」

番作はいった。

「さっき向こうがいってよこしたあの難題、あれを聞いて、わしは愛想がつきた。あの夫婦は、いつあの家をわしにとり戻されるかと、びくびくしておるのじゃ。それで何とか村雨をとりあげて自分たちの手から公方に献上し、庄屋安泰のお墨付きをいただきたいとふだんから考えておったことを、これを機会に持ち出したのじゃ」

「…………」

「いったんは追い返してやったものの、またつらつら考えてみれば、わしはまもなく死んでゆく。そこまで悪知恵をめぐらす人間ならば、わしが死んだあと、十一のお前から村雨をとりあげるのに手段はえらぶまい」

「…………」

「そこで、わしがいま死ぬのじゃ。死ねばあちらは、あれ見よ番作は、姉にたてついたあげくに後悔して自分で死んだ、といいたてるじゃろう。しかし、なりゆきは村の者みながが知っておる。村じゅうのにくしみをかって、庄屋がやっておれるものではない。あの猫っかぶりの夫婦のことじゃ、そこでこんどはお前を養い、ふびんがってみせ、村人の前をつくろおうとするじゃろう」

「…………」

「また村雨は、ここにあれば是も非もなく欲しいと思うじゃろうが、お前とともにあの家にあれば、かえって安心して、きょうあすのうちにとりあげるようなことはすまい」

「…………」

「窮鳥ふところにいれば猟師もこれを殺さず、という言葉がある。大塚夫婦にそんな慈悲心はあるまいが、なければこそ、そんな慈悲心があるように見せかけねばならぬ立場に追いこむために、わしはいま腹を切る」

信乃は、父のいっていることがよくわからなかった。ただ、いま腹を切る、といった言葉を耳にしたせつな、身体じゅうが凝固していた。

番作は刀をぬきはらった。

「見よ、信乃！」

番作はさけんで、その刀を一閃《いっせん》した。

すると——怪しむべし、その刀のきっさきからびゅっと一条の水がほとばしって、向こうの障子にしずくの点線をえがいた。

「この奇特ある名剣ゆえに村雨とは呼ぶ」

信乃は、わが父ながらぶきみな笑いを浮かべて、番作がじゅばんを肌ぬぎ、その刀身をそでつつんでにぎるのを見た。

「よいか、信乃、わしが死んだら男姿になれ。そして、お前が一人前の武士となったあかつき、これを持って成氏《しげうじ》公のところへ名乗りいでよ。その日まで、力をつくしてこの刀をまもれ」

その刀をとりなおすのを見て、それまで魅入られたように居すくんでいた信乃は、夢中でまろびより、父の腕にしがみついた。

「父上、死んじゃあいやだ。死んじゃあいやだ！」

その小さな身体を、左手で、病んでいるとは思われぬ力で番作はひっつかみ、ひざの下におさえつけた。

「病に死ねば、ただ野たれ死で終わる。わしがいま死んでこそお前を生かす。これまさしく死中に活を得る、犬塚番作、最後の兵法じゃ！」

女まげのもとどりも切れ、泣きさけぶ信乃の身体いちめんに、ざあっと焦熱の血がふりかかった。

……しばらくののち、その刀をぶら下げて、信乃はふぬけのように、つっ伏して動かぬ父の屍骸《しがい》を見下ろしていた。

「おれも死のう」

と、彼はつぶやいた。涙さえ出なかった。

そのとき、どこかでひくい犬のうなり声がした。

　信乃は、よろめく足で裏へ出ていった。

　血まみれのぼろみたいな犬は、夕闇《ゆうやみ》の底に哀れな眼をあげて、また苦しげな声をたてた。

「与四郎、痛いか」

　信乃は暗然と声をかけた。それから、きっとして、

「だけど、お前のおかげで父上が死ぬはめにもなったんだぞ。死ぬんだ。どうせお前も死ぬんだろ。それまで苦しむより、おれがいま、助けると思ってお前の首を斬《き》ってやる」

　と、刀をとりなおした。

　すると与四郎は、はじめて前肢をたてて、さあ斬って下さいという風に、首をさしのばした。信乃は斬り下ろした。

　水けむりが沈み、血けむりが立った。そのせつな、その中から何やらとんで、信乃の左の二の腕にはっしとあたったものがある。

「痛っ」

　と、さけんで見下ろす信乃の眼に、地上をころがってゆく白い珠がうつった。

　ひろいあげて、彼はまばたきした。大豆の倍くらいの小さな水晶の珠で、緒《お》をとおす孔があったが、珠の中に何やら文字が浮かんでいるのだ。

信乃はそれをたそがれの光にかざした。――浮かんでいるのは、「孝」の一文字！

――第一の「犬士」犬塚信乃はここに出現した。

もとより十一歳の信乃は、このときまだ自分の宿命を知らない。

「こりゃ何だ？」

どうしてもこの珠は、与四郎の首の切り口からとんできたとしか思えないが、そんな奇怪なことがあるだろうか？

ふいに信乃は、左腕に痛みをおぼえた。袖をまくってみると、二の腕に黒い牡丹《ぼたん》の花弁のようなあざがあった。いまこの珠があたったはずみでできたものらしい。

この怪異に、ながく首をかしげている余裕は少年になかった。信乃は珠をふところにいれ、家の中にはいった。

そして、父の屍骸《しがい》のそばに座り、父にならって肌をおしひろげ、刀を自分の腹につき立てようとしたとき、表の戸を蹴《け》はなすようにして二人の人間がかけこんできた。

「待った、待った、信乃さま、はやまらないで下され！」

それは百姓糠助と、庄屋の奉公人の少年額蔵で、大塚夫婦の大怒号を受けて逃げ出した糠助から、事のなりゆきを聞いた額蔵が、何やら虫が知らすといい出し、二人でやってきて、戸のすきまから番作の屍骸だけを見て、息をのんでいたところであった。

五

——番作の死を知って、さすがに強欲な大塚夫婦も驚いたことはいうまでもない。

しかし、そのあとは番作が、「最後の兵法」をめぐらした通りになった。

番作の死に寝ざめが悪いのみならず、大塚の家と土地を横領したと村人からひそかに見られていることを気にしているだけに、彼ら夫婦は信乃をひきとることを申し出たのである。

信乃は生きることに思いなおしていた。父の遺言のとおり、村雨をまもってやがて世に出ることを決心した。

それで伯父夫婦の申し出を受け入れて、その家に移ることになった。

いちばん無邪気によろこんだのは、養女の浜路であったろう。「おにいさまがきた。おにいさまがきた」とはねまわり、「わたし、おにいさまのお嫁さまになるのよ」と、みなにふれて歩いた。

信乃はすでに男姿になっている。

それを聞いて、大塚夫婦は顔見あわせたが、やがてひき六が信乃にいった。

「いや、さきざき浜路のいう通りにしたほうがええかも知れん」

笑いながら、猫なで声で、

「さすれば、この家のなにもかもお前さんのものになる。　わが家のものは、みなお前の
ものじゃ」

「それでは信乃のものも、みんなわが家のものと考えてもよいのう」

と、それまで顔あからめていた信乃が、きっとして、

と、伯母のかめざきがいった。

すると、

「はい。だけど、父の遺言で、村雨の刀だけはおわたしできません」

と、いったので、大塚夫婦はもちろん、奉公人の作男たちも、しらけた顔を見あわせ
た。

　さて、信乃を大塚家の離れに住まわせることにしたが、十一の少年をひとりではおけ
ない。といって、この春の田畑仕事の忙しい中に、大の男や女に世話させるのはもった
いない、と夫婦は相談し、奉公人の中にちょうど同年の額蔵がいたので、これをその役
にあてることにした。

　はじめのうち、この二人の少年の間は案外よそよそしかった。

　信乃はむしろ以前のほうが額蔵に親近感を感じていた。

　父の番作が、気にくわない大塚家の奉公人ながら、幼くして飼い殺しの境遇にあるそ
の少年をあわれんで、額蔵をただで自分の寺子屋で教えてやるようになり、「あれはか
しこい子だ」と感心していったのを聞いたことがあるし、また赤岩先生の道場でも、よ
くこの少年が入口からのぞいて、じっと稽古を見ているので、「いっしょにやらないか」

と声をかけたこともある。

が、ここへきてからは、この家の者はみな敵だ、という考えから、かえって額蔵に心をゆるさなくなった。

額蔵のほうは、もともと口かずが少ないたちの上に、主筋のものとその従者といったかたちで接触するようになって、それが彼に以前にまさる遠慮をさせるらしかった。

が、夏のある日、

「信乃さま、行水の用意ができております」

と、庭で額蔵がいった。

「ありがとう」

信乃は、錦《にしき》の袋にはいったままの刀を持って下りていった。これだけは寝てもさめても身辺からはなさない。

へちま棚の下に、大たらいが湯気をあげ、そばに水と湯をいれた手桶《ておけ》が二つならんでいる。

裸を人に見られるのをいやがりはじめる年ごろで、それはわかっているから、信乃が衣服をぬぎかけると、額蔵は立ち去ろうとしたが、その足もとに何かころがってきたのを見て、ふと立ちどまり、ひろいあげて、ただならぬ顔でふりむいた。

「信乃さま、これは」

と、さけんだ。

下帯一つになった信乃は、当惑した顔をしている。珠は、いまきものをぬいだとたん、たもとからとび出したものであった。

額蔵はその珠をすかして見たあと、こちらにひき返してきて、信乃の左腕の一点に眼をとめ、

「やあ、信乃さまにもあのあざがある！」

と、ふだん十一とは見えないほどおちついた少年に似げなく、高い声をはりあげた。

この反応ぶりに、逆に信乃はふしぎな表情をした。

「それが、どうしたんだ」

「私にも同じあざがあるんです、背中に」

「えっ？」

額蔵は上半身裸になり、くるっと背を見せた。

と、その右肩のうしろに、信乃のものより大きいが、たしかに牡丹《ぼたん》の花弁に似たあざがくっきり見えた。

「そして、同じような珠を持っております。ほら」

額蔵が、首にかけていた守り袋からとり出した一つの珠を受けとり、のぞきこんで信乃はさけんだ。

「義！」

そして、相手を見つめて、

「君は、どういうひとだ？」

と、きいた。それまでお前と呼んでいたのが、自分でも気づかず変わっていた。

額蔵はあたりを見まわし、

「信乃さま、行水をして下さい。背中をながしながら話します」

と、いって、そうしながら話し出した。

「このあざは生まれつきのもので、珠は私の家の下男が、私のエナを埋めようと土を掘ったら出てきたものだそうです。エナとはなんだと、あとになってから母にきいたら、赤ん坊が生まれるとき、いっしょに出てくるものだそうです」

額蔵は姓は犬川《いぬかわ》といい、もとは伊豆のある代官の子であった。それが、四年前、彼が七つのとき、父が村人のために領主に抵抗する事件があり、勘気を受けて切腹を命じられ、一家は追放になった。

母のいとこに安房の里見家に仕える尼崎《あまさき》という者があったので、母は自分の手をひいてそこへ旅することになったが、戦乱のため適当な船がなく、下総の行徳《ぎょうとく》という港から安房への船があると聞かされて、そこへゆく途中、この村で雪にふりこめられた。もともと病身であった母はここでたおれて息をひきとった。——

自分は、吹雪の中で母のなきがらにしがみついて泣いていたのを、たまたまあの糠助爺《じい》に見つけ出されて、この庄屋につれてこられた。ほんとうは荘助《そうすけ》というのだが、額蔵などいう名をつけられて、そのあと飼い殺しで働かされることになったのだという。

「ああ」

いつのまにか信乃は、額蔵のほうにむきなおって、ため息をついた。

そういえば、この額蔵はゆきだおれの子だと聞いたおぼえもあるような気がする。また、同年のこの少年が、強欲な伯父夫婦の下で犬猫あつかいにされて働かされているのを、可哀《かわい》そうだと思うことはあっても、なにしろそのゆきだおれの事件は信乃も七つのときの話だし、平生疎遠な大塚家の奉公人のことで、特別の注意もしていなかったのだが。——

「じゃあ君は、もとはりっぱなお侍の子なんだね？」

いまにして、この額蔵が手習いにきたり、道場をのぞいたりしたことに思いあたる。顔もきりっとひきしまって、とうてい庄屋の一奴隷の容貌《ようぼう》ではない。

こんどは信乃が、自分の持つ珠とあざの由来を話した。額蔵は嘆声をもらした。

「それにしても、これはどういう意味かなあ」

「私にもわかりません」

二人は改めて顔を見合わせた。

「とにかく、私たち二人には何か特別な縁があるんです」

「どっちもお父さまやお母さまがいないことも似ているね」

「だから、これから、二人、手をとりあってゆきましょう」

「うん、兄弟だと思ってね！」

十一歳の少年二人は、しっかりと握手した。

さて額蔵がいう。信乃さまはここでお暮らしになることになったが、旦那《だんな》さま御夫婦とのいきさつは自分もよく知っている。私とあなたとあまり仲がいいように見られてはまずいような気がする。機会がくるまで、いままで通り、出来るだけよそよそしい顔をしてすごしてゆこう。

それからまた、将来のため剣術の修行をしたいが、赤岩先生はもういない。けれど太刀筋は信乃さまは教わったはずだし、自分も見学ながらけんめいに見てきた。あとはただ修行だ。修行は木立《こだち》を相手に一人でもできる、と——糠助爺《じい》の話によると、こないだ神宮川で別れるとき赤岩先生があなたにおっしゃったそうな。それでこれから、夜しめしあわせて近くの森へいって、そこで剣術の修行をしよう。

額蔵はそういった。

信乃はいまや感嘆の眼で相手をながめ、

「賛成だ。おれより君のほうがえらい。君のほうが兄貴ぶんだ！」

と、さけんだ。

——ともあれ、第二の「犬士」のちの犬川荘助はゆくりなくもここに現れたのである。

師はいない。父母もない。

それなのに二少年は、おとなの眼を盗んで、書を読みあい、だれも見ない森の中で二匹の子ひょうのように武術にはげみあった。

すでにこれは、ただの少年の行状ではなかった。彼らは自分たちの目的を知らない。二人をむち打つのは、二人にとりついた何ものかの霊であったろう。

六

大塚の里にいくたびか春秋がながれた。

そして、文明《ぶんめい》九年。

それまで坂東《ばんどう》の地にも、野火のような戦乱はあちこちでくり返されていたが、この大塚村にはふしぎに直接戦火が及んでこなかったのに、この年四月、ようやく村人たちを不安におとした、いくささわぎが近くに起こった。

すぐとなりの池袋にやかたをかまえる練馬《ねりま》平左衛門《へいざえもん》という豪族が、管領《かんれい》扇谷定正《おうぎがやつさだまさ》の軍勢に攻められて滅ぼされるという事件があったのだ。

結局大塚村は戦火を受けることはなかったものの、それから夏へかけて、練馬家の残党探しがこの村をおびやかした。

その四月の終わりのある夕方。

「信乃さま」

錦《にしき》の袋に入れた刀をぶら下げて庭を歩いていた信乃は、うしろから呼びかけられた。

大塚家の娘浜路が、木立の中から出てきた。

信乃は十八になり、浜路は十五になっている。

信乃はふっくらとして、しかもりりしい若者に成長していたが、それより変ったのは浜路であった。

七年前、信乃が大塚家に養われることになったとき、「おにいさまがきた、おにいさまがきた」と、はねまわり、「わたし、おにいさまのお嫁さまになるのよ」と、ふれて歩いた無邪気な少女は、いま見る者すべてが嘆声を発するような美しい娘に変わっていた。

浜路は、信乃にあまり話しかけないようになった。二人の間には、よそよそしい幕がはられるようになった。信乃は、浜路が伯父夫婦にそういう態度をとるようにいいふくめられているのだろう、と思っていた。伯父伯母が自分に決して心をゆるしていないことを知っていたからだ。もっとも信乃も大塚夫婦に心をゆるしていない。

その浜路がめずらしく声をかけてきて、

「信乃さま、私を助けて」

と、思いつめた眼でいった。

「何かね」

「網乾《あぼし》先生が、私といっしょに逃げよう、というのです」

「網乾先生が？　なぜ？」

信乃はめんくらった顔をした。

網乾左母二郎《さもじろう》というのは、二年ばかり前にこの村へやってきて、寺子屋をひらいた男であった。

何でも扇谷家の浪人だということだが、犬塚番作が亡くなって村に習字の師匠が絶え、それきりであったからその寺子屋はよくはやったが、すぐに左母二郎は子供たちを追っぱらって、村の女房たちや娘たちを集めて、笛、つづみ、ざれ歌などを教えている。

二十五ばかりの、あぶら壺《つぼ》から出て来たようないい男である。女たらし、といううわさも高い網乾左母二郎だ。

「網乾先生が、どこへ？」

「どこへだか知りません。とにかくはやくいっしょに逃げなければ大変なことになるというんです」

「何が大変」

「私が、練馬の残党狩りにあうかもしれないからって」

「えっ、浜路が、練馬の残党？」

信乃は浜路を見つめた。

しかし、すぐに浜路が、練馬家のさる重臣からのもらい子だ、と、いつかだれかから聞かされたことを思い出した。

それで浜路が、大塚夫婦とは似ても似つかぬ――養女だからあたりまえの話だが、気品にみちた顔をしていることが腑《ふ》におち、またそんな重臣がどうして子供を大塚夫婦などに養女にくれたのだろう、と首をかしげたものだが。――

「だってお前は二つのときにもらわれてきた子だというじゃないか。生まれはともかく、そんなものが練馬の残党だなんて、目をつけられるわけがないよ」

「それが……練馬さまが滅ぼされなさったとき……軍師だった私のお父さまとお兄さまが管領方とたたかって、たくさんの人を殺し、お父さまは討ち死になすったけれど、お兄さまは逃げて、いま血まなこで探してるっていうんです」

「へえ？」

信乃は眼をまるくした。

「お前のお父さまとお兄さまは何てひと？」

「お父さまは犬山道策《いぬやまどうさく》、お兄さまは犬山道節《どうせつ》ってききました」

「あったことがあるのか」

「いいえ、いちども」

そう答えたとたん、浜路の眼に涙がひかり出した。

子供を養子にやると、実家と養家は、一生不通――あとあとの悶着《もんちゃく》をふせぐために、将来までもつき合いを断つ、というのが世のならいだということは信乃も知っている。

そういえば、ここのところ、遠目ながら浜路の顔色が沈んでいたと思う。さぞ、練馬家滅亡のさわぎに小さな心をいためていたのだろう、と信乃は可哀《かわい》そうになった。

「まあ、何にしてもお前に災難がくるなんてことはありっこない。心配はいらないよ」

「え、でも……こちらのお父さまとお母さまが……」

ひき六と、かめざさのことだ。

「そんなお尋ね者の身よりを養っていることがわかっては、管領さまからどんな目にあうかとおびえていらっしゃる、と……」

「網乾先生がそういうのか」

「ええ、だからいまのうち、この家を出ていったほうがいい、自分がいっしょにいってやるからって……」

「ほんとうに伯父上伯母上はそんなことをこわがっているのか」

「そんな風に見えますわ」

と、浜路はうなずいた。

「そんなことをいわれると、私、ここにいられないような気もするんです。でも……あの網乾先生といっしょに逃げるなんて、イヤ」

浜路は、じっと信乃を見つめた。

「信乃さま、あなたがつれてって下さらない？」

信乃は顔じゅうに血がのぼるのをおぼえた。

夕風がとまった。二人の間にべつの風が——かぐわしい、甘美な風がながれた。

この数十秒の間に、信乃は浜路が自分を恋していることを知り、自分が浜路を愛していることを知った。

しかし信乃は、やがて首をふった。

「それはできない」

「……………」

「いま、おれが出てゆく名目がない。あんな伯父伯母でも、おれは七、八年育てられた恩がある。それなのにいまお前といっしょに出てゆけば、不義忘恩のかけおちになる」

「……………」

「おれは、あの女たらしの網乾左母二郎と同じように見られるのはいやだ」

浜路は折れるほど首をたれた。

そのとき信乃は、さっき浜路が出てきたのとはちがう方向のしげみから、一人の男が立ちあがるのを見て、さすがにはっとしていた。

「若僧、こざかしいことをいうの」

黒羽ぶたえ、着ながしの網乾左母二郎であった。彼は伯母かめざさに気にいられ、しょっちゅうこの家に出入りしている。

「いまお前がしゃべったことをよくおぼえておけ。おれもおぼえておくぞ」

そして彼は、冷笑を浮かべて夕闇《ゆうやみ》の中を立ち去った。

信乃は怒るよりも恐れるよりも、あっけにとられた。

網乾左母二郎といえば、ただ遊芸のみにたけた、にやけた色男かと思っていたのに、はじめて別の凄味《すごみ》のある一面を見たからだ。

――これが、それまでともかくも平穏であったこの若い二人を襲うことになるまがまがしい運命の前兆であった。

実際に扇谷管領の手は浜路などに及んではこず、またどうしたのか網乾左母二郎も、まるで健忘症みたいにけろりとした顔をしていたが、翌年になって嵐はきたのだ。

そして、十六歳の浜路は非情の死神にとらえられ、十九歳の犬塚信乃は悲壮な死闘の世界に投げこまれることになる。

七

その年、文明十年。

このあたりは扇谷管領《かんれい》の息のかかった大石兵衛尉《ひょうえのじょう》の支配下にあったが、五月になって、その新しい陣代《じんだい》皮上宮六《ひがみきゅうろく》なるものが、手代《てだい》軍木《ぬるで》五倍二《ごばいじ》以下をひきつれて巡察にまわり、大塚村にきたとき、一夜庄屋大塚家に泊まり、饗応《きょうおう》のためにひき出されて琴をひいた浜路の清麗きわまる姿を見て、たちまちよだれがとまらなくなってしまった。

数日後、使者として軍木五倍二がやってきた。浜路どのを陣代皮上宮六の妻にもらい受けたいというのだ。皮上はこの春、妻を失ったばかりだという。

さすがに大塚夫婦も、あぶらぎったヒヒのような四十男の皮上宮六の顔を眼に浮かべ、いや、あの娘にはいいなずけの男がきまっておりますので、と辞退した。

五倍二はうすきみ悪い笑いを浮かべて、お言葉ではあるが庄屋どの、いつどこの軍勢がどこへなだれこむかわからぬいまの乱世に、陣代さまの御保護がなければ明日のいのちもはかりがたいということをご存知か、と、いった。

この話が何度か内々くりかえされたが、六月にはいるとまた五倍二がきて、実は皮上陣代は近く鎌倉在府の主君大石兵衛尉さまのところへ参向することになり、しばらくそちらに滞在する予定なので、例の話、いそぎとりきめたい。できれば、三、四日のちにも祝言をあげたい、何なら皮上自身がきて当家で祝言をあげてもよいと仰せられておる、と、きり出した。

大塚夫婦は大あわてで、しばらくお待ちを、と、ひき下がって、別室でひたいをつきあわせた。

「もうこうなっては、おことわりできぬことじゃわいの」

「考えてみれば、わしらがこの家を横領したとか何とかいう村人たちのかげ口、いっそここで陣代さまを花むことすれば、もうそんなかげ口もあとをたとう」

これが、二人の結論であった。もともとひき六は胴欲無比な男で、かめざさもそれを夫として平気な女であった。

浜路が呼ばれ、この話が持ち出された。

「いやです！」

みなまで聞かず、浜路は立ちあがり、かけ出そうとした。

ひき六は、あわててうしろから抱きとめた。

「これ、どこへゆく」

「信乃さまのところへ」

「なに、信乃のところへ」

浜路は身もだえしてさけんだ。

「私は……信乃さまのところへお嫁にゆくと、ずっと前からきめているのです！」

十六歳の、なよやかな身体から出るとは思われない力で、ふりはなされそうになってひき六は、

「これ、だれかきてくれ！」

と、悲鳴をあげた。

「何ということをいうのじゃ、浜路、お前があの信乃の嫁になるなんて……だれのゆるしを得て、そんなことをいう？」

「信乃さまがここへおいでになったとき、お父さまがそうおっしゃったではありませんか？」

「信乃がうちに来たときに？」

ひき六はあっけにとられた。そんなことをいったことも忘れたが、たとえいったとしても、それは……浜路が八つのころの話ではないか？

いまのひき六の呼び声に、四、五人の奉公人がかけこんできた。

「これ、この娘をしばらくとりおさえておってくれ」

と、ひき六はいい、

「離れにも声を聞かせぬように」

と、注意した。すると、下男の一人が、

「信乃さまは、今夜おいでになりませぬが」

と、いった。

「ほ、どこへ？」

「糠助めが病気で、今夜にもあぶないとかで、そっちへ見舞いにゆかれました」

「ああ、そうか」

浜路がむりやりつれ去られたあと、ひき六は、

「よし、これでかえって決心がついた」

と、うなずいた。

「浜路が、いくらなんでも八つのころから思いつめておるわけがない。このごろ二人、色気づきおって、こちらの眼を盗んでいいかわしたにちがいない。飼犬に手をかまれるとはこのことじゃ」

「まあ、ほんとに驚いたこと」

と、かめざさも胸をなでる。

「これ、お前、信乃が可愛《かわい》いか。ともかくも信乃はお前と血がつながっておるのじゃか

らの」

「それはそうだけど……これまで養ってきてやって、ちっともこちらに頭を下げようともせず、それどころか、まだあの村雨をいつも身のまわりから離さないような子、どうにも可愛げがないわいの」

「おう、その村雨じゃ。信乃を追い出せば村雨も持ってゆかれるのでそれもならず、そのうちいつかはこちらの手にはいると思い思い、そのきっかけがのうて、とうとうきょうまできてしまったが……しかし、浜路とあれを夫婦にしても、とうていわしらが老後安らかになるとは思えんな」

「そんな心配より、お前さま、いまの陣代さまの御使者への返答、どうするのでございます」

「おう、それじゃ、それはことわれん。ことわれんどころか、こっちにとっても何よりの話じゃ。ありがたくお受けいたそう」

　ひき六はいった。

「それについての面倒ごとを、いっぺんにかたづける工夫がいまついた。それはあとでお前と談合しよう。ともかくも御使者に、この縁談承知のご返事をする。あとは、わしにまかせろ」

　彼ら夫婦は、軍木五倍二の前にまかり出て、そのむねを伝えた。

　酒をのんで待っていた五倍二がいった。

「いま、信乃のところへゆく、信乃の花嫁になるとさけぶ声が聞こえたようじゃが、あれは浜路ではないか。信乃とはだれじゃ」

ひき六は狼狽《ろうばい》していった。

「されば、それがいつぞや申しあげた浜路のいいなずけでござります」

「ふうむ。そんなものがあっては、嫁に出そうといっても、いよいよさわぎたてるであろうな」

五倍二は首をひねって、しばし考えたのちにいった。

「そうじゃ、こうしよう。先刻申した通り、やはり四日のちに、陣代御自身こちらにきていただくことにしよう」

「えっ、御陣代さまが？」

「そして、こちらで祝言をあげるのじゃ。そうすりゃ、いくら何でも娘ごも観念するじゃろ。……ただし、このことはそれまでかくしておけよ」

八

そのころ、信乃は、死にかけた百姓糠助を見舞っていた。

この糠助は、父番作の生前から、番作と庄屋との仲があまり面白くないことを知りながら、庄屋の眼を盗んでよく番作父子の世話をしてくれた親切な老人であったが、この日、重病のため、臨終を迎えようとして、訪れた信乃に妙な依頼をした。

「信乃さま、あなたは古河へ参られることはありませぬか」

と、糠助はいい出したのだ。

「古河へ？　どうして？」

「あそこへ、このごろ関東公方《くぼう》の足利成氏さまがお移りになったと聞きましたゆえ。……いつぞや番作さまから、犬塚の家はもともと関東公方の家来筋で、もし成氏さまがまた公方におなりなされたら、何とか信乃をそこへやって世に出したいものだ。その日を待っておれは生きているのだ、と、うけたまわったことがございます」

「父の望みはおれも知っている」

彼は、ちらっとそばに持って来ている村雨に眼をやって、

「しかし、まだその機会がなく、きょうあす、そこへ推参する予定もない。しかし、そのうち古河へゆくときもあるかも知れないが、それがどうした？」

「実は、私の子がそこにおるかも知れませんので……」

「なに、お前に子供がおったのか」

糠助は独身の百姓であった。

「生きておれば、あなたさまより一つ年上になるはずでござりますが。……」

彼はほそぼそと話し出した。

――二十年ほど前まで、糠助は安房の洲崎《すのさき》の漁師であった。妻もあり、一人の男の子

もあった。

その子を生んだあと、妻の肥立ちが悪く、長い病の床についた。そのために彼はろくに漁にも出られず、借金だらけになり、しかも妻に薬を買うために、夏の一夜、殺生禁断の区域とされている海に出て漁をし、つかまった。さいわいその秋、領主の里見さまが、先年亡くなられた伏姫さまという姫君の三回忌にあたったため、大赦で牢《ろう》からおはなち下されたが、その間に妻は死んでいた。

二つになる子供は庄屋にあずけられていたが、もはやその土地に住むこともならず、糠助はその子を抱いて、あてもなく下総のほうへさまよい出た。

そして、行徳という町で、とうとう飢えはてて、親子もろとも河に身を投げようとしたところを、従者をつれた一人のりっぱなお侍に救われた。

そのお侍は、しばらく考えていたのち、こういった。

「子供に罪はない。親の道づれにこのような小さな子供を死なせるのはあまりにふびんじゃ。さいわいわしには子供がない。わしがもらってゆこう。ただ、いまは安房の里見家へ使いにゆく途中ゆえ、この行徳にある知り合いの宿にあずけ、帰途に受けとることにしよう。どうじゃ」

糠助は一議もなく、承知した。侍は彼に金を与え、

「もらい子は、双方の親、一生不通をよしとする。お前の名を聞くまい。わしの名もいわぬ。ただ、わしは関東公方につながるお方に仕える者じゃ、案ずるな、とだけいって

おく」

といって、従者に子供を抱かせて立ち去った。

それっきりだ。

糠助は、それからこの大塚の里までながれてきて、百姓のそのまた奉公人になったのだが。——

「それでも、一日としてその子のことを忘れたことはござりませぬ。なれども、いちどは手ずから殺そうとし、また人にやった子、あのお侍さまが関東公方につながるお方の家来とおっしゃったがいろいろ聞いてみると、それはいまの足利成氏さまのほかはなく、成氏さまがいま古河におわすと知っても、それをたよりにとうてい探しにゆく勇気もござりませなんだが、いまここに死のうとして……もし、あなたさまが古河にゆかれ、その子にあわれるようなことがあれば、ただひとことだけ、腑甲斐《ふがい》ない父親は、子にわびながら、ここで、こうして死んだと伝えてやっていただきたく、それでおたずねしたわけでござります。……」

「ふうん。その子の名は何というのだ?」

「私は玄吉《げんきち》と名づけましたが、もとよりいまはそのお侍さまの家の名に変わっているでござりましょう。その名は存じません」

糠助はいった。息があらくなり、顔色が灰色に変わってきていた。

「ただ、その子は生まれながら、右頬《みぎほお》に小さい、牡丹《ぼたん》の花びらに似たあざがあり、また生まれて七夜の日、私が漁でとってきた鯛《たい》を料理しようとしたところ、腹の中から字の浮かんでいる妙な珠が出て来たのを、そのままお侍さまにわたしたのでござりますが……」

「なんだと？　牡丹のあざと、字の浮かんだ珠？」

信乃はさけんだ。

彼は、自分の珠とあざのことを、それがあまりに怪異過ぎるので、額蔵以外にだれにも話したことはない。

「その珠の字は何というのだ？」

「信、という字で……」

そういって、糠助は息をひきとった。

九

その夜、大塚夫婦は、怖ろしい相談をかわした。

「軍木《ぬるで》どのにあんな約束をしてしまった上は、とにかく信乃にいなくなってもらわなくてはならん」

と、ひき六はいった。

若いころは無頼漢だったが、大塚の家にはいりこんで、庄屋を四十年ちかくもやっていれば、それ相応に貫禄《かんろく》もつき、老獪《ろうかい》きわまる顔になっていた。

「じゃが、御陣代《ごじんだい》に浜路をやると知れば――それは知るじゃろう――あいつ、意地を出してここを動かぬかも知れん。そこで、わしが工夫して、うまく追い出してやる」

「どういう風《ふう》に？」

「古河の公方《くぼう》さまのところへ、村雨を献上にゆかせるのじゃ」

「えっ、村雨を？　けれど、村雨は」

「うん、村雨はこちらに欲しい。村雨をぶじ古河の公方さまへ献上させれば、村雨がこちらの手にはいらぬどころか、信乃が出世のたねとなる。そんなことをさせてはならん」

「お前さまは、どうしようというのです」

「信乃にいなくなってもらうのと、村雨を手にいれるのを、この際いっぺんにやってのける工夫が浮かんだのじゃ」

「それは？」

「信乃に死んでもらう」

「ほ？」

さすがに、かめざさは眼をまるくした。――しかし、一息ついて口からもれたのは、

「それはいいけれど、それには必ず死んでもらうこと、それからこっちが手を下したと村人たちには知れないこと、この二つの保証がなければならないが、それは大丈夫かえ？」

という言葉であった。

「大丈夫、それについては思案をこらしたわ。細工はりゅうりゅう、仕上げをごろうじろ、じゃ」

と、ひき六はうなずいた。

「細工は三策あり、そのいずれもがからんでおるが、その大略をいえば、まず一番目に、信乃を神宮川《かにわがわ》におびき出して、溺《おぼ》れ死させる。二番目に、それにしくじれば、村を離れて古河にゆく途中、しかるべき者に信乃を討たせる。さらにそれでもうまくゆかなんだら、三番目に村雨の太刀をスリかえて、にせの刀を公方に献上させ、きゃつを必殺の窮地に追いこむことじゃ」

「えっ、村雨の太刀をスリかえる?」

「それには、刀の目くぎをぬいて、つばや、つかはもとのまま、中身の刀をとりかえる仕事をせねばならんが、そのためには侍の手助けが欲しい。……いま、それをやってくれそうな人間は、あの網乾左母二郎しかおらんが」

ひき六は、意地の悪い、笑った眼でかめざさを見た。

「お前、左母二郎にゃ、でれでれじゃないか。お前の口からあいつに頼んでくれ。……さて、くわしいことはこれからいう。孫子もはだしのひき六の兵法、よっくきけよ。……」

そのあくる日、信乃は大塚夫婦に呼ばれた。信乃は、哀れな糠助の葬いから帰ったばかりであった。

ひき六が、憂色にみちた表情でいう。

「信乃、困ったことができた。お前も聞いておろうが、きのう軍木と申される御陣代のお使者が参られての」

「…………」

「馳走《ちそう》の御酒談の席で、むこうさまが御自分のお刀のことをいろいろ自慢なされたものじゃから、ふとこのかめざさが、軽はずみにも、大塚家の例の刀のことを口にした」

信乃は、はっとした。彼はてっきり、浜路の縁談の話かと思っていたのだ。

何くわぬ顔で、ひき六はいう。

「そうしたら、御使者がその刀を是非見たい、と申される。いやそれは、私の甥《おい》の所持品ながら、きわめて秘蔵しておるもので、と、これがあわててことわったのじゃが、もうおそい。とにかく見たいとただをこねられ、お前がいま他出中じゃといったら、三日たったらまた所用でくる、そのとき是非見せてくれ、といってお帰りなされた」

「…………」

「どうもこんどの新しい陣代さまは横ぐるまをおされるたちらしゅう見える。それが移って、その下役の軍木さまも、無理無体をいって平気なお方のようじゃ。それで心配になったのは、その刀をごらんになって、ただごらんになっただけですむかどうかということ。……」

不安そうに、かめざさが言葉をそえる。

「もとはといえば私の失言じゃが、悔いても及ばぬ。私の案ずるのは、その大塚家の宝刀が何かいいがかりをつけられて、そのお方にとりあげられることじゃ」

大夫婦ともども、村雨のことを「大塚家の刀」という。もともと信乃の父犬塚番作が大塚と名乗っていたころからあった宝刀だから文句はいえないが、二人の心情のいやしさはいうをまたない。

「そこで思い出したのは、弟番作生前の存念じゃ」

と、かめざさはひざをすりよせた。

「番作は、時がくればお前に村雨を持たせて公方さまのところへ名乗り出させ、お前を世に出したい、ということであったわいの。……いまがそのときではないかと、私はひざをたたいた。もしいま、そういうことでお前が古河に出立《しゅったつ》すれば、これはいかに高飛車な軍木さまでもどうしようもなかろ」

「さいわいわしは、古河の公方さまの御家老横堀在村《ありむら》さまにお仕えしておるお人を知っておる。もしお前にその気があれば、その方へ、すぐに書状をやってそのことをお伝えしておくが、どうじゃ?」

浜路の件については、何もいわない。

信乃は、じいっと二人の顔を見つめていたが、やがて、

「古河へ参りましょう」

と、しずかにいった。

三日のちに使者がくるというので、信乃の出立はあさってということになった。

その翌日。──六月十八日のこと。

信乃の旅立ちのための衣服、笠《かさ》、わらじその他の支度に、かめざさは、ほんとうに情愛のある伯母みたいにさわぎたてた。

ふっと浜路も姿を見せた。彼女はろうのような顔色をし、名状しがたい眼を信乃に投げ、信乃が気づかないふりをしていると、影のように消えた。

額蔵もまたちらっと顔を見せた。彼もまた、疑うような、怒ったような眼をむけたが、これには信乃は知らない顔をした。

まさか、あさって、陣代皮上宮六がほんものの花むことしてのりこんでくるとまでは知らなかったが、いずれにせよ浜路が人身御供《ひとみごくう》にあげられることはまちがいない。

それを知りつつ──信乃は感情を失っていたわけではない。感情は波のように相せめいでいるのだが、それが分裂して、あばらの中であやうい均衡を保っていたのだ。

「信乃や」

と、夕方になって、かめざさが猫なで声でいった。

「めでたい門出です。父上と母上のお墓にまいって、このことを告げておいで」

それもそうだ、と、うなずくより、大塚家からいっときでものがれたい思いで、信乃は村はずれのお墓に出かけた。例によって、村雨をぶら下げてである。

やがて、ひき返してくると、思いがけず、夕暮れちかい路を、ひき六と網乾左母二郎が歩いてくるのにゆきあった。左母二郎は網をかついでいる。

「おう、信乃」

ひき六が笑いかけた。

「今夜はお前の旅立ちの酒宴をひらいてやろうと思うてな。そのサカナをわしみずからあつらえてやろうと神宮川にゆくところじゃ。ちょうどいい、お前も手伝うてくれ」

ことわる理由がなく、信乃は二人にひっぱられて神宮川へ向かった。

「信乃どの、いよいよ出世の門出じゃな。実に羨望《せんぼう》にたえん」

ケロリとして、左母二郎はそんな愛想をいう。こいつの心情は、見当がつかない。

河原で、船頭の安平が寄ってくるのを、ひき六は、「いや、きょうは向こうへわたるのではない。魚とりじゃで、櫓《ろ》は網乾先生にやってもらう」とことわって、小舟をかりて、三人で川へ出た。

そして、中流で、網を打つとみせかけて、ひき六はわざとよろめいて川へ落ちこんだ。

「あっ」

左母二郎は大げさに声をあげた。

「わしは、舟はこげるが、泳げぬのだ！」

ひき六は水中でもがいている。

信乃はいきなり着物をぬぐと、いっきに川へとびこんだ。

と、みるや、舟の上の網乾左母二郎は、実に奇怪なことをやりはじめたのである。

左母二郎は、自分の腰の刀をさやごとぬいた。舟には、網を打つのにじゃまだといって、ひき六がおいた刀と、錦《にしき》の袋にはいった信乃の刀があった。左母二郎は、その袋をといて、刀をとり出した。

それから、この三本の刀の目くぎをぬいて、刀身を、つかから離し、自分の刀身をひき六の刀のつかに、ひき六の刀身を信乃の刀のつかに、そして信乃の刀身を自分の刀のつかにはめたのだ。

最後の作業をやるときに、彼は信乃の刀身を、いちどびゅっとふってみた。すると、怪しむべし、そのきっさきから一条の水が河面《かわも》にとんだのである。

「なるほど、これが村雨か」

左母二郎は、にやっと笑った。

それから、ひき六のさやには、ちょっぴり水がそそがれた。

実はこの作業は、きのう、かめざさから依頼されたことであった。――いや、正確には依頼されたことそのものではない。

彼はかめざさから、信乃の刀とひき六の刀をいれかえることを頼まれたのである。――ひき六の刀の寸法は村雨にあわせてあった。

それを承知して、そのあとで左母二郎は、変心した。

美男の左母二郎は、以前からかめざさのお気に入りだ。あるとき、かめざさが、お前さまが帰参なさるときがあるなら、浜路をお前さまにあげてもいいけれど、と、ささやいたことがあるくらいだ。

かつて管領《かんれい》扇谷定正《おうぎがやつさだまさ》の近習《きんじゅう》であった左母二郎は、腰元にちょっかいを出して放逐されたのだが、みなにはほんのちょっとしたことでご勘気を受けただけで、遠からぬ将来帰参の見込みがあるようなことをいっていた。そんな見込みはない。

それを彼は、いま村雨の刀を奪い、それを土産に帰参しようと思いついたのであった。

「かめざさ婆め、おれをすっかり甘く見ているようだが、おれはきさまたちに都合のいい道具になる男ではないぞ、ばかめ!」

三本の刀身を手品のようにとりかえながら、左母二郎はせせら笑った。

この作業をおえたとき、舟はだいぶ下流にながれ、上流の河面《かわも》ではなお凄《すさ》まじいしぶきがあがっていた。

沈もうとするひき六を、信乃が抱きあげてひきあげようとする。ひき六はその信乃の手にしがみつき、足にしがみつく。わざと、水中にもつれる網をからめる。

このごろはさすがにやったことがないが、若いころひき六は水練の達者で、これは無我夢中とみせかけて、信乃を溺死《できし》させようというはかりごとであった。この方法なら、自分が信乃を殺したという疑いをまぬがれるからだ。

一方だけに殺意のある水中の格闘であった。

信乃もさすがに狼狽《ろうばい》したが、ついに憤然としてひき六を小脇《こわき》に抱きかかえた。ひき六が身動きつかなくなったほどの大力であった。

　相手を片手に抱いたまま、信乃はぬき手をきって、流れた舟へ泳いできた。

　舟に追いつくと、信乃はひき六を舟にほうりこみ、自分もはいあがってきた。

　さすがに大息をついているが、この若者の思いがけぬたくましさに、左母二郎はもとより、半失神のていに見せかけているひき六も、心中胆を奪われている。

「伯父上、あぶないところでございましたな。大丈夫ですか」

　あえぎながら、信乃は、ひき六のほうへ手をのばした。

　彼は、ひき六が、自分を殺そうとしたとまでは疑っていなかった。

「いや、ありがとう、ありがとう。お前をつれてきて助かった。お前はわしの命のぬしじゃ！」

　と、これも肩で息をして、しかし何くわぬ顔でひき六はいった。

　第一策は破れたが、しかし第三策のためのしかけはうまくいったらしい。しかも、その間に第二策もある。——

十

　その夜だ。

　ひき六は神宮川から持ち帰った刀をぬいて、かめざさに見せた。さやは自分のものだが、刀身は。——

かめざさは、いざりよった。

「これが、村雨かえ?」

ひき六はそれを振った。すると、向こうの障子に水滴が列を作って音をたてた。まさか、これが左母二郎がさやに水をいれただけのしろものとは思いもよらない。

一方、離れでは、明日の出発にそなえ、念のため村雨を調べておこうと、刀を袋から出して、灯影《ほかげ》にそれをぬこうとした信乃は、しずかに浜路が部屋にはいってきたのを見た。

「信乃さま、ほんとうに古河にゆかれるのでございますか」

浜路は座って、あえぐようにきいた。

「ゆかねばなるまい」

と、信乃は答えた。

「私に陣代《じんだい》さまからのあんなお話があるのを知って?」

信乃は答えなかった。

同じ屋敷に暮らす二人だが、ひき六とかめざさの監視がきびしいので、めったに話をしたことはない。会話らしい会話をかわしたのは、去年の春、浜路が信乃にいっしょに家を出ていってくれと哀願したときくらいだ。

「父と母が、こんど急にあなたを古河へやるのは、あなたと私をひきはなすためですわ。

父と母は、私たちの……心が結ばれているのを知っているのです」

浜路はぼうと頰《ほお》を染め、信乃も同様になった。

「それは、あの父と母に育てていただいた恩はありますけれど、私はどうしても好きになれません。強い人には平気でへつらい、弱い物にはこれっぽちの慈悲心もなく、欲ふかで、ほしいものはどんな手段を使っても手にいれようとします。……信乃さまがここにいらっしゃらなかったら、私はとっくにどこかへ逃げ出していたでしょう」

浜路はすすり泣きしはじめた。

「でも、どこへゆくといっても、いまとなっては、父は討ち死にし、兄は落武者のお尋ね者という始末……どっちにしろ、私は不しあわせな星の下で生まれた女のような気がします」

あんどんのかげにゆれる可憐《かれん》哀切の姿を見て、信乃はあやうく手を出して、抱きしめてやりたい衝動にかられた。

それなのに。――

「信乃さま、私も古河へいっしょにつれていって下さい」

と、思いつめた顔をあげて浜路がいったとき、

「いや、それはいけない」

と、うめくように信乃は答えていた。

「どうして？」

浜路のほうが、すがりつこうとした。

「どうしてですか？　あなたはいつか、自分が家を出てゆく名目がないとおっしゃいました。いまその名目ができたではありませんか」

「いや、おれにはあるが、お前にはない。お前といっしょに出てゆけば、やっぱり不義のかけおちとなる」

「父と母が、私を陣代へささげようとするほうが、よっぽど不義ですわ！　それをのがれて、私があなたといっしょに逃げてゆくのがなぜ不義なのですか」

「それに、この前おれは、網乾左母二郎と同じように見られるのはいやだといった。それを網乾に聞かれて、お前のいったことをよくおぼえておけといわれた。いまお前と出ていっては、きっと網乾に笑われるだろう。それではおれの武士がたたぬ。……」

信乃は苦しげにいった。

「おれが古河にゆくのはね、伯父上にいわれてのことばかりではない。それはいまは亡き父の悲願だったからだよ。……何にしても、古河はここからわずか十六里、ながくとも四、五日のうちには帰ってくる。それまで待っていてくれ」

「いいえ」

浜路は身もだえした。

「あなたは二度とこの家へ帰っておいでにならないような気がします。……」

遠くで、呼ぶ声がした。

「浜路──浜路はどこへいったえ？　浜路──」

かめざさであった。信乃は声をはげました。

「浜路、いってくれ、見つかるとまずい」

浜路は顔を両手でおおって、立ちあがった。

そうはいうものの、浜路も信乃も、まさかこの明後日のうちに陣代皮上宮六そのものが花むことしてのりこんでくるとは想像もしなかったのである。

が、浜路がしょんぼりと去ったあとも、さすがに信乃は胸の動揺がおさまらず、改めて村雨の刀を調べるのも忘れて寝《しん》についたが、夕方の神宮川の水難で身体は疲れはてているにもかかわらず、眠りにさえ容易にはいれなかった。

十一

あくる日の早朝、とうとう信乃は出発した。大塚夫婦のいいつけで、小者《こもの》の額蔵が、信乃の荷をかついで供をした。

神宮川の安平のわたし舟にのると、額蔵は声をひそめて──しかし、待ちかねたようにいい出した。

「信乃、どういうつもりだ」

額蔵はふだん信乃を主家の縁者としてふるまい、むしろ遠慮ぶかい応対をしているが、二人だけになると、むろん同志としての言葉遣いをしている。信乃の要求によるものだが――それにしても、あの少年のころからこういう演技をしてだれひとりとして二人の仲に気がつかなかったとは大変なものだ。大柄な信乃にくらべて、額蔵はやや小柄だが、精悍《せいかん》で、どこか沈毅《ちんき》な若者に成長している。

「浜路さまをおいてきぼりにして、どうするのだ。ほうっておくと、あの陣代《じんだい》の人身御供《ひとみごくう》になるぜ。可哀《かわい》そう、などいっても足りない事態になる」

「それなのだ、おれも苦しんだ」

信乃はいった。

「浜路は好きだ。おれをしたってくれるのを、ありがたいと思っている。しかしなあ、それを受けいれると――伯父伯母がゆるすわけはないが――かりにゆるすとなると、おれは一生大塚村に縛られることになる」

「だから、つれ出してくればいいじゃないか」

「かけおち同様の所行はできん」

信乃は首をふった。

「それに、おれは、ほかにやることがある。いや、出世とか何とかじゃない。それより、おれは何か大きな使命を天から受けているような気がするんだ。それはお前だって同じじゃないか」

が、その使命はいまのところ漠として雲のようで――口にはしないが、具体的には、もし古河で仕官の道が得られたら、信乃は額蔵を呼ぶつもりでいる。

「ううん」

額蔵はうなずいた。その通りであった。

「そういわれると、おれもどういっていいかわからん」

「とにかく、三、四日すれば一応おれは帰ってくる。それまで浜路に妙なことが起これば、お前、何とか助けてやってくれないか」

「三、四日たったら帰ってくる。……」

額蔵は何ともいえない表情で信乃を見た。

「実は信乃、おれは御主人から、お前を殺すことをいいつかっているんだ」

「えっ？」

「お前の持っている村雨の太刀をとるためにね。……首尾よく信乃を殺し、太刀をとって帰ったら、大金をやり、奴隷の身分からときはなってやるという約束だ」

信乃は呆《あき》れ返った。

同時に、はじめて電光のごとくひらめくことがあった。

「そうか！　きのう伯父が、この川へ落ちたのは……」

「なんだ？」

信乃はきのう夕方、この神宮川に漁にきた伯父のひき六が川へ落ち、それを救おうとした自分にからみついて、あやうく溺死《できし》しかけた事件のことを話した。

「あれも、あわよくばおれを殺そうとしたものにちがいない。……そこまでおれをにくんでいるとは！」

はじめ、ひそひそ話だったのが、いつしか船頭の安平が櫓《ろ》をこいでいるのも忘れて、声が高くなっている。

「それほど人非人の伯父伯母なら、いよいよ浜路をあそこにおいてはおけない」

信乃は興奮していった。

「おれはやっと決心した。額蔵、お前帰ったら、すぐに浜路をつれ出して、どこかにかくまっておいてくれ。おれはこの村雨の太刀を古河の公方《くぼう》さまに献上したら、すぐにひき返して、こんどは浜路とかけおちでも何でもする」

それから信乃は額蔵にきいた。

「それより、お前どうする！　おれを殺すようにいいつかっているわけだが」

額蔵は苦笑した。

「相手もあろうに、おれにその役をいいつけるとはなあ。人間、知らぬということはこっけいなことだ」

そして、いった。

「お前に斬《き》りかかったが、逆にねじ伏せられて、さんざんな目にあった、とても報告することにしよう。何なら、こぶを二つ三つ作ってもいい。……浜路どののようすを一刻も早く見たいが、何にしてもあまり早く帰ってもいかん。栗橋まで送ってから帰ることにしよう」

神宮川を渡って、本郷《ほんごう》の円塚山《まるづかやま》の下を通りかかったとき、何百人という人々が、もっこで土を運んでいる光景を見た。きくと、明日ここである行者が火定《かじょう》するので、その穴を掘っているのだということであった。

そこを通りすぎて、巣鴨、蓑輪《みのわ》、やがて隅田川《すみだがわ》をわたり、もう炎天といっていい空の下を下総へ、若い二人は驚くべき健脚で、その日のうちに、大塚から十三里の栗橋の宿についた。

人間、知らぬということはこっけいなことだ、と額蔵は、信乃と自分の仲を知らぬ大塚夫婦を笑った。しかし、信乃と額蔵も、村雨の太刀がスリかえられていることを知らない。なまじ、信乃を殺してその刀を奪え、などいう命令を受けていたために、まさかその刀が別物だとは思いもよらない。

栗橋の宿で、二人は心ゆくまで語る機を得て、古河公方や、まずあうことになっている権臣横堀在村などのことを話したあと――ふいにひざをたたいて信乃は、数日前死んだ百姓糠助が妙な遺言を残したことを打ちあけた。

糠助の子が成長して、古河公方に仕えている可能性があるが、

「その人が、信という珠を持ち、頬《ほお》に牡丹《ぼたん》のあざがあるというのだ！」

と、信乃はいった。

「ほう？」

額蔵は、眼をかがやかした。

「それは……おれたちの前世からの兄弟じゃないか！」

「おれが古河へくる気になったのは、一つにはその人にあいたいということもあったんだ」

その翌朝、すなわち六月二十日の朝、二人は別れた。

信乃はそこから三里の古河へ、額蔵は武蔵の大塚へ。

十二

——同じ日の午後おそく。

陣代が大塚の家に乗りこんできた。

なんどか使者にきた手代《てだい》の軍木五倍二《ぬるでごばいじ》だけでなく、ほんものの陣代《じんだい》皮上宮六《ひがみきゅうろく》自身がやってきて、今夜ここで婚礼の式をあげるのだときいて、浜路は卒倒せんばかりになった。

その浜路を、大塚夫婦がかきくどく。

庄屋の娘が陣代さまの花嫁になるとは、これは世にもまれな玉の輿《こし》ではないか、とか、もしここでおことわりすれば大塚の家もぶじにはすまぬ、お前を幼いときから育てたこの父と母の首を斬《き》らせる気か、とか。

たのみ、おどし、はてはそら涙さえながす夫婦に、やがてすべての抵抗力を失った浜路はこっくりした。

「やれ、承知してくれたか、ありがたや！」

「やっぱりお前は孝行娘じゃわいのう」

二人は笑みくずれ、

「それでは、わしは祝儀の支度の指図をしにゆくぞ」

「お前の花嫁衣裳《いしょう》もちゃんと用意してある。のちほどここへ持ってくるゆえ、待っていや」

と、口早にいって、大塚夫婦は立ち去った。――ゆきがけに、下女の一人に、浜路の見張りを命じたことはいうまでもない。

今夜のことは、陣代側と打ちあわせてはあったのだが、信乃や浜路に感づかれると困るので、大っぴらな用意をするわけにはゆかず、それだけにいざとなるとにえくりかえるようなさわぎで、それは灯《ひ》ともるころになって、いよいよ高まった。

その忙しさについつりこまれたか、それとも凍りついたように座っている浜路の姿に安心したか、見張りの女中がふと座をはずした。

浜路は立ちあがり、裏へ出た。

逃げるつもりはない。逃げたからとて、すぐに追手《おって》の出ることはわかっている。まして、裏に、崩れた築山《つきやま》で、夏木立《なつこだち》が昼でも小暗くしげっている場所があった。もう日はくれて、ただ闇《やみ》の中にざわめいている木の中へ、浜路は夢遊病者のようにあゆみいった。

生家にすてられ、養家に売られ、恋人にそむかれた浜路には、もう死の道しかなかった。

しかし、浜路は心の中でさけんだ。

「信乃さま、もしお帰りになったら、……陣代の花嫁などには決してならず、あなたへの貞節をまもって死んだ浜路の死顔をよく見て下さい！」

浜路は、頭上にかぶさる枝の一本に、しごきを投げかけた。

――と、帯の輪に首をさしいれようとしてのびあがった浜路の身体を、うしろからぐいと抱きとめたものがある。

「あっ」

「声をたてなさるな、浜路どの」

くびすじにかかった息は、網乾左母二郎のものであった。

「事情はたいていわかっておる。あんたでなくったって、あんな鬼瓦《おにがわら》のような陣代の人《ひと》身御供《みごくう》になるのは、どんな女でもいやだわな。……死ぬほどなら、おれといっしょに逃げんか」

左母二郎は、実は今夜のうちにも村雨の刀を持ってこの村を逐電しようとし、そうきめると、毒食わば皿まで、陣代と婚礼をあげるという浜路をこの際なんとかさらってゆこう、と、先刻土塀の下にあいた穴からはいりこんで、この築山《つきやま》の上から大塚家のようすをうかがっていたのであった。

そこへ浜路がしのび出てきて首をつろうとしたのだから、彼にとってはまったく棚からぼたもちだ。

「死ぬほどなら、おれといっしょに……どころではない、この前、あんたはおれとかけおちすることをことわったが、ことわる気持ちがわからない。おれほど女をよろこばせる男はいない」

「きらい、あっちへいって！」

「それに、おれは管領《かんれい》扇谷《おうぎがやつ》さまに帰参がかなう道具を手にいれたのだ。鎌倉にゆけば、栄耀栄華《えいようえいが》は思うままじゃぞ」

「は、はなして！」

浜路は身もだえし、さらに、「だれか――」と高い声を出そうとした。

その口にさるぐつわがかまされた。それまで左母二郎が頬《ほお》かぶりしていた手ぬぐいであった。

声もたてられない浜路を小脇《こわき》に抱いて、左母二郎は走り、はいってきた穴からそのままでは出られないと見ると、浜路をしごきで背に縛り、松の木をつたって土塀の外に出た。

そのとき、家の中でさわぐ声がしはじめた。

暗い村道を走ると、むこうに小田原提灯《ぢょうちん》が二つゆれているのが見えた。

左母二郎は、すぐにそれは、かごだと知った。客を下ろしているようだ。このごろ村にはいってくるかごなら、江戸からきたものにちがいない。

「おい、酒手をはずむぞ。江戸へやってくれ」

客は去り、汗をふいていたかごかきは、左母二郎が女を背から下ろすのを見て、けげんそうな顔をした。

「きちがい女じゃ、やっとつかまえたんじゃ。はやく江戸へ連れもどさねばならん。たのむ。――」

やがて、半失神状態の浜路をのせたかごはかけ出した。そばには左母二郎がつきそって走っている。

一方、見張りの下女がもどってきて、浜路のいないことに気がついて悲鳴をあげ、ひき六、かめざさは仰天した。

かわや、納戸《なんど》、庭と、奉公人たちが狂気のごとく探しているところへ、かっぱの土太《どた》郎《ろう》という村のごろつきがひょいと顔を出して、事情をきき、

「そりゃ、いまここへくるときすれちがったかごにちげえねえ」

と、さけんだ。

「かごは本郷のほうへむかって走っていったが、そのそばについていたのは、たしか、網乾先生のようでしたぜ！」

「そいつじゃ！」

と、ひき六はわめいた。

「これ土太郎、追っかけていってつかまえてくれ。娘をとりもどしてくれたら、ほうびはいくらでもやる」

自分で脇差《わきざし》をさやのままひきぬいて、

「そのまえに、この刀を持ってゆけ、あれはおとなしく浜路をわたす男じゃない。網乾を殺したとて、陣代さまのおゆるしはわしが願う。かどわかしの下手人《げしゅにん》を殺しても、一刻も早く浜路をとりもどしてきてくれ！」

十三

――夏の闇《やみ》の中に、ぼうと赤い世界が浮かんでいた。本郷の円塚山であった。

それは、そこに掘られた大きな穴から発する火光であった。そのわけを、二人のかごかきは知っている。先刻、大塚村へゆく途中、なおめらめらと余炎をあげる光景を見て、かごからわざわざ下りた客が、路傍の立札を読み、なお炎を見物している人々にきいて、二人に話してくれたからだ。

なんでも立札には、寂寞道人肩柳《じゃくまくどうじんけんりゅう》なる修験者《しゅげんじゃ》が、衆生済度《しゅじょう》のためにここでみずから身を焼いて成仏する。仏心ある者は持てる財宝をささげて、来世の善根を得よ、という意味のことがかいてあり、事実きょうの夕方、何百人という善男善女が見まもる中で、五、六間四方の大穴に投げこんだまきに火をつけ、猛火の中へその道人は、高らかにお経をとなえながらとびこみ、人々は争ってそこに銭を投げこんだという。

空地のむこうの妖《あや》しい火光は、その火定《かじょう》のなごりであり、ほてりなのであった。もうほかに人影はない。

そこまで走ってきたかごはとまった。

「なんじゃ、なぜとめる？」

と、網乾左母二郎はどなった。

「お侍さん」

あと棒のかごかきがいった。

「酒手ははずむ、とおっしゃったが、いくら頂戴《ちょうだい》できますんで？」

「さればさ。……三百文」

先棒のかごかきがせせら笑った。

「どうもようすがおかしい。きちがい女とかいったが、それがほんとうかどうか、ちょうどここには明かりがある。女をかごから出して、もういちど見せておくんなせえ」

「うぬら……おれをゆする気か」

左母二郎は殺気立った。

「かどわかしを運ぶなら、かご代がちがってくるぜ」

「まず、検分とゆこう」

かがみこんで、かごのたれをまくりにかかる。そのとき左母二郎は、いきなり刀をひっこぬいて、むこうむきになった二人のかごかきの肩へ、つづけざまに斬《き》りつけた。

そのとたん、白い水が走ったと見たのは左母二郎ばかり。――たいした腕とも思えぬやさ男なのに、二人のかごかきが即死したほどの凄《すさ》まじい切れ味であった。

「あっ」

声があがったのは、いまきた路上であった。

「やりやがったな」

さけんだのは、大塚村のごろつき、かっぱの土太郎だ。――この男がかけてくる姿を見て、左母二郎は、二人のかごかきがいては面倒だと、機先を制していきなり斬《き》り倒してしまったのであった。

いま、かごかきの血をあびて、半失神からさめた浜路は、かごからまろび出している。

土太郎はほえた。

「やっぱり、お嬢さまをかどわかしたのはおめえだな。網乾先生とはもういわねえ、なまっちろい遊芸浪人のぶんざいで、ふてえ野郎だ。おれがきた以上、もう観念して神妙にしろ」

「おれに刃向かうやつはこの通りだ」

網乾左母二郎は、冷然といった。

「ならずものめ、うぬもこの刀のさびになりたいか」

「なにっ、この女たらし！」

土太郎は、ひき六からもらった刀をぬいて、地ひびきたててかけよってきた。

五尺の距離で、左母二郎は刀をうちふる。

たちまち、びゅっとまた水しぶきが走って、土太郎はわっと悲鳴をあげる。水に眼をつぶされて立ちどまったところに、左母二郎は第二撃を加えた。

これまた怖ろしい斬れ具合で、凶暴できこえたかっぱの土太郎が、もろくも血けむりたててころがった。

それでも、なお起きなおろうともがくのを、左母二郎は両足ひろげてまたがって、もういちど大地にくし刺しにした。

そのまま、ふりかえる。のびたさかやき、黒紋付《くろもんつき》の着ながし、美男だけに怖ろしさがいやます悪の花の姿であった。

「三人、殺した」

と、左母二郎はニヤリとした。

「浜路、これも、もとはみんなお前のためだ」

かごからころがり出した浜路は、いつのまにかさるぐつわもとれていたが、さけび声もたてない。逃げようともしない。

恐怖のために、のども身体もしびれているのか。——それもあったろう。ただ、その眼はかっと見ひらかれて、左母二郎の刀にそそがれていた。

「その刀は……」

と、いった。浜路はいま、左母二郎が土太郎を斬るとき、たしかにその刀から水煙のほとばしるのを見たのだ。

「村雨よ」

と、いって、左母二郎は高笑いした。

「大塚ひき六めにたのまれて、信乃の刀とスリかえたものよ。むろんひき六は自分の刀とスリかえるようにたのんだのだが、思うところあって、おれはおれの刀とスリかえた。……思うところとは、この名剣を土産に、おれが帰参するためだ」

「では……信乃さまは？」

「あのばかめ、ニセの刀を村雨と思いこんで、そっくり返って古河へゆきおった。公方さまへさし出せば、たちまちニセモノとわかる。水が出んのじゃからな。さて、その場合、信乃はどうなるか。あはははは！」

じいっと左母二郎を見つめていた浜路は、

「見せて――それを見せて――ほんとうに村雨か、見せて下さい」

と、ひくい声でいった。

左母二郎は歩いてきた。

信乃と浜路の仲を知っている左母二郎は、浜路がほんものの村雨を見たことはあるのだろう、と考えた。

「つかや、つばはちがっておるが、目くぎをぬいてとりかえたのだ」

　鼻うごめかして、

「そうれ見ろ」

　と、刀身を浜路の顔の前に、ななめにさし出した。

　そのつかをにぎった右こぶしを、いきなり浜路はうちたたいていた。手には、いつのまにかひろった石塊があった。そして、そのまま刀を奪おうとした。

「あっ」

　悲鳴をあげつつ、あやうくそれをにぎりなおした左母二郎は、片足あげてけりつけ、のけぞる浜路をけさがけに斬《き》った。

　ああ無惨、しかもこの凶刃になお美しい水煙はほとばしる。

　これはまあ反射行為であったろうが、左母二郎の冷血な残忍性はそれから発揮された。刀を地面につきたて、あぐらをかくと、いたでにもがく浜路のたぶさをつかんで、自分のひざにのせたのである。

「これ、浜路、どうしてもおれのいうことをきかぬか。可愛《かわい》さあまってにくさが百倍、というが、こうなりゃ、日ごろのおれのもうひとつの夢……いちど美しい女をなぶり殺しにしてみたいという望みを、いまここで心ゆくまではたしてくれる。これから朝まで、舌を切り、乳房をえぐり、腹を裂き、一寸だめし五分だめしにしてやろう。泣け、わめけ、その声をたのしみに、この一夜を明かすことにするぞ」

　と、腕をのばして、つきたてた刀をつかんだとき、ふいに左母二郎の全身は棒になった。

　頸《くび》に、一方から一方へ、細い刃物がつらぬいていた。

　その数十秒こそ、彼にとっての大地獄であったろう。――次の瞬間、左母二郎はあおむけにひっくり返り、手足をけいれんさせて息絶えた。

十四

　手裏剣《しゅりけん》を投げた人間は、例の火定《かじょう》の穴からさす火光を背に立っていた。

　南蛮鎖のじゅばんに、だんだら染めの広そでを羽織り、まるぐけの帯には朱ざやの大刀を横たえ、わらじの足にはすねあてをつけていた。

　ながくのばしたさかやきの下は、凄《すご》みはあるが端麗な、はたちあまりの顔だ。

　それは、きょうの夕方、寂寞道人肩柳《じゃくまくどうじんけんりゅう》として火定した男の顔であった。それにしても火定のときは、白布を頭にまき、白衣に輪げさをかけた姿であったはずだが。――

　彼はこちらへ歩いてきた。――美男だが、しかし左の肩が、まるでこぶでもあるように盛りあがっている。

　そして、まず左母二郎のにぎっている刀をとりあげ、つばもとからきっさきまで、まばたきもせず眼を移して、やがて、一閃《いっせん》した。水煙がたった。

「さっき、この刀から水がたったように見えたが……なるほど、これは希代《きたい》の奇剣」

と、つぶやいた。してみると、彼は先刻からのこの惨劇を、どの時点からか見ていたらしい。

それから、浜路のそばにしゃがんで、

「これ、もうこときれたか。……もし、息があるならきく。いま浜路とか、大塚ひき六とか聞こえたが……ひょっとすると、お前は、大塚村の庄屋の養女浜路ではないか？」

と、たずねた。

浜路はうす眼をひらいていた。

「もしそうなら、おれの妹だ。おれは練馬の犬山道節という者じゃが」

「あっ」

浜路は小さなさけび声をあげ、

「お兄さま！」

と、片手をのばして、相手の手にすがりついた。

「お名前だけは聞いていました。私、浜路です。……」

「やはり、そうか」

「ああ、血を分けたお兄さまに、こんな姿でおあいしようとは、……お兄さま、名残りをおしんでいるいとまがございませぬ。ただ、お願いがあります。いまお持ちの刀は村雨といい、私のいいなずけの犬塚信乃という方のものです。信乃さまはそれを古河の公《く》方《ぼう》さまに献上しようとして、きのう旅立たれました。それなのに、その村雨がここにある。……そこに倒れている網乾左母二郎という悪い男にスリかえられたのでございます。……そのことを知らぬ信乃さまが、もしそのまま古河のお城にゆかれれば大変なことになります。お願い……古河へいって、その刀を犬塚信乃さまにわたして……」

最後の力をふりしぼって、浜路は、いまわのきわにめぐりあった兄道節の手をにぎりしめた。

「お兄さま、お願い。――」

「それはならん」

「えっ、なぜ？」

「おれは、おれの主君や父を殺した扇谷定正を狙《ねら》っておる。おれはその仇討《あだう》ちのために生きておる。きょうの火定《かじょう》も、定正を討つための軍資金かせぎの火遁《かとん》の妖術《ようじゅつ》だ。そのおれにいまこの魔剣が手にはいったのはもっけのさいわい。これはおれが、おれの復讐《ふくしゅう》のために使う」

「ああ」

冷然と、道節はいった。

浜路はあえいだ。

「ひどい……ひどい、お兄さま！」

「いかにも非情なようだが、浜路、おれがお前のいうことをきいてやれぬわけがもう一つある。なるほどお前はおれの父犬山道策の娘じゃが、おれとは腹ちがい。お前は妾腹《しょうふく》の子だ。しかもお前の母は、正妻のおれの母をねたんで毒を盛り、父に成敗された。……それゆえに、お前は二つのときに大塚村の庄屋へ養女に出されたのだ」

「…………」

「兄妹《きょうだい》は兄妹だが、世にも呪《のろ》われた悪因縁の兄妹なのじゃ。先刻から火の中で、こちらの問答、なりゆきを耳や目にして、はっと思いあたることがありながら、お前を救いにかけつける足をためらわせたのもそのためだ。……これ、浜路」

はじめて道節は、浜路を抱きあげた。

浜路は、水晶のように眼を見ひらいたまま、こときれていた。

どこまで兄の言葉を聞いていたか。もしお前の母は云々《うんぬん》の言葉を聞いていなかったら、この不幸な極北の星の下に生まれた娘の、せめてものしあわせとしなければなるまい。

それにしても犬山道節は、相当凄絶《せいぜつ》な性格らしいが、息たえた妹を見下ろして、さすがに水のような哀感が顔に浮かんだ。

「魔界に生きんとする道節を兄に持ったが不運と思え」

と、つぶやいて、村雨を横ぐわえにし、浜路の屍骸《しがい》を両腕に抱くと、歩き出して、火《か》定《じょう》の穴のそばに立ち、地に刀をつきたてて、

「なむあみだぶつ」

と、となえて、そこに投げこもうとしたとき、道のほうから、

「待て！」

という声がかかり、一人の男がかけてきた。十歩ばかりのところで立ちどまり、

「怪しきやつ、何をしておる？」

と、こちらをうかがったとたん、いったんおき火になっていた穴の底から、そのとき吹いた一陣の風のせいか、ぱっとまた炎がもえあがった。

「や、それは……浜路さまではないか！」

妖《あや》しの男の両腕にだらりとたれている女の顔を見て、驚愕《きょうがく》の声が走った。

「お前は何者だ？」

と、道節はいった。

「おれは、その浜路さまのお家に仕える額蔵という下郎だ」

十五

それはその朝はやく、古河の手前の栗橋から帰ってくる途中、ここを通りかかった額蔵であったが、いま眼前に、異様な装束《しょうぞく》を着た男の腕にたれ下がっているのが、屍骸《しがい》としか見えぬ浜路であることを知って、そもこれは現実のことかと、わが眼をうたがわざるを得なかった。

「待て待て」

犬山道節はいった。

「大塚の庄屋の小者《こもの》が、大塚で起こったことを知らぬのか」

「大塚で起こったこと？　おれはきょう栗橋へいった帰りだ。――これはいったいどうしたことだ？」

「おれにもよくわからん。ただ、たしか網乾左母二郎という男が浜路をさらってきて、いうことをきかぬ浜路を殺した。それと見て、このおれがそいつを討ちはたした。きゃつの屍骸《しがい》はあそこにある」

そういいながら、道節は、うしろの火の穴へ浜路の屍骸を投げこんだ。

「浜路！　せめて兄の手で火葬にされることで成仏せよ！」

「あっ、何をする！」

額蔵は逆上し、抜刀し、走りかかった。

「殺したのはおれではないといったのがわからんか！」

道節はそばにつき立ててあった刀をとって、迎え撃った。

三合、四合……また七合、もえあがる炎を背に、二人は斬《き》り結んだ。一方が魔界の妖《よう》剣《けん》なら、一方は森できたえた野性の剣法。その間にも、道節の刀から水がとび、霧となる。

「や、その刀は？」

とびずさって、額蔵はさけんだ。道節が歯をむき出していう。

「村雨というげな。網乾とやらいう男が、犬塚信乃の刀とスリかえたと聞いた。それを浜路がとり返そうとして殺されたのよ」

額蔵は、髪も逆立つ思いがした。では、信乃は？

「その刀を返せ！」

「あかんべえじゃ！」

ふたたび狂乱したようにおどりかかる額蔵の眼に水が散った。

「あっ」

よろめく額蔵の頭上に、道節の刀がふり落とされた。

そのせつな、額蔵のふところからとび出した一条のひもが、くるくるっとその刀身にからみついた。

刃が狂い、こんどは道節のほうが、狼狽《ろうばい》してとびずさる。のがさじと追い撃つ額蔵の刀は、まちがいなく道節の左の肩へくいこんだ。

手ごたえはあり、そこから盛大な血しぶきがあがったが——その血しぶきの中から、何か額蔵めがけてとびきたったものがあり、もろに額蔵のひたいに命中した。

一瞬、全身がしびれて立ちすくんだ額蔵の眼に、これまた穴のそばに棒立ちになって、自分の刀を眺めている相手の姿がうつった。

その刀身には、袋のついたひもがからみついていた。——額蔵がふだん首にかけていた守り袋であった。それが激闘のはずみで自然にふところからはね出して、ひもがその刀に巻きついたのだ。

と、見るや、道節はふいに身をひるがえし、華麗な怪鳥のように穴に身をおどらせた。

「待て！」

額蔵は走りよったが、残り火とはいいながら、なお火の沼のような穴の底を見て、たたらをふんで立ちすくむ。

浜路はもとより、いまとびこんだ男はどこへ消えたか姿もないが、この火炎地獄の中で生きているとは思えない。

額蔵は立ちどまって、先刻自分を打ったものを探した。すると地面に赤くひかる一個の珠を見いだした。

ひろいあげて、彼はうめいた。

「忠！」

文字は異なるが、彼の持っている珠とまったく同一のものであった。その額蔵の「義」の珠は守り袋にいれてあったのだが、それはいま相手の刀に巻きついて持ってゆかれてしまった。

――ひょっとすると？

額蔵はまたもとの穴のそばにかけもどった。

――いまの男は、前世からのおれたちの同志ではなかったか？

彼は頭が混乱した。

それはともかく、あの男が村雨の太刀を持っていたことはまちがいない。してみると、同志犬塚信乃が古河へたずさえていったのはニセモノだということになる。ひき六から信乃の持つ村雨を奪えと命じられたために、信乃の所持する刀につゆ疑いをいだかなかっただけに、額蔵はこの点でも混乱した。

それにしても、信乃はどうした？

額蔵はもときた道へ、十歩ばかり走った。

が、立ちどまった。

間に合わない、ということに気がついたのだ。信乃はすでに古河へ到着しているはずであり、いま自分がここから夜を通して急報にかけもどっても、こんりんざい間に合わない。

――額蔵は精悍《せいかん》の一面、沈着な若者であった。

信乃は事前に知って、献上のことは中止するだろう。

そう祈るしかない。

それよりも、大塚村で何が起こったのだ？

いまの男の言葉がよみがえった。――「網乾左母二郎という男が浜路をさらってきて、いうことをきかぬ浜路を殺した。それと見て、このおれがそいつを討ちはたした。きゃつの屍骸《しがい》はあそこにある」――「網乾とやらいう男が、犬塚信乃の刀とスリかえたと聞いた。それを浜路がとり返そうとして殺されたのよ」

額蔵は往来を歩き、果たせるかな、網乾左母二郎と、村のごろつき土太郎と、二人のかごかきの屍骸を発見した。

いまの男の言葉で、この惨劇の起こった構図が漠然とえがかれてきたが、むろんまだわからないことはいくつもある。

額蔵は大塚村めがけて走り出した。

さきほど最後の残炎をあげた火定《かじよう》の穴は、もう闇黒《あんこく》であった。

十六

一方。——浜路が消滅したあとの大塚家の恐慌はいうまでもない。

「土太郎はどうした？」

「土太郎はまだ帰らぬかえ？」

ひき六とかめざさは、かわるがわる門まで出て、足ずりしながら奉公人たちにきいた。

網乾左母二郎と浜路を追っていった土太郎は、しかし半刻たっても一刻たっても帰ってこない。

そして、とうとうまた新しい追手《おつて》を出さなければならないということになったとき、門の外にいたひき六のところへ、かめざさがかけてきた。

「お前さま、陣代《じんだい》さまがお呼びですよ」

かめざさは、のどをひくひくさせて、

「どうやら、浜路のいないことを知られたようじゃ」

と、いった。

陣代一行にそのことを気づかれまいと、いままで必死の饗応《きょうおう》につとめてきたのだが、いつまでもごまかしきれるものではなく、事実だいぶ前から、「花嫁はまだかまだか」という督促に、かめざさみずからまかり出て、「花嫁はおりあしく頭痛を訴えておりますので、いましばらくお待ちを」など、苦しまぎれの口上で糊塗《こと》した始末だが、とうとうさわぎを聞きつけられたらしい。

両人は蒼《あお》ざめて、奥座敷へむかったが、左右に五、六人の下役をはべらせて、正面に座った陣代皮上宮六と手代《てだい》軍木五倍二の顔を見て、ああ、これはいかん、と、ふるえあがった。

けんめいのもてなしが裏目に出て、二人とも泥酔の状態であった。泥酔してもむろん今夜何のためにきたかということを忘れるはずもなく、いらだちが酒でにえたぎったところへ、花嫁逐電の事実を聞かされたのだ。

「こら、ひき六、花嫁は逃げたそうじゃな」

と、五倍二がいった。

「はっ、まことに面目次第もなき始末ながら……」

と、麻がみしもをつけたひき六は、それこそひきがえるのようにひれ伏した。

「実は、当村に女たらしで聞こえた遊芸の師匠網乾左母二郎なるものあり、そやつが祝言前の浜路をつれ出してかけおちしたようすで……」

「うそをつけ」

「うそではございません。それでさきほどより追手《おって》を出して、両人をつかまえてもどるのを、いまかいまかと待ちかねておるところでございます」

「さっき花嫁は頭痛だといったではないか」

「いや、それは」

「うぬら……この皮上を愚弄《ぐろう》するつもりか」

宮六がいった。熟柿《じゅくし》のような息を二人に吹きつけた。彼は有名な酒乱であった。

「愚弄など、とんでもございません、その証拠に……」

ひき六は、女中頭を呼んで、息をきりながら、蔵の中のどこそこにある刀を持ってくるように命じた。

「実は、大塚家秘蔵の村雨なる名刀があり、これをぬいてうちふれば、村雨のごとく水をほとばしらせるという希代《きたい》の刀でございます。いずれ管領《かんれい》さまにでも献上しようと存じておりましたが、今夜のひきでものとして陣代さまにさしあげるつもりになっておりました。それほどまごころを持っておりますこのひき六、なにゆえ陣代さまを愚弄《ぐろう》などいたしましょうや」

と、手をふっているところへ、女中頭が命じられた刀を持ってきた。

「これ、これ、これでござります」

受けとって、宮六はぬきはらい、ためつすがめつ燭台《しょくだい》にかざし見て、

「これが、ふれば水を発すると？」

と、びゅっと一閃《いっせん》した。

水は出ない。

二たび、三たび、うちふった。何の変わったこともない。

昨夜、水が出たのを、この眼で見たばかりなのに――と、ひき六とかめざさは唖然《あぜん》とした。

「そんなはずはござりませぬ。もっと強く！」

宮六は、もういちど大きくふった。その余勢で、刀はうしろの床柱に衝突し、切りこむことなく、グニャリとまがってしまった。

「これが名刀か！」

宮六がひっさけるようにわめいた。

「思いおこせば、最初から、いいなずけがあるの何のともったいをつけおって……結局、こんどの縁談、不承知であったのであろうが。ただことわるならまだしも、新陣代をからかうつもりであったか」

「め、めっそうもない！　これは、何かの手ちがいでござります！」

「ここまで愚弄《ぐろう》されては、領内の百姓に皮上宮六の顔が立つと思うか」

手が、そばにおいてあった自分の刀にかかった、と見て、

「わっ、お助け――」

と、悲鳴をあげてのけぞるひき六を、

「このたわけっ」

と、皮上宮六は、おぜん越しに斬《き》り下げた。

まるでめちゃくちゃな凶行で、夫の血をあびたかめざさが、化け猫みたいな声をあげて四つンばいに逃げるのを見ると、手代の五倍二も、それにまけず血に逆上して、

「この婆、よくもおれに恥をかかしたな!」

と、これはおぜんを蹴《け》とばして、これまたかめざさに斬りつけた。

血と酒と、皿と料理とがとびちった中に、ひき六とかめざさはのたうちまわる。――

大塚家の下男や下女は、総立ちになって逃げた。

ここで、はじめて宮六と五倍二は、少し正気にもどったようだ。動かなくなった大塚夫婦を、キョトンと見下ろしていたが、やがて宮六が、

「帰るぞ。――」

と、いうと、五倍二も、

「御陣代に対する無礼討ちじゃ」

と、だれにともなく弁解がましいことを、威嚇的につぶやいた。

そして、そこを立ち去る二人に、この惨劇をしらちゃけた顔で眺めていた役人たちも、あわててあとを追った。

と、無人になったはずのいまの座敷から、

「待ちやがれ」

と、呼んだものがある。

本郷円塚山からかけもどってきた額蔵であった。

門をはいったときから、この家に異変が起こっていることを知った彼は、奉公人から、きょうの午後おそく御陣代さまが花むことしてのりこんできたこと、日がくれてから、浜路がいなくなり、どうやら網乾左母二郎にさらわれたらしいこと、花嫁の消失に陣代が怒り出し、いま主人夫婦が呼びつけられて責められていること、などを聞いた。

そのとき、奥座敷のほうで、怖ろしい悲鳴と、さらに混乱する物音を耳にした。

庭をつっきって走り、わらじのまま座敷へかけ上って、額蔵はそこに惨殺されている主人夫婦の屍骸《しがい》を見た。――

額蔵はすべてを知った。いや、すべてを知ったわけではないが、ことここにいたった大略のいきさつが頭の中を走りすぎた。

主人夫婦は決してただの被害者ではない。

浜路の非業《ひごう》の死は彼らのためだ。いや、それにかぎらず、彼らの奸悪《かんあく》と強欲ぶりは、以前からよく知っている。この二人の最期は自業自得とでもいうべきものだ。

自分に対しても、むごい主人夫婦であった。しかし、いかにむごくとも、あるじはあるじ、たとえ農奴にひとしい待遇であったにしろ、自分には幼少時から養ってもらった恩がある。その主人を殺されて、黙って見のがしては自分の「義」がたたぬ。――ましてや、浜路の死は、いうまでもなくこの悪陣代が呼んだものであるにおいてをやだ。

たとえ陣代にせよ、この悪には天誅《てんちゅう》を加えなければならない。そのあと彼らの悪を訴えれば、必ず領主の大石さまも御了解下さるだろう。

火花のようなはやさだが、額蔵はこう考えた。彼は精悍《せいかん》無比の顔をしているのに、きわめて律義な――論理的ともいえる性格の若者であった。

で、いま、立ち去ろうとする陣代たちを呼びとめて。――

「当家の小者《こもの》額蔵というものだ。主人を殺されて、陣代だって見のがせるか。待ちやがれ、主人のかたきを討つ」

と、脇差《わきざし》をぬきはらうと、ズカズカと縁側に出てきた。

皮上宮六と軍木五倍二は、怒りに狂乱して斬《き》りかかってきた。はげしい乱闘ののち、額蔵は宮六を縁の下に斬り落とした。

彼の配下の役人たちは、これも手傷を受けた五倍二を肩にかけ、死に物狂いに逃げ去った。

この凄《すさ》まじいなりゆきに、大塚家の奉公人たちはみな腰をぬかしていたが、やがて一

人の老人が額蔵の足にすがりついて、

「この始末をどうするつもりじゃ、額蔵。……わしたちはもとより、事と次第では村人一同みな殺しのご成敗を受けるぞ！」

と、声をふりしぼった。

額蔵は落ち着いた顔でいった。

「いや、村の衆には迷惑はかけねえ。おれが責任をとる」

いかに陣代とはいえ、無理無体なおしかけ婿にきて、花嫁が逃げたからといって、その養父母を無礼討ちにしていいものではない。額蔵は、自分のことには楽観的であった。

あくる日の昼前、陣屋から伊佐川庵八《いさがわあんぱち》という役人が、一隊の足軽をつれてやってきた。

額蔵はおくせず、昨夜の事件にいたるてんまつを説明した。

すると、伊佐川庵八のそばで、にくにくしげにその顔をにらみつけていた同僚らしい男が、

「黙れ黙れ、知らぬと思うて何をたわけたことを申しおるか」

と、口をきった。

「かりにも陣代ともあろうものが、身分ちがいの庄屋の娘などを妻にすることなどあるものか。昨夜あやうくなんじの凶刃をのがれた軍木五倍二どのの報告によれば、兄は出張の途次、湯を所望してここに立ちよったものだ」

この男は、皮上宮六の弟社平《しゃへい》というものであった。

「思うに、当家の娘がゆくえ不明になったというのは、娘のいいなずけとやらいう犬塚信乃なるものが、事前に出奔して、しめしあわせておびき出したものにちがいない。なんじはそれに加担したものであろう」

皮上社平はわめいた。

「その証拠に、娘をつれ出したという網乾左母二郎なる者は、ほか三人の男とともに屍《し》骸《がい》となって、けさ本郷円塚山で発見されたが、彼らを殺したものはどこにおる？　しかも、一人のしわざでできることではない。おそらく犬塚信乃となんじ、力をあわせての凶行に相違あるまい」

伊佐川庵八があごをしゃくった。

「そやつをとらえろ」

呆然《ぼうぜん》とした額蔵になわがかけられ、彼はひったてられていった。

十七

――同じ日、すなわち六月二十一日のことになる。

哀れむべし、犬塚信乃は、自分の刀がスリかえられていることを知らなかった。

いや、そうではない。信乃は、知ったのである。知ったが、ときすでにおそかった。

――

前日、栗橋から三里の、めざす古河についた信乃は、その日のうちに古河公方《くぼう》の家老横堀在村《ありむら》の屋敷へ刺《し》を通じた。

「かねてお耳にいれてあるはずですが、故足利持氏公の遺臣の子で、武州大塚の庄に住む犬塚信乃というものです。亡父が御主君からおあずかりした重代の宝刀村雨を献上いたしたくまかり出ました。何とぞ公方さまにご引見たまわりたく――」

しばらくして、侍臣がまた出てきて、

「それでは明朝お宿へお迎えの者をよこしますので、その案内で御出頭下されい」

と、いった。

信乃は宿に帰った。

そして、さすがに献上前の点検をすべく、その夜ふけ、村雨を袋からとり出し、ぬいてみたのである。――

灯《ひ》にすかす刀身の、みだれ、にえ、におい――数秒と見いるまでもない。一瞬に信乃の顔から血の気がひいていた。

打ちふってみるまでもなく、これは村雨ではない。それどころか、似ても似つかぬナマクラだ！

似ても似つかぬ？　狼狽《ろうばい》して、つか、つば、さやを見る。これは村雨と同じものだ。いや村雨そのものだ。

すなわち、これは目くぎをぬいてとりかえられたものと見るよりほかはない。

信乃は血ばしった眼をあげた。

——あのときだ！　と、いまにして思いあたった。いつも身から離さぬ村雨を、わずかに離したときといえば、あの神宮川で、溺《おぼ》れる伯父を救うべく川にとびこんだときしかない。あのとき、舟の上には網乾左母二郎が残っていた。——

思うに伯父ひき六は、あわよくば自分を水中に沈め、それが失敗したときはこのニセの村雨を公方に献上させて、自分を絶体絶命の死地におとしいれようとはかったものに相違ない。

まさに全身の血が逆流せずにはいられない奸悪《かんあく》さと執念ぶかさだが——しかし、いまそれを怒っている場合ではない。

間一髪、あやういところで事前にこのことを発見して助かった。——

と、信乃は身ぶるいした。

当然とるべき手段は、ただいまから大塚へとって返し、ほんものの村雨をとり返すことである。

が——信乃はそうしなかった。

それでは無断逐電ということになる。いったん自分の姓名と用件を古河の家老横堀在村に名乗り出ながら、いま、やみくもにゆくえをくらませたとあっては、あとで再度の献上を望んでも、相手にされるわけがない。いや、何よりもそんなふるまいは心がゆるさない。

明日、ひとまず横堀どのに釈明しよう。そのあとで大塚村へ帰ろう。若いだけに、誠実というより、ういういしい信乃は、そう決心した。

十八

眠りがたい一夜があけて、朝がきた。

横堀家老のところから、迎えの侍が二人やってきた。

信乃は蒼《あお》ざめて、お城へ参る前に、横堀どのに面談いたしたいことがござる、と申し出た。すると、侍は、御家老はすでにご登城《とじょう》なされておる、そちらでおあいになってはいかが、と答えた。

やむを得ず、信乃は古河の城へ同行した。

後世の城ほど壮大なものではないが、それでも関東公方《くぼう》の住む城だけあって、楼閣は三層で、夏雲の下にそそり立つその姿は、これまで大塚からほとんど外へ出たことのない信乃の眼には、圧倒されるほど壮美なものに見えた。

それを芳流閣《ほうりゅうかく》と呼ぶとはすでに知っているが、心おどらせるはずのその巨大で勇壮な影が、いまや信乃をおびやかす。

さて、その城にはいって、信乃は再度横堀家老との会見を求めたが、相手は次から次への申しつぎで彼と応対し、

「御家老は公方さまとご同座でござるから、ご用あらばそこで申しあげられたらよろしかろう」

と、まともに受けつけてくれようともしない。

こうとなっては、そうするよりほかはあるまい、と信乃は覚悟をきめた。

途中で腰の刀はとりあげられた。献上すべき村雨も、御前まであずかり申す、と両側についた力士のような二人の侍の一人が、袋のまま受けとった。

こうして信乃は大広間へみちびかれた。

左右には、おびただしい近臣がいながれている。正面の上段にはみすがたれ、その前に座っているのは——これが家老横堀在村であった。いかにも権臣らしい、ごうまんな、のっぺりした顔をしていた。

「御前であるぞ」

と、在村がいった。

信乃は平伏した。

みすがあがっていって、公方成氏の、いかにも短気らしい若い顔があらわれた。

在村は信乃の素性をのべ、源家から足利家へ伝えられた名刀村雨のことを説明し、

「その志、まことに神妙である。いざ、御見《ぎょけん》にいれよ」

と、命じた。村雨をささげていた侍が、ひざで進み出ようとした。

「しばらくお待ちを——」

信乃は血を吐くような声をあげた。

「まことにおそれいった儀でござりまするが、この刀、村雨ではござりませぬ！」

「なんと申す？」

「実に何とも申しひらきのたたぬ失態ながら、私の持参いたしました刀、事前に何者かにスリかえられておることを、昨夜になって気がついたのでござります」

信乃はあえぐようにいった。

「このことを訴え申そうと、けさよりあせりにあせれども、その機を得ず。……ねがわくば数日のおゆるしを願い、拙者ほんものの村雨をとり返し、改めて献上いたしとうござる。なにとぞ、いましばらくご猶予を――」

じいっと信乃の顔をにらみつけていた横堀在村が、ふいに、

「うぬは、間者《かんじゃ》じゃな！」

と、さけんだ。

「おそれ多くも公方さまに献上の刀を、スリかえられていまのいままで気がつかぬとは……子供だましの弁解、いいのがれ。これに託して当城の構えを探りにきたものか。……なんじは、どこの間者だ？」

「途方もない、私、天地神明にちかって。――」

信乃は身をもんだが、及ばず、

「それ、ひっとらえて糾明《きゅうめい》せい！」

という在村の叱咤《しった》に、両側についていた二人の侍が、猛然と信乃にくみついた。いちど、ねじ伏せられたが、次の瞬間、信乃は立ちあがり、二人の侍は地ひびきたてて左右にたたきつけられている。大柄ながら花のように優雅な信乃だが、姿にも似ぬ大力であった。

「すわ、やはり曲者《くせもの》じゃ！」

と、在村はさけんだ。

「出合え！　こやつを成敗せよ！」

左右の近臣たちの背後のふすまがさっとひらかれて、そこに詰めていた警護の壮漢たちが、あるいは抜刀し、あるいは槍《やり》をひっつかんで、雪崩《なだれ》のごとく奔入してきた。武者かくしの用意は、戦国の城のならいである。

信乃は飛鳥のごとく身をかわし、まず斬《き》りかかってきた一人のきき腕つかんで、蹴《け》たおすと同時にその刀を奪った。

こんなばかげた嫌疑のまま、おめおめとは死なれぬ、という思いはあったが、それよりこれは若い彼の反射的行動であったろう。

その刀の走るところ、いくつか血けむりが立ち、おのれもまた数か所の傷を受けると、彼もまた逆上の状態になったのは、やむを得ない。

それにしても、幼年時、村の剣術道場赤岩一角から手ほどきを受けたとはいえ、同志額蔵とひそかに武蔵野の森の中で修行をつづけてきたばかりというのに、なんたる信乃の強さか、おそらく天稟《てんぴん》のものだろうが、数分のうちにそこに七つ八つの屍骸《しがい》がころがって、古河の城侍たちは、思わず知らず、どっと道をひらいた。

信乃はその道を、庭へ逃げた。

庭もまた、三面、土塀にかこまれている。

彼は刀を横ぐわえにして、一本の松をよじのぼると、建物の屋根に飛び移り、その屋根を別の屋根に走った。

と、ゆくてに例の芳流閣があった。

あの上から見下ろせば、逃げるべき方角がわかるだろう、と、信乃は考えて、その三層の屋根によじのぼりにかかった。しかし、それも必殺の窮地におちいった人間の、苦しまぎれのあがきであったかも知れない。――

いま、芳流閣の屋根の上から見下ろせば、いかにも下界の配置は一望のもとだ。

が、居館や蔵や土塀のいらか波うつ間の地上には、いたるところ人間が走っている。

とくにこの芳流閣のまわりは、その地上も見えぬほど、おっとり刀の武士がひしめいている。そして、ただ一方、ひろい空間があるが、それはこの古河城のほとりを悠々とながれる大利根川《おおとねがわ》であった。

信乃は絶望的な微笑を浮かべた。

もはやのがれる道はない。

そう覚悟をきめると、信乃はみだれにみだれた髪をなでつけ、裂けた左袖《ひだりそで》を肩からひきちぎって、刀と、身体じゅうにながれる血をぬぐいはじめた。

十九

蒼空《あおぞら》を背に、その姿は、下から見ると、からすが悠然と身づくろいしているように見えた。

「あれを討て」

庭へ出ていた成氏は、ふりあおいでさけんだ。

「あの姿は、城下からも見える。近づく者もないとあっては、城の名折れになるぞ」

それでも、とっさに進み出る侍はなかった。すでに曲者《くせもの》があそこにのぼるまで、あとを追って蹴落《けお》とされ、斬《き》り落とされた者が数人あり、その墜落死の酸鼻さは眼をおおうものがあった。ましてや、足場の悪い三層の屋根の上だ。

「だれもおらぬか。成氏の家来に人はいないのか!」

成氏がみたび叱咤《しった》したとき、そばにひざまずいていた横堀在村が首をかたむけ、ひざをたたいた。

「上さま、かっこうな男が一人ござります。いや、あの男しかおりますまい」

「だれじゃ?」

「犬飼現八《いぬかいげんぱち》と申す男」

「犬飼現八？」

「されば、三年前、世を去りました例の剣聖二階松山城介《やましろのすけ》の高弟といわれる男。これも故人の当家の足軽大将犬飼現兵衛《げんべえ》の一子でござりまするが、実子にあらず素性不明の養子ということで、この春牢屋同心《ろうやどうしん》を命じましたところ、ふらちにもそのお役に不満にておいとまさえ申し出ましたゆえ、不遜《ふそん》なりとしてただいま牢にほうりこんであるやつ」

「ほう」

「若輩のへそまがりながら、あの男なら何とか曲者《くせもの》を仕止めましょう。たとえしくじって斬り落とされたとしても、しょせんもともと。――」

「よし、そやつを呼べ！」

すぐにその男が、牢獄《ろうごく》から呼び出された。

犬飼現八は廿歳《はたち》あまりの、豪勇無比のつらだましいと、鉄のようにきたえぬかれた肉体の所有者であった。右の頰《ほお》に、小さなあざがあった。

牢役人となることを拒否したこの男は、いずれより送られてきたものか、当城をうかがう間者《かんじゃ》が、いまおびただしい城侍を斬《き》って、あの芳流閣の屋根へ逃げた、即刻討ってとれ、という命令には、たちどころに、「かしこまってござる！」と勇躍して、承諾した。

しかも現八は、「さような曲者ならば、何とぞして素性を白状させたいものでござる。討ちはたさずにひっとらえて糾問《きゅうもん》いたしましょう」と、十手《じって》を所望したのである。

十手のみならず、小鎖《こぐさり》の着こみ、腹巻、こて、すねあても与えられた。念のため、大刀はもとよりだ。

それを身につけて現八は、たちまち芳流閣にはいったが、やがて第三層の窓から三間ばしごを持ってあらわれ、ましらのごとく曲者の立つ屋根へかけのぼっていった。

彼は呼ばわった。

「これは足利家に仕える犬飼現八と申すものだ。当城に間者としてはいりこむさえ不敵のふるまいなるに、正体を見あらわされても殺傷をほしいままにするとは何たるしれ者、もはやのがれる道はない。神妙におなわにかかれ」

棟に立っていた犬塚信乃は、凄愴《せいそう》な白い歯を見せて笑った。

「ここへひとりでのぼってくるとはあっぱれな覚悟じゃ。よい死出の道づれとなってもらおう。参れっ」

現八は走りかかった。

焼けつくような瓦《かわら》の熱さ、うねりを持つ斜面の恐怖をものともしない若い二人の壮絶無比のたたかいが、芳流閣の大屋根の上ではじまった。剣がきらめき、十手《じって》が走る。きらのようにひかる積乱雲の下に、それは相うつ二羽の猛鳥に似て、下界からあおいでいる成氏以下の人々がかえって身の毛をよだて、息をのんで見まもるばかりであった。

一方が瓦にすべったのを見て、えたりや、と躍りかかろうとして、一方もよろめく。

激闘は十分ばかりつづき、ついに二人は棟の上で、十手と刀をガッキとかみあわせたまま、つくりつけの人形のようになった。

ちかぢかと、相手の顔、上半身を見あって——ふいに、

「あっ」

「おおっ」

と、二人はさけんだ。たたかいのおめきではなく、驚きの声であった。

犬塚信乃は、相手の現八の右頬《みぎほお》にあざのあるのを見たのである。それはさっきから気づいてはいたが、そのあざが牡丹《ぼたん》の一片に似ているのをはじめて知ったのだ。

同時に犬飼現八も、相手の信乃の、袖《そで》のとれた左の二の腕に、くっきり牡丹のかたちのあざがあるのを見たのであった。

「おぬしは！」

さけんで、たがいに力をぬいたのが、かえって二人の均衡をくずした。

よろめいたとたん、二人はもつれあうように瓦《かわら》の上をすべっていって、空間にはね出した。——はるか下界の坂東太郎《ばんどうたろう》へ。

そこに一そうの小舟がつながれていた。

弾丸のようにその舟の上へ落ちたと見るや、水けぶりがあがって、舟をつないでいた綱はぷっつり切れた。

それっきり動かなくなった敵味方二人の若者をのせたまま、舟はただよい出し、まん

まんたる大利根の波にのって、あれよあれよというまに、すべるように下流へながれ去っていった。

㊮の世界　江戸飯田町

一

四十九歳の馬琴《ばきん》は語りおえた。——五十六歳の北斎《ほくさい》はきいていた。
文化《ぶんか》十二年七月半ばの午後であった。

この前、北斎が「八犬傳」の発端をきいたのは、もうおとどしのことになる。その部分は去年冬にはいったころに第一集として売り出されたが、いまそのつづきをきいたわけである。これは来年の一月以後に出されるという。

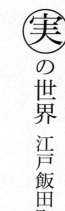

第一集のさし絵は、北斎の娘むこの柳川重信《やながわしげのぶ》がかいた。

北斎はとうとう筆はとらなかった。その代わり彼は、彼として記念すべき——長崎のオランダ商館を通じて海をわたり、ヨーロッパの画壇に、「ホクサイとはだれだ?」という驚きの声をあげさせた——「北斎漫画」を発表している。もっとも、これに対して江戸の民衆は、なにかのはずみでこれをのぞいた子供たちが面白がっただけで、あとは何の反応もなかった。

ただし、北斎は平気な顔をしている。彼ははじめからまともな評判など期待していない。彼は自分のやりたいことをやる、という方針を実現したまでである。

そして馬琴も、この漫画について何もいわなかった。――北斎は、この人物もまたあの漫画の真価はわかるまいと見ている。

ただ、自分の小説のさし絵だけには、ほかの作家以上にうるさい馬琴が、重信のさし絵には、べつに何もいわなかった。

「どうかね？」

と、そのとき、かえって北斎が心配そうにきいたのに対して、

「うむ、まあ……よかろう。本は売れているようだから」

と、答えただけである。

弓張月《ゆみはりづき》の北斎のさし絵にすら文句をつけた馬琴が、凡庸な重信のさし絵に満足しているわけはないが、北斎は馬琴が、もうさし絵などどうでもいい、自分の作品そのものの力で売ってみせる、事実売れている、という不敵な自信を持っていることを見ぬいた。

その傲岸《ごうがん》な馬琴が、たまたま訪れた北斎に、

「また八犬傳のつづきをきいて、批評してくれ」

と、たのみ、それから、

「さし絵はかいてくれなくてもいい。ただ、面白いとおもったら、また、二、三枚でい

いからその下絵をかいてくれ」

と、依頼したのであった。

これを北斎は承知した。

最大の理由は、むこの重信に仕事をつづけさせてもらうためであったが、そのほかに、馬琴が本心は自分にさし絵をかいてもらいたいと望んでいることを知っていて、しかもそのことは口に出してたのまないやせがまんを、からかってやるためと、それにやっぱり八犬傳の物語のつづきをききたいという気持ちもたしかにあった。

物語の作り手として、他の作家と格のちがう馬琴の腕は充分認めていたのである。

小説の発端編を出してから、一年以上もたってそのつづきを出す。悠長なようだが、これがこの時代のテンポであったのだ。

もっともその発端編は、北斎がきいた分よりだいぶ長い。かいたものを読みあげると、あの六、七倍はあるのではないかと思われる。本人も「実際に筆をとれば、だいぶちがってくるだろう」といったが、その通りだ。

物語の大筋そのものは変わらないが、話が進行するにつれて、途中枝葉がつき、馬琴のきちょうめんなくせからして、その枝葉の始末を遺漏なくつけることと、それから、何より、出てくる人物、物象、語義について、いちいち講釈がくっつくことと、さらに道徳的な説教が洪水のごとく加わるせいであった。

二

で、いまそのつづきの腹稿《ふっこう》をきかされ、批評を求められて、

「うん、ますます面白い」

と、北斎はすなおにうなずいた。

このへそまがりで皮肉屋の絵師が、決しておざなりのお愛想をいう人間ではないことを馬琴は知っている。

実際北斎は、この真夏の盛り、西日のさしこむ本だらけの書斎で、昼すぎから、しぶい声で話す馬琴の物語を、夕方までじっときいていて飽かなかったのである。

この暑さの中で馬琴はがまん会のように絽《ろ》の羽織までつけていた。北斎は例によって足はむき出し、じゅばんに細帯をしめただけの姿だが、これは冬でもほとんど同様で、元来寒暑には無感覚と思われる男であった。

「これも、だいぶ長くなるのかね」

「そうなると思うが……いまのところは、かいて見なけりゃ見当がつかん」

「このままで、何もくっつけないほうが、よかないかね」

「何がくっついておる？」

「あんたの講釈や説教はないほうがいいのじゃないか」

「そのことか。そりゃ、お前さんの好みだろう」

「むろん、そうさ。絵は講釈も説教もせんからね。また講釈や説教する絵は面白くない」

「講釈や説教というが……あれがなければ、世になんの益するところもない、ただ女子供衆相手の読物ということになる」

「面白いだけで、充分世に益するじゃないか。女子供衆相手の読物でけっこうじゃないか」

「いや、拙者は、士大夫《したいふ》も読むにたえるものがかきたいのだ」

北斎の、またか、といったウンザリした顔を見て、馬琴はいった。

「しかし、お前さんだって、絵草紙《えぞうし》やさし絵をやめたじゃないか。同じことだよ」

「絵はちがうよ。絵は、つきつめていえば、自分だけがたのしむ世界でいいのさ。しかし、戯作《げさく》の場合はちがうだろ。読み手のいない戯作というものはあり得ないが——その読み手を、女子供衆か士大夫か、そりゃ両立せんと思うが、あんたはどっちをえらんでかこうとしているのかね」

「私の心底の望みは、士大夫のほうだが。……」

「それなら、はじめからそっちむきの、講釈と説教ばかりのものをかいたらよかろう」

「いや、それじゃ本屋が買ってくれん。こちらの生計がたたん」

という返事に、北斎は破顔した。

いった内容より、いった人間が馬琴なので可笑《おか》しかったのである。しかし馬琴がこんな正直な白状をするのは、相手が北斎なればこそだろう。

が、馬琴は老獪《ろうかい》ともいえる顔になっていた。

「それにな、お前さんは両立せんというが、小人婦女子の読物も、飾りがつけば士大夫《したいふ》の文学となる。その飾りとなるのが、説教じゃ。説教すれば、士大夫はわが意を得たりとひざを打ち、一方……小人婦女子のほうもな、これが案外に説教されることをよろこぶものじゃて」

にてもやいてもくえぬつらがまえに、自信まんまんたる笑いが加わった。

「八犬傳は、それが両立しとると思わんかね？」

北斎は黙りこんで、そばに積まれた本を一冊とり、それを台にして、ひざの上で絵をかき出した。

窓の障子にあたっていた西日がうすれてきたが、階下はまだひっそりしている。馬琴の家族——妻のお百、娘のゆう、くわ、それに、きょうは息子の鎮五郎《しずごろう》まで、あさってお盆なので、町の草市へ、仏壇にそなえる蓮《はす》の葉や、ほおずきや、なす、きゅうりなどを買いに、だいぶ前に出かけたのである。

絵をかきながら、北斎がきく。

「ところで、あんたは安房《あわ》へ、いついったのかね」

「いや、いったことはない」

北斎は筆をとめて、あきれたように、

「安房へゆかなくって、南総里見八犬傳をかくのか」

馬琴は平然と答えた。

「いってもむだだ。私のかくのはいまの安房じゃない。三百何十年も前の安房なんだから」

「それにしても、よ」

「むだどころか、私の世界がこわれて、かえって害になる」

「あんたが旅ぎらい——どころか、町なかに出るのもきらいなことは知ってるが、この本の山の中にだけいて、あんな物語が出てくるのはまったくふしぎだ。まるで、うすぐらい隅っこで、せっせと糸をはき出しているクモだね」

北斎はまた筆を走らせながら、頭の中で、馬琴に八本の足をくっつけ、背景に網をえがいて、ニヤリとした。——北斎自身は無類の旅好きだ。

三

「お前さんがよく、私があんな物語をかくのがふしぎだ、ふしぎだというから、私もいつかその理由について考えてみたことがあるんだよ」

と、馬琴はいった。

「まあ、天性としかいいようがないが、そのほかにしいて理由を考えてみると、いろいろある」

「おう、そりゃなんだ」

「一番目は、さっきいったように生計のためだ」

当時、作者は戯作《げさく》を本屋から出してもらうと、ほんの寸志をもらうか、ときには料亭に一夕《いっせき》招いてもらうかですまされるのがふつうで、かくほうも稿料などあてにせず、道楽半分か、あるいはほかに薬とか、おしろい口紅などを売っていて、作中にその宣伝をするために本を出す、などというのが常態であった。

そこへはじめて、職業として成りたつだけの稿料を要求し、事実それで一個の市民としての生計をいとなんでいるのはこの馬琴だ、ということは北斎も知っている。

むろん北斎とて画料で暮らしているのだが、画家が画料で暮らすのは、これは昔からのことだ。——もっともそれは狩野《かのう》派とか土佐派とか四条派とかいう古来の流派で、浮世絵の北斎などは版画で商品にしてもらうか、ときには幟《のぼり》や切子《きりこ》どうろうの絵などをかいて、しかも長屋ずまいのていたらくだから、とうてい一個の市民生活などいえたものではない。

「二番目は、その生計のたてかたも、どうやら私が人に頭を下げるのがきらいだ、という性分から発したらしい」

絵をかいていた北斎は、眼をあげた。

「どんな身分、どんな商売でも、人に頭を下げなきゃなりゆかんが、戯作《げさく》は、ともかくもここにひとり座ってるだけでなりたつ商売だからね。むやみにいばる必要もないが、さればとてむりに頭を下げる必要もない。ここは一城だ」

北斎はいつか馬琴が「ここは馬琴の城だ」とうそぶいて、毛利家の使者を追い返したことを思い出した。むやみにいばる必要はないが、というけれど、馬琴は傲慢《ごうまん》だ、というのは彼に対する第一の定評なのだから可笑《おか》しい。

「三番目はな、どうも廿歳《はたち》前後にあんまり面白くない生活をしたので、ひたすら雑書を読んでつかのまのたのしみを得ようとした。ま、一種の逃避だが、それが知らず知らずの間に別世界に遊ぶ、あるいはそんな物語をかく能力を養ったのかも知れない」

「なるほど」

と、いったが、北斎は、何かまだ納得し切れないような顔をして、

「みな、一応もっともなようだが、いまあんたが、しいて理由を考えてみると、といったが、少しそんな気がするね」

と、いった。馬琴はきいた。

「それじゃ、お前さんはどうして絵をかくのだ」

「おいらは絵が好きだからさ。子供のころから、ただもう、絵をかくのが好きだったからさ」

「そうだろう。ところが私は。――」

と、馬琴は首をかしげた。

「まさか子供のころから戯作《げさく》をかこうなど思うわけがないが——いま、こういう商売をやってきて、一応世間に認められるようになっても、どうも好きじゃない。これは虚名だ、物語ばかりじゃなく、自分自身が虚の世界に生きているのだ、こんなことをしてるのは、自分本来の暮らしじゃない、という気持ちがどこかぬぐえないのだよ」

「すると、家族も虚の世界の人間かい」

「いや。……そういう意味ではない」

「おいらの場合は、まさに家族は虚だがね」

と、北斎は笑って、また怖ろしいはやさで筆を走らせ出した。

北斎は当人が白状するように、女房、子供も放りっぱなしであった。その腕はなんぴとも無視できず、なみの浮世絵師にくらべれば彼の絵は高いほうなのだが、多少かせいでもみんな自分で使ってしまう。酒ものまず、べつに女道楽もしないが、裸のおいらんをえがきたいと思えば百金も投じるし、どこそこの風景をえがきたいと思えば、地の果てまでもいってしまう。

彼は二度女房をもらったが、いずれも貧苦の中に死なせ、男の子二人、女の子三人を作ったが、息子一人娘一人は幼くして死に、残った男の子は他家へやり、いま出戻りの娘一人と長屋で暮らしている。そのお栄という娘も、自分の食い扶持《ぶち》は自分でかせげ、といわれて、これも絵をかいているそうだ。

ただ、浮世絵師柳川重信のところへ嫁にいったもう一人の娘が生んだ孫だけは可愛《かわい》いとみえて、重信に八犬傳のさし絵をかかせてやってくれとたのみにやってきて、結局馬琴がきいてやったわけだが、といって、たいしてありがたそうな顔をするわけでもなく、従来通り、いいたい放題の口をきく。

「しかし、おいらは絵をかいてて、自分が虚の世界にいるなど、夢にも考えたことはないなあ」

そういいながら、北斎は筆をとめて、それまでに書いた三枚の絵をさし出した。

そのとき、階下で、戸のあく音と、人声がした。

四

どうやら草市に出かけていた家族が帰ってきたようだ。

すぐに倅《せがれ》の鎮五郎が上ってきて、

「ただいま帰ってまいりました。これから早速、迎え火を焚《た》きましょう」

と、挨拶《あいさつ》したが、馬琴は「あ」といったきり、手にした北斎の絵を見つめている。

鎮五郎は北斎に目礼して、下りていった。十九になったはずだが、相変わらず礼儀正しく、相変わらずヒョロヒョロしている。

「や、もう夕方か」

と、北斎は、あかり障子がかげっているのに眼をやった。

が、馬琴は依然、返事もせずに絵を眺めている。

絵は、犬塚番作《いぬづかばんさく》が膝《ひざ》に幼い信乃《しの》をくみしいて、いまや腹を切ろうとしているところと、犬山道節《いぬやまどうせつ》が火定《かじょう》の穴から出現したところと、そして信乃と犬飼現八《いぬかいげんぱち》が古河城芳流閣《こがじょうほうりゅうかく》で決闘しているところの三枚であった。

例によって走りがきだが、悲壮、妖異《ようい》、凄絶《せいぜつ》の人物像は、紙面を蹴《け》って躍り出しそうな神技だ。

「北斎老、これをくれ」

馬琴は顔をあげていった。

「いや、だめだ、そんな約束ではない」

北斎は首をふった。

「これをわたすと、あんたはきっと重信に見せる。すると、重信は何もかけなくなる。

――」

「重信はお前さんのむこじゃないか」

「むこにはちがいないが、いまは一本立ちの絵師としてあんたのさし絵をかいている男だ。あれはあれの絵をかいたほうがいい」

北斎は手をさしのばして、馬琴の手の紙をひったくった。そして、あっというまにまるめて、ふところにねじこみ、

「さて、きょうはここらで退散しよう。またくるよ」

と、立ちあがった。

彼は強情我慢できこえた馬琴をのたうちまわらせて面白がっているのであった。

階段を下りてゆく北斎を、馬琴は憮然《ぶぜん》たる顔で送りに立った。

「おい、北斎老のお帰りだよ」

台所のほうで女の話し声がするが、返事はない。聞こえなかったのだろうが、聞こえても妻のお百は出てこなかったかも知れない。

以前、北斎がここに居候をしていたころ、ぶしょうを通りこして不遠慮不潔をきわめる北斎に、かんしょうのお百は手をやいて、以来まったく彼に敬意を払わなくなっているのであった。

「いいよ、いいよ、めんどくさい」

と、北斎は手をふって出ていった。

すぐ外で、鎮五郎が、草市から買ってきたオガラを地上にかさねて燃やそうとしていた。

「や」

とうなずいただけで、北斎は路地をスタスタと立ち去ってゆく。こちらはこういう年中行事に全然敬意を表しない自然人であった。

馬琴が見ていると、鎮五郎は不器用で、なかなかうまく燃えあがらない。

「どきなさい」

馬琴はそういって、倅《せがれ》にとって代わった。

いつのまにか暑気が去って、まわりは蒼味《あおみ》がかった薄暮となっている。路地のあちこちでたく迎え火が見える。

すぐに火はついたが、馬琴がそこからいつまでも動かないので、鎮五郎は、仏壇にお供えものをしてきます、といって家の中へはいってしまった。

じっと迎え火を見下ろしたまま、

「おふくろの死んだのも、夏だったな」

と、改めて馬琴は思い出していた。

さっき北斎に、おれが戯作者《げさくしゃ》になったのは、人に頭を下げるのがきらいなたちだったからだ、とか、廿歳《はたち》前後にあまり面白くない生活をしたので、一種の逃避として空想にふけったからだ、などしゃべったせいであろうか。——迎え火の中に、彼は、ふと自分のこしかたを頭に明滅させていた。

五

ふりかえってみると、彼の青春は夜であった。

その夜の向こうに、小さな灯《ひ》がともっていた。九つまでの記憶である。

そのころ、父は生きていた。父は滝沢運兵衛《たきざわうんべえ》といい、深川海辺橋《ふかがわうみべばし》の千石の旗本松平鍋《なべ》五郎の用人であった。なにしろ主家が千石なのだから、いかに用人でも裕福なわけはなく、五十石に三人扶持という身分であったが、それでも武士として面目の保てる家庭であった。

　父がかごで外出するときはいつも中間《ちゅうげん》が一人ついていたし、下女二人のほかに料理人までいたし、よく奥座敷で数人の酒客と談笑していた想《おも》い出がある。まだ若かった母の笑い声も、明るく家にひびいた。

　この父はしかし、子供たちには典型的な武士の教育をした。六、七歳のころから馬琴は、何かといえば、「武士の子は、こわい、つらい、悲しい、この三つの言葉を口にすな」と教えられた。また兄たちときもだめしに、暗い夜、主家の邸内の大きな池のほとりにある稲荷《いなり》のほこらの絵馬をとりにやらされたりした。こんなとき、少しでも尻《しり》ごみする態度を見せると、ふるえあがるような雷がおちた。

　九歳のとき、その父が亡くなった。五十一であった。

　ひょっとしたら、父がまだ十年も生きていたら、強情な馬琴は猛反発したかも知れない。しかし、この年齢でこの世から去ったために、父は武士として彼の永遠の偶像となった。

　父の死とともに、突如として滝沢家の運命は暗転する。

　家督は十七歳の長兄が相続したが、禄《ろく》は激減され、家は邸内の長屋に移され、いままでの生活は根こそぎ消え失《う》せた。

十七の兄、左太郎はこの激変にたえかねてか、翌年主家から出て、戸田という旗本に新しい奉公口を求め、母と妹たちをそちらへつれていった。

そのころ瑣吉《さきち》と呼ばれた十歳の馬琴は、せめて自分だけの食い扶持《ぶち》を得るために、ひとりもとの松平家にとどまることを余儀なくされたが、主家のお孫のお相手を命じられた。この孫が、低能の子であった。

その勤めは、子供心にもなさけなく、ばかばかしかった。このころから彼は、お屋敷の女中などが放り出した草双紙《くさぞうし》に眼を吸わせるようになった。

それでも、どこへゆくという才覚もない年齢で、四年ばかりしんぼうしたが、十四のとき、とうとうとび出して、兄左太郎のもとへころがりこんだ。兄はしかたなく、戸田家の下郎の下働きに世話してくれた。

ここでまたみじめな数年をすごしたが、十八のとき、兄のところをとび出して、あてもなく江戸市中を放浪することになった。家出というより、実は自暴自棄になって荒れ狂う弟を怖れて、兄が弟の放逐を主家に請うたのである。

それからの一年は、馬琴にとっての最闇黒期《さいあんこくき》であった。

彼は、行商人、大道芸人、占師、あるいはそれ以下のいかがわしい商売をやっている連中の手伝いをして暮らした。相撲とりにならないかとすすめられたのは、このころのことである。まともな食事はとったことがなく、ちゃんとした屋根の下で寝たこともなかった。

十代の馬琴は、この世の最底辺に生きている貧民獣たちの悪と、彼らを踏みにじってそっくりかえっている権力獣たちの悪と、そして自分自身の心の悪を思い知った。

実態としては、汚辱そのものの日々であった。伝馬町《てんまちょう》の牢屋《ろうや》にひっぱられたり、乞食《こじき》になって餓死したりすることがなかったのがふしぎである。

――これは時代からいうと天明《てんめい》のなかばにあたるが、のちに知ったところによると、彼より七つ年上の北斎も、同じころ浮世絵師勝川春章《かつかわしゅんしょう》の弟子となりながら、まったく流派のちがう狩野派や俵屋宗達《たわらやそうたつ》風の絵を学んだりし、また奔放無頼の性格もわざわいして師匠から破門され、生計の法を失って、柱暦《はしらごよみ》や七色とうがらしなどを、哀れな声をしぼって江戸のちまたを売り歩いていたのである。

一年ばかりのちの天明《てんめい》五年の夏、馬琴は往来でばったりあったある知人から、母がいま重病で、兄たちが自分をさがしているということをきいた。

次兄の清次郎はそのころ、九段坂《くだんざか》の高井という旗本の徒士《かち》となって、高井家の長屋に住んでいたが、長兄の左太郎が主人とともに甲府にいっているので、母は清次郎のところにひきとられているという。

馬琴は驚いてそこへかけつけた。

母は腹膜炎を起こして、命は旦夕《たんせき》にせまっていたが、あぶないところで間にあった。長兄も甲州からはせもどり、二人の妹も枕頭《ちんとう》にあった。

母はやつれた頭を馬琴にむけ、

「瑣吉……お前のことだけが心配だ。ほかの子たちはみなふつうだから、なんとかこの世と折りあって暮らしてゆけるだろうけれど、お前だけは、どこまでも自分のいい分をおし通そうとし、人を人とも思わないところがあるから……」

と、いった。

「どうかお前、だれにも好かれるような人間になっておくれ。……」

浮浪青年のような馬琴は、つっ伏したきりであった。

母はふとんの下から、二十二両の金を出し、兄弟たちで平等に分けるように、といって息をひきとった。

みな、呆然《ぼうぜん》と顔を見合わせた。

母のお門《もん》が未亡人となってからこの日までの筆舌につくしがたい苦労は、子供たちが心魂に徹してみな知っている。決して安閑と子供に養われていたわけではなく、お針、洗濯その他の賃仕事や、臨時の下女奉公などをしてきたが、極限まで切りつめた暮らしであった。その中で彼女は、二十二両という大金を、奇跡のごとく子供たちのために残したのだ。

このときのことを思い出すと、五十になろうとするいまでも、馬琴はひとり眼に涙がみちるのを禁じ得ないくらいだから、この母の死にようは、そのころ脳天に鉄槌《てっつい》を下されたような衝撃であった。

──おれは、まっとうな生活に戻らなければならない。

彼は心底からそう決心した。

彼はそれまでの暗澹《あんたん》たる青春期に魂まで破滅しなかったのは、あの幼年期の武士の子としての記憶と、それからそんな浮浪生活の中にも、夢中になって読みふけることをやめなかった雑書のおかげであったといっていい。逃避のための読書であったが、これが彼の精神をあやうく支えたのである。

そこへ、この母の死で、彼はふるい立った。

ふるい立ったところで、もう武士には戻れない。

幼年期にひたっていた武士の世界はまぶしい幻影のように、憧憬《どうけい》の対象だが、それ以後の少年期に見た同じ世界は、米つきばったのような屈辱にみちたものであった。それに、古い地層のような階級の不動性は、彼の眼にも絶望的なものに思われた。

そこへ戻ったところで、どうにもならない。

では、自分は、何をして生きていったらいいのか？

持って生まれた性根というものは、ふしぎなものだ。それまでのみじめな青春にもかかわらず──あるいは、そうであればこそ──彼は母親が心配したように、人を人とも思わない強情さを失わなかった。

「おれは、無意味に人に頭を下げるのはイヤだ」

その意識がいよいよ強くなっていることを彼は自覚した。

人に頭を下げなくてもいい職業は何か？
彼はまず俳諧師《はいかいし》になろうとした。次に狂歌師になろうとした。一人前になれば弟子をとれるからである。しかし前者は師匠に、お前さんの作る句は理につきすぎていてだめだ、といわれ、後者は彼自身軽妙な洒落《しやれ》っ気に欠けていることを認めないわけにはゆかなかった。

ついで、医者の門人になったが、数か月で、先生の治療に理屈からして納得しがたいことがあって、異論をのべ喧嘩《けんか》してやめた。その上、医者は患者に対して、意外に愛嬌《あいきよう》をふりまかなければはやらないことを知って、その点でも自分には合わない、と、ひるまないわけにはゆかなかった。

次に儒者を志したが、これにもそれなりの学閥があることを知ってあきらめた。それに、純粋な学者になるには、それまでの乱読で得た雑学がじゃまになった。——はては、寄席の講釈師になろうかとも考えた。口の重いたちであったが、そういう「語り」にはいささか自信があったのだ。

——北斎と同じく、馬琴の試行錯誤の時代はつづいていたのである。

そのあいだにも、人間は食べていなければならない。なお五年ほどの間、彼は兄たちのところへころがりこんで肩身のせまい居候をしたり、背をつきとばされて以前の通り、何軒かの旗本を渡り中間《ちゆうげん》をしたりしたが、熱い鉄板の上をのたうちまわっているような日々であった。

そして、やっと戯作者《げさくしや》への道を思いついたのは寛政《かんせい》二年、二十四歳になったときであった。

六

それまでこのことがついぞ念頭に浮かばなかったのは、前にものべたように、当時の戯作者がほとんど職業として成りたたなかったせいであり、また、まがりなりにも戯作がかけるのは、やはりその年齢より若くてはむりであったせいであろう。

たまたま、そのころ、二、三の黄表紙《きびようし》を読んでみて、これくらいのものならおれにもかける、と考えた。また、おれの雑学は、こういうものをかくことにこそ役に立つ、と考えた。

たとえ、一家を持って家族を養う、などいう大それたことはできないにしても、自分一人の口に糊《のり》するくらいは何とかなるだろう。

しかし、何かかいても、どうしたら黄表紙なり洒落本《しやれぼん》なりになって草双紙屋《くさぞうしや》の店頭にならべられることになるのか、まるで不案内だ。

思案の結果、彼が当時、その世界の第一人者と目された山東京伝《さんとうきようでん》の門をたたいたのは、その寛政二年の秋であった。

馬琴は一樽《ひとたる》の酒をたずさえて、銀座町一丁目の京伝を訪ねて弟子入りを請うた。

「いやいや、草双紙などは、ほかに商売を持って、道楽半分にやるものだ。戯作《げさく》は教えて教えられるものじゃない。私もそうだが、戯作者で弟子をとった人などきいたことがない」

と、京伝は一応ことわったが、

「しかし、それはそれとして、これからも心安く話しにきなさい。それから、何かかいたら見せなさい」

と、いってくれた。

京伝はもともとつき合いのいい人であったが、それにしても未知の若者にこうまで親切に応対してくれたのはめずらしい。彼を訪れる戯作者志望の青年は大半ヘナヘナの軽薄児で、一見重厚に見える馬琴は、京伝にふとそんな返事をさせる何かがあったようだ。

そこで翌年の春、馬琴は見よう見まねで洒落本《しやれぼん》を一つかいて持っていった。すると京伝はそれを読んで、これならまあまあだ、といった上、わざわざ本屋を紹介して出版させてくれたのである。

この前後、京伝のそばには弟の京山《きようざん》がいた。

それから二十二、三年たって、京伝に対する馬琴の態度に、忘恩の人非人、などという言葉を投げつけたのはこのためである。

もっとも馬琴にしてみれば、結局自分は京伝の弟子となったわけではない。自分の作に筆をいれてもらったこともなければ、創作上、何か教えてもらったわけでもない、という考えがあったのだ。

しかも、京伝の書画会のもよおしをおやめなさいといったのは、正真、京伝の名にかかわると信じたからであった。

——ただ、その口のききかたが、京山からすれば無礼に見えたのだが、こういう場合、円転滑脱に挨拶《あいさつ》して結局うまくのがれる術を知らず、いかにもごつごつして、おうへいに見えるのが、自分でもどうすることもできない彼の不幸な個性なのであった。

ともあれ、そのときこうして処女作は出したものの、馬琴はあとがつづかなかった。当時はやりの軽妙こっけいな黄表紙《きびょうし》や、遊蕩《ゆうとう》の手れん手くだをかいた洒落本《しゃれぼん》は肌が合わなかったのである。

だいいち——例の放浪時代何かのはずみで小金が手にはいると、食うものも食わないで夜鷹《よたか》やおはぐろどぶの安女郎を買いに走ったこともあったが、それはむしろ凄惨《せいさん》醜怪をきわめ、高級遊女相手のあかぬけしたかけひきなど、彼の知らない世界であったのだ。

一年ばかり、なお鈍重なまずみたいに、なすところなく、のたうっている馬琴を見るに見かねて、京伝は、

「これじゃとても食べてはゆけない。やはり、お前さんは勤めを持ったほうがいい」

といって、当時有名な通油町《とおりあぶらちょう》の書物問屋蔦重《つたじゅう》——蔦屋重三郎の手代《てだい》にあっせんしてくれた。

このころ蔦重では、東洲斎写楽《とうしゅうさいしゃらく》というそれまできいたことのない絵師の役者絵を大々

的に売り出す用意にかかっていたが、そういう商売に不熱心な馬琴は、写楽が何者か、ついに関心を持たなかった。

手代馬琴は、朋輩《ほうばい》たちとあまり口もきかず、超然として商売物の本ばかり読んでいた。一年ほどたって、豪放なたちの蔦重も、この手代の無能とふてぶてしさには呆《あき》れかえって、とうとう放り出した。

ちょうどいれ代わりのように、蔦重にはやはり居候として十返舎一九《じっぺんしゃいっく》という男がころがりこんだが、これは気楽に版画作りの職人に手伝いもしてくれる勤勉な居候であった。

もっとも蔦重は馬琴に、入りむこの口を周旋してくれたのだが、その話たるや、いちどむこをもらったが逃げられた下駄屋の娘——しかも馬琴より三つも年上の女、というのだから、一種の「放り出し」にはちがいない。

飯田町中坂《なかざか》にある伊勢屋という小さな下駄屋の娘お百というのが、その女であった。しかも、やぶにらみで、きつねのような容貌《ようぼう》をしている。

この話を、馬琴は承知した。

ふてぶてしいように見えても、実は内心、どんづまりの穴の底に落ちているような心境にあったのだが、この窮地をいっぺんにのがれる方法として、彼は承知したのである。

ただ、食う道を得るためばかりではない。

彼は、無能な手代として本屋の店に座っている間に、やっと自分の世界を見つけ出したのであった。それは、絵を主体とする草双紙《くさぞうし》や会話ばかりの洒落本《しゃれぼん》ではない——物語自体を読ませる読本《よみほん》の世界であった。

しかし、それをかき、それを世間に認めさせるには、なお数年の時日を要する。

そのためには、女房に下駄を売らせて、一応安定した生活の上で、専心その仕事にふける。

こうしたたかに計算して、彼は伊勢屋にむこにはいった。寛政五年秋、馬琴は二十七で、妻のお百は三十であった。

二年後に彼は、最初の読本「高尾《たかお》船字文《せんじもん》」をかく。

以後、当時の作家としては眼を見はるような量産をつづけ、文化《ぶんか》三年、彼が四十のときから五年がかりで発表した「椿説弓張月《ちんせつゆみはりづき》」にいたって、読本作家第一の大家としての声価は定まった。

そのあいだに、三人の娘と一人の息子が生まれている。

「弓張月」はベストセラーとなったが、印税という制度のなかったこの時代、滝沢家は決して裕福ではなかった。それでも、最初から気にかかっていた下駄屋商売はやめて、表通りの店は八百屋に貸し、一家はその裏に十坪の二階屋を作って、ともかくも無事に暮らしている。

彼の結婚は甚だ打算的であった。

しかし、その後彼は、多少の余裕ができても、やぶにらみで、きつねづらで、あけてもくれても不平ばかりいっている妻を捨てようとはしなかった。

馬琴をしばっているのは、彼の武士としての道徳であった。自分の結婚が打算的なものであることを自覚しているために、その妻を裏切っては信義にそむくと彼は考えたのである。

ただ教条的にそう考えたのではない。――彼はこの卑小な妻と家族たちを愛してさえいたのである。また、あの闇黒《あんこく》の半生を想《おも》えば、夢のように幸福ないまの暮らしだ、と満足していたのである。自分のくりひろげようとする壮大な武士たちの物語も、経済的にこの家庭の幸福を維持してゆくためだ、とさえ考えていたのである。

――いま、夕闇の中に燃える迎え火の中に、彼は闇黒時代のかなたに円光のように浮かぶ幸福な父と母と、そして幼かった自分たちの姿をえがいた。

父上、母上、と馬琴は胸の中でつぶやいた。

似ても似つきませんが、気持ちの上では、やっとあのころに回復した暮らしを作りあげました。いや、必ずあの生活を再現してみせます。それは倅《せがれ》を武士の世界に返すことでござる。

㊁の世界　犬士出現

一

――闇黒《あんこく》の水底で、無数のくぎのついた鉄のかごにいれられて、浮かびつ沈みつして
いるような痛苦の世界の中に、犬塚信乃《いぬづかしの》は人の声をきいた。

「現八《げんぱち》どの！　現八どの！」

その遠い声につづいて、すぐ近いところで、

「小文吾《こぶんご》、見や、この人は、よくまあ房八《ふさはち》に似ておるのう」

声が聞こえたということは、意識が戻ってきたということなのだろう。水面にぽっか
り浮かびあがったように信乃は大息をつき、眼をひらいた。

「やれ、気がついてくれた」

眼にうつったのは、五十ばかりの男の顔であった。

同時に、向こうでもさけび声があがった。

「おう、現八どの、生き返ってくれたか！」

ムクリと身を起こした相手が、みるみる殺気をとりもどし、いそがしく身のまわりから武器をさがそうとするのを見て、信乃もあわてて腰のあたりをまさぐったが、刀はなかった。

その雲ゆきに、二人の男が間にはいった。

「いったいどうなされたのじゃ。私がここで釣りをしていると、ただよってきたこの舟の中に、お二人が折りかさなって倒れてござったのじゃが」

と、五十年輩の男がいう。

「見れば二人とも血まみれ……おたがいに斬《き》り合いをなすったとしても、こんな小舟の中での斬り合いというのもおかしい。……とにかくその一方は、存じよりの古河《こが》の犬飼《いぬかい》現八どの、それでけんめいに介抱しておるところへ、わしの帰りがおそいものじゃから、倅《せがれ》の小文吾が迎えにきて、二人で介抱にかかったのじゃが」

信乃は、力士のように大きくふとった若者を見た。

それから彼は、はじめて自分たちが、夕闇《ゆうやみ》にただよう小舟の中にいることに気がついた。舟は蘆《あし》の中のくいにつながれている。

さらに彼は、あの芳流閣《ほうりゅうかく》の血戦と、そこから落ちたことを思い出し——ついで、その直前、相手が犬飼現八と名乗り、その頰《ほお》に牡丹《ぼたん》のあざのあったことを思い出した。

「もし、もういちどたたかうなら……あとまわしにして」

と、信乃はいった。

「その前にききたいことがある。おぬし……珠を持っていないか」

記憶がゆらめきのぼってきたのである。

「信の字の珠を」

現八はあきらかに驚愕《きょうがく》した。

「どうしてそれを？」

「私は、あなたの父上を知っている」

と、信乃は答えた。

息をのむ犬飼現八から、信乃は自分たちを助けてくれた二人の男に眼を移して、

「どうやらわれわれは、古河城の芳流閣から小舟の上に落ちて、利根川をながされて、ここであなたたちに救われたらしい。お礼は改めて申しのべるとして、いったいここはどこで、あなた方はどなたでございましょう？」

「ここは下総《しもうさ》の行徳《ぎょうとく》で、私ははたご屋をいとなむ古那屋文五兵衛《こなやぶんごべえ》と申し、ここにおるのはせがれの小文吾でござります」

と、年輩のほうが答えると、若いほうがせきこんだ調子できく。

「なぜ、あなたは、現八どのが信の珠を持たれていることをご存じなのでごんす」

「まず、ごらんあれ」

信乃は、ふところの奥ふかく守り袋にいれていた珠をとり出して見せた。

現八と小文吾はのぞきこんで、

「孝」

と読むと、現八もふところをまさぐって、

「いかにも、私も同じ珠を持っておる。いわれるように信の珠だ」

すると、小文吾もまた同様に珠を出した。

「悌《てい》」

と、信乃はさけんで、改めて小文吾の顔を見つめた。

二

悌とは兄弟の情誼《じょうぎ》に篤《あつ》いことだ。

信乃も大がらのほうだが、小文吾はさらに大きい。力士といっても通用するだろう。小文吾という名がおかしいくらいだ。大きく染めたゆかたに長脇差《ながわきざし》を落としざしにして、壮大なる美丈夫ともいうべき男ぶりであった。

そういえば、父親の古那屋文五兵衛も、ただのはたご屋の亭主らしくない。——信乃がそれを口にすると、文五兵衛は恥じらいながら、自分はその昔安房《あわ》の領主であった神余《じんよ》光弘《みつひろ》というお方に仕えた者で、光弘さまが不慮の死をとげられたあと浪人して、ここではたご屋をひらいた者です、といった。

「それより、おぬしがおれの父を知っているとは？」

と、現八はせきこんだ。

もはや打ちあけても、しさいはない、と判断して信乃は語った。

自分は武州大塚村の生まれだが、父は故足利持氏《もちうじ》公の遺臣で、死にあたって名剣村雨《むらさめ》を持氏公のおん子成氏《しげうじ》さまにささげて世に出でよ、と遺言したこと。その日、愛犬の首から珠がほとばしり出たこと。しかるにその刀を、どうやら悪いやつにスリかえられたらしく、古河城で窮地におちいったこと、などをのべ、また大塚村で幼時から自分たちの世話をしてくれた糠助《ぬかすけ》という善良な百姓があったが、自分がこんど古河へくる直前に病死した。その糠助が、いまわのきわに自分に打ちあけた告白を語った。――

糠助がもと安房の洲崎《すのさき》の漁師であったこと。男の子が生まれて七日目、鯛《たい》をとって腹を裂いたところ、中から「信」の字の浮かんだ珠が出てきたこと。その男の子の右頬《みぎほお》に、牡丹《ぼたん》に似た小さなあざがあったこと。

妻の産後のひだちが悪く、その薬代を作るために、一夜、禁断の漁場で魚をとってつかまり、仕置きにあうべきところ里見家の大赦で追放になり、その男の子を抱いて行徳までながれてきて、あわや身投げをしようとしたところを、足利家に仕える一人の武士に救われ、その子供をもらいたいという相手の望みに応じたこと。……

「いうまでもなく、その糠助がおぬしの父ごで、その子がおぬしだ」

と信乃はいった。

「子供の名は玄吉《げんきち》といったが、そのお武家と生涯不通の約束をしたゆえ、いまの名は知らぬ。そのお武家の名も知らぬ。ただそのお方がお仕えした足利家の御曹司《おんぞうし》成氏公が、このごろ古河城のあるじとなられて、こんどはあなたが――私のことです――古河へおゆきになるとあれば、もし機会があるなら、頰《ほお》に牡丹《ぼたん》のあざがある男をさがして、父親はこうして死んだとだけお伝え下され、と私にたのんだ」

現八は落涙していた。

「その牡丹のあざを、芳流閣でたたかう相手の頰に認めて、私の驚きはいかばかりであったか」

「おれも、おぬしの左腕に同じあざがあるのを見て、はっとした」

と、現八もうなずいた。

「というのも、この小文吾の尻《しり》にも同じあざがあり、また小文吾は悌《てい》の珠を持っており、これはいったいどういう意味だろう、と以前から話しあっていたからだ」

「実は、いまあなたのおっしゃった子ゆずりの件は私も存じております」

と、古那屋文五兵衛がいい出した。

「二十年ほど前……知り合いの犬飼現兵衛《げんべえ》さまが一人のあかん坊を抱いておいでになり、しばらくそのお子を私のはたごにおあずかりしたことがあったからでございます」

卒然として信乃は、糠助が行徳で子供をゆずったとき、その武士が、いま安房の里見家に使いにゆく途中だから、知り合いの宿にあずけ、帰途に受け取ることにしよう、といっていたと話したことを思い出した。

「ちょうどうちでは、さいわいこの小文吾がまだ乳のみ子で、そのころまだ生きておりましたこれのおふくろに乳があり、それを飲ませました。……そのご縁で、その後も何かと犬飼さまとはおつきあいをいただいておりましたが、ただこの現八さまも、うちのせがれも、同じあざと珠を持っておることに、これまた奇妙千万、と首をひねっていた次第でござります」

「その小文吾どのの珠は、どうして？」

「この子が生まれて、食いぞめの祝儀のとき、おわんに盛ったこの子の赤飯の中から、忽然《こつぜん》と現れたのでござります。そしてまた八つのとき、十五ばかりの近所のガキ大将とケンカし、相手を投げつけたはずみに自分も尻《しり》もちをついて、そのときから尻に大きな牡丹《ぼたん》のあざが生じて、いまも消えないのでござります」

「ああ」

と、信乃はさけんだ。

「三人は、前世から何かの約束のある兄弟なのだ！」

はからずも信乃はここに、第四の犬士、第五の犬士を発見したことになる。

――というのは、信乃はまだ知らなかったが、第三の犬士はすでに本郷円塚山《ほんごうまるづかやま》に出現していたからだが。――

犬飼現八はいった。

「おれはただ牢《ろう》からひき出されて、敵の間者《かんじゃ》を討てと命じられて芳流閣にかけのぼっただけだが……知らぬこととはいいながら、前世からの兄弟とたたかうとは、まことに申しわけないことをした」

「いや、それはこちらも同じことだ」

現八は首をかしげた。

「いまになってこんなことをいうのもおかしいが、信乃どの、その村雨の刀を公方《くぼう》に献上するのは考えものじゃぞ」

「どうして？」

「甚だいいにくいが、あの公方さま、ただわがままで、癇癖《かんぺき》ばかり強くて、とうてい公方のにんではないとお見受けする。それに、家老の横堀在村《ありむら》という人物が、はっきりいえば権をもてあそぶばかりの奸臣《かんしん》じゃ。だから実は牢にいれられる前、おれはおいとまを願い出ていたくらいで、芳流閣にかけむかったのも、この際曲者《くせもの》を仕止めれば浪人になることを許されるだろうと思ってのことであった。……」

「ほう」

「じゃから、おかしなことをいうようだが、その村雨がニセモノであったことは、一種の天意であったかもしれん」

と、現八はちらと白い歯を見せた。

改めて眺めれば、頬《ほお》にあざのあるせいか、剽悍《ひょうかん》無比のつらだましいだ。

それにしても、村雨がスリかえられた顚末《てんまつ》は、何としてもつきとめなければならぬ、と大塚村のことを思い出すにつけて、信乃の頭に額蔵《がくぞう》のことが浮かんだ。

「おう、珠とあざを持っておるのは、この三人だけではない。もう一人おる！」

彼は額蔵のことを話した。

現八と小文吾は、眼をかがやかしてこれをきいた。

「ほう、そんな人があったのか」

「それじゃ、明日にでも、その大塚村へゆこう」

勇みたつ若者たちを見て、文五兵衛が声をかけた。

「これこれ、信乃さまはまだ傷だらけではないか。現八どのにしても、無傷じゃあるまい。それに古河のお城でそんなことがあったとすれば、信乃さまのこれからの安否も気づかわれる。……さいわい、日も暮れた。人に見られぬように、ひとまず家に帰ろうぞ」

いかにも、舟のまわりは水がかすかにひかるだけの夕闇《ゆうやみ》がひろがっている。

遠くから笛や太鼓のひびきがながれてくるのに、はじめて信乃たちは気がついた。

三

四人は、舟から蘆《あし》のしげる岸にあがった。

歩き出すと、信乃はよろめいた。それと見るや、小文吾は大柄な信乃をかるがると背負った。文五兵衛は釣り竿《ざお》とびくをさげている。

彼らは人目をしのんで、行徳の町の橋のたもとにあるはたごの古那屋に帰った。

四つほどの男の子の手をとった若い女が入口に立っていて、

「迎えにいった兄さんも帰ってこないので、心配でこちらも迎えにゆこうと思っていたところでした。まあ、これは……」

と、鎖じゅばんにすねあてまでつけた現八と――それから小文吾に背負われた信乃を不審そうに見て、口の中で「あ!」と、さけんだ。

「娘のおぬい――小文吾の妹でござります」

と、文五兵衛が紹介した。

そんな子供があるとは思えない、ういういしい美しい女であった。

「子供は私にとって孫の大八《だいはち》で――ここからちょっと川上の市川の、犬江屋《いぬえや》という網元のところへ嫁にやった娘でござりますが、ちょうどこちらが祭りなので、きのうから遊びにもどっておりますので――これ、大事なお客じゃ。怪我《けが》しておられるで、早う床をとってさしあげろ」

「はい」

そう答えたが、女はなお信乃を見て、眼を見張っている。

「ははは、この方が亭主に似ておられるのでびっくりしたか。いや、こっちもさっき驚いたのじゃが、むろん別人じゃて」

と、文五兵衛は笑い、ふと、きいた。

「おう、そうそう、二人の修験者《しゅげんじゃ》のお客は？」

「まだお帰りではございません」

「そうか。……実はこの客人、ほかの者に見られては困ることがあってな。おう、そうじゃ、こちらの居間のとなりに床をとってくれ」

「はい」

おぬいは子供といっしょに先に家にはいった。そのあとを追いながら、

「信乃さま、あなたさまが、おぬいのむこ犬江屋の山林房八《やまばやしふさはち》という男に、遠目では見まちがえるほどなのでございますよ」

と、文五兵衛はいい、また、

「実は今夜は夜明けまで、この行徳の町で夜っぴいて祇園会《ぎおんえ》の船祭りがございまして、きょうから三日、宿は休みとし、下女たちはみなひまをやるのを習いとしております。ただ、鎌倉からおいでになられた二人の山伏《やまぶし》どのが泊まっていなさるばかりですが、これも午後から祭り見物にゆかれて、いまは無人でございます」

と、いった。

信乃と現八は身体を洗い、手傷に薬をぬってもらい、あるいはさらしをまいてもらった。

床はとってもらったが、信乃はそれにはいる必要はないようだ。

そのあと、祭り見物をやめたおぬいが、急いで、しかし心をこめて作った膳《ぜん》をかこんで、三人はあらためて義兄弟の盃《さかずき》をかわした。

その盟約のうたげに、遠い笛や太鼓の音がいよいよ高潮して伴奏した。

しきりに祭り見物をせがんでいた大八が、とうとうあきらめて、その笛太鼓の遠音《とおね》にあわせて酒の座のまわりをはねまわり出した。

四つときいたが、六つくらいに見えるほどムクムクとふとっている。しかし、顔と動作はやはり四つのあどけなさで、それどころか、まだ母親の乳房に吸いつくとかでみなを笑わせたが、途中で文五兵衛がふと妙なことをいった。

「ごらんなされ、あの子の左のこぶしはにぎったままになっております」

そういわれて、信乃と現八は、はじめてそのことに気がついた。

文五兵衛は、いたましげに嘆息した。

「どういうわけか、生まれながらにああなのでござります」

「ははあ？」

信乃たちが首をかしげているところへ、

「若親分！　犬太《いぬた》の親分！」

と、けたたましく表戸をたたく者があった。

四

小文吾が出ていって、何か話をしていたが、すぐにひきかえしてきて、刀を腰にぶちこんで出かけようとする。

「これ、だれじゃ。何の用じゃ？」

と、文五兵衛が呼びとめた。

「は、塩浜の辛四郎《からしろう》めで——祭りで、うちの犬太部屋と犬江部屋の若い連中がけんかをし、さわぎが大きくなりそうだってんで、それをとめに参ります」

「待て、その刀を出せ」

小文吾が父親の前にひざまずいて、刀をさし出すと、文五兵衛はふところ紙をとり出して、長いこよりを作り、その刀のつばから鯉口《こいぐち》にかけてしばりつけた。

「小文吾、お前はさっきまでの小文吾ではない。新しい義兄弟と大きな天命を持つことになった男じゃ」

と、文五兵衛はいった。

「ともすればお前はばか力をふるおうとする。けんかの仲裁とはいうが、事と次第ではどういう始末になるかわからぬ。軽はずみなふるまいをせぬように、刀をこうしばっておく」

心配そうに、妹のおぬいもいう。

「兄さん、ほんとうに犬江の者とけんかしないで下さいね」

けげんな表情をしていた小文吾が破顔した。

「わかっておる。だから、おれがとめにゆくんだ」

そして、父親におじぎして、

「おやじさま、ご心配なさるな。おおせの通り、これからは以前の小文吾ではないと思い、決してこの腕も刀も、ばかげたことには使いませぬ」

そういって、彼は迎えにきた男といっしょに出ていった。

あと見送って、

「いや、力士のような倅《せがれ》とむこを持って自慢にしておりましたが、このごろひょんな風の吹きまわしで、それが裏の目に出ましてな」

文五兵衛がいい出した。

「いま、乾分《こぶん》の者が、犬太の親分、と呼んだのをおききになりましたか。あれは——以前ここに、もがりの犬太というあばれ者がおりまして、ゆすりたかりの仕放題、あげくのはて往来になわを張って、ここを通りたいやつは銭百文を出せとゆすっておるところへ、当時十六の小文吾が参りまして、そやつを地面にたたきつけてぶち殺しました。それ以来、犬太殺しの小文吾、犬太の小文吾というあだ名がついたのでございます。しかも、いつのまにか相撲の弟子がついて、犬太部屋などと称しております」

「一方、このおぬいの嫁にいった山林房八という男、川舟数そうを持つ市川の網元でござりますが、これも大柄で大力の持主で相撲好き。それにも弟子がついて、あちらは家号を犬江屋と申すゆえ、犬江部屋と称しております。もっとも両人は仲がよく、本人同士が勝負を争うなどということはなかったのでござりますが。――」

「ほほう」

文五兵衛は苦笑して、

「このあいだからうちにお泊まりの、念玉《ねんぎょく》、観得《かんとく》という二人の山伏どのがござります。これが鎌倉でのご先祖代々の職を争うて、管領《かんれい》さまがお裁きになろうとしても黒白を定めかねられ、とうとうお二人、相撲の勝負で結着をつけるということになりました。しかも双方、とにかく半分は僧ともいうべきご身分なので、お二人じかに相撲をとるということでなく、どちらもだれか、これぞという力士を見つけて、それに相撲をとらせて、勝ったほうを勝ちとするという妙な約束をなされましたそうな。それでご両人、同道してその力士をさがす旅に出られましたそうな」

「…………」

「それがたまたま、五、六日前、手前の宿に泊まられ、どこからきかれたか、うちの小文吾とその義弟の山林房八という男は、このあたり切っての力士ときく。しかも両人まだ相撲をとったことがないそうな。それはわれらの右の目的にもっとも適当な組み合わせ、是非ともそれをやってくれぬか、と、小文吾と房八の間をかけまわってのおだて、ご説得で。――」

「………」

「私はよしたがいいと申したのでございますが、両人、その説得にこんまけしたのと、また心の中で前まえから、一番あれとやってみたいという気持ちもあったのでございましょう、とうとうこの十八日、八幡《はちまん》神社で相撲をとりました」

「で、その結果は？」

と、現八がきく。

「大変な大相撲となりましたが、結局小文吾が勝ちました」

「ははあ」

「が、それ以来、当人同士にしこりはないと思うのでございますが、あちらの部屋の若い者がくやしがって、何かといえばこちらの部屋の若い者につっかかり。――」

文五兵衛はため息をついて、

「それでこちらもやりかえし、何かと不穏な気がモヤモヤしておりましたが、案の定――いまきいた祭りのけんかというのも、その余波でございましょう。まことに困った争い、無用な悶着《もんちゃく》でございます」

文五兵衛はおぬいを見た。

「いちばん胸をいためておるのはこの娘でございます。けんか腰になっておるのは乾分《こぶん》同士のこととは申せ、夫と兄との板ばさみで。――」

「私――私もいってみます」

戸口のほうを見ていたおぬいが、不安にたえきれないように立ちかけた。

「待て、お前がいって何になる」

と、文五兵衛はとめた。

「いま、わしが、あれの刀を封印してやった。心配するな」

――小文吾は、しかしなかなか帰ってこなかった。

五

それを案じつつ、信乃と現八は床についたが、その明け方――現八は、信乃の苦しげなうめき声に眼をさました。

たしかに全身に傷は受けていたが、舟でよみがえってからこのはたごで寝につくまで、元気にみちみちていた信乃が、歯をくいしばり、四肢をつっぱらせて苦しんでいる。声をかけても、返事もできない。あの勇ましい若者がこのありさまとはただごとではない。

呼ばれて文五兵衛、おぬいもやってきたが、どうすることもできない。

「これは、破傷風じゃ！」

しばらくして文五兵衛は、悲痛なさけびをあげた。

「なに、破傷風？」

「ちょっと、こちらへござれ」

と、文五兵衛はとなりへ現八とおぬいをつれ出して、ささやいた。

「傷から毒のはいった激症で、医者も及ばぬ。ほうっておけば、数日のうちに必ず死ぬ」

現八は顔色蒼白《そうはく》になって、うなずいた。

「その病気の名は、以前、おれの師匠の故二階松《にかいまつ》先生からきいたことがある」

「私は、安房の神余家に仕えておった那古《なこ》七郎と申す兄から、那古家に伝わる破傷風の薬というものを教えられたことがございます」

と、文五兵衛はいった。

「あまりにも荒唐無稽《こうとうむけい》の法なので、かえっていまもよくおぼえておるのでございますが、……」

「と、いわれると？」

「何でも、若い男女の生血を五合ずつまぜ合わせたものを、病人の傷にあびせかけると、たちどころに破傷風がなおるそうで。……」

現八は苦笑した。

「荒唐無稽より何より、そんなものが容易に手にはいるとは思えん。だいいち血を五合ずつもとれば、その人間が死んでしまう」

ふいに現八は、ひざをたたいた。

「それより、おれも二階松先生からきいたことがある。江戸の芝浦に、名高い破傷風の薬を売る店があるとか。もし修行中に破傷風にかかったらそこへゆけ、という話でした。あいにく店の名は忘れたが、さがせばすぐに見つかるでしょう。それじゃ、これからおれは、すぐに芝浦へいってみよう」

明けるに早い夏の夜はすでにしらじらとした朝になっている。

現八はあわただしく身支度をして芝浦へ出立《しゅったつ》していった。

兄の小文吾は、ついに一晩たっても帰ってこない。

おぬいがかゆをにて信乃のところへ持っていったが、信乃は歯をくいしばってうめいているばかりだ。すでにその頰《ほお》には死相がはいあがっていた。

しかも、昼近くになって庄屋から、文五兵衛にご用のことあり、ただちに出頭せよ、と役人が呼びにやってきたのである。文五兵衛はうろたえ、二、三語あらがってみたが及ばず、その場で連行されていった。

おぬいは恐怖と困惑の中に立ちすくんだ。

父の安否も不安の極だが、うめき苦しむ病人を、どうしていいのかわからない。母の苦悩を感じて大八は泣く。

ついにおぬいは、市川の嫁ぎ先へ帰って、夫か義母の助けを求めるよりほかはない、と決心した。だいいち、けんかの件も気がかりだ。

「すみません。……すぐに帰ってきますから」

と、彼女は横たわった信乃におじぎして、大八を抱いて出ていった。

あとには瀕死《ひんし》の信乃だけがとり残された。

いや、それからまもなく、二人の山伏《やまぶし》がぶらりと古那屋にはいっていったが、

「文五兵衛。……文五兵衛。……」

「小文吾どの？」

と呼びたて、返事がないのに、「はてな」と顔を見合わせ、とあるふすまをひらいて、

「あらっ？」

と、立ちすくんだ。

信乃は伏したまま、うめきつづけている。

ここに滞在して、昨夜一晩、祭りを見にいっていた修験者《しゅげんじゃ》たちであった。——一人は、祭りで買ってきた大きなホラ貝をぶら下げていたが、それをほうり出して、中へかけこんでいった。

六

——一方、犬太の小文吾は、けんかのあと始末に、思わぬ足をとられていた。

けんかの原因はとるにも足らぬことだが、とにかく犬江部屋の若い者三人ばかりが、犬太部屋の連中に袋だたきになって、大けがをしてひっくりかえっている。まず山林房

八に話をすることが先決だと、人を市川に走らせたのだが、房八は不在で、しかも、どこへいったかわからないという。

ついにむなしく一夜を明かし、あくる日も夕刻まで待ったが、とうとう房八をつかまえることができず、やむなく和解の相談は後日のこととし、けが人だけ送り出して、小文吾がひきあげたのは夕方ちかいころになってからであった。

途中から、雨がふり出した。

家に近づくと、どうもようすがおかしい。雨の中に、あちこちの辻《つじ》に幾人ずつかかたまっているのは、捕手《とりて》らしい。

はっとした。

家の見えるところで、ついに立ちどまり、まわりを見まわすと、ちょうど横の路地に、一団となっている人間が見えた。

うるしぬり、裏金《うらきん》の陣笠《じんがさ》をつけた武士と、数人の下役人と、土地の無頼漢と――そして、彼らに何かきかれているのは、なんといままでさがしていた山林房八とその母妙真と、おぬい、大八であった。

これはいったいどうしたことだ？

房八だけが笠をつけているが、あとはみんな雨にぬれつくしている。どういうわけかその房八は、笠をつけているのに、顔から肩から泥まみれになっていて、小文吾でなければそれが房八とは見わけがつかなかったろう。

小文吾も知っている無頼漢、赤島の舵九郎《かじくろう》という男がふりむいて、こっちを見た。と、彼に耳うちされて、陣笠の武士がつかつかと歩み出てきた。役人たちが、あとに従う。

「そのほうは、古那屋のせがれ、小文吾と申すものか」

「は。――」

「わしは古河御所の侍奉行、新織帆大夫《にいおりほだゆう》という者じゃ」

と、おうへいにいった。

「昨夜、お前の家に、怪しきけが人が宿泊したことは存じておろうな」

「いえ。――」

顔色の変わるのをおぼえながら、小文吾は首をふった。

「私は昨晩の祭りのけんかの仲裁のために、きのうからそれにかかわっておりまして、いま帰ってきたところでございますが」

妹のおぬいが役人にどういったのか、心もとないままに一応そういった。

「さようか」

意外に役人は、その点はそれ以上追及せず、しかし怖ろしいことをいった。

「とにかくこの赤島の舵九郎なるものの話によると、夜のこととてしかとはわからなんだが、昨夜、けが人らしき者をふくめて数人の者が、古那屋にはいってゆくのを見たという」

「そ、それが、どうしたのでございますか」

「それが、古河の御所で探索しておる曲者《くせもの》らしいのじゃ。きのう御所で、おそれ多くも公方さまに刃向かいたてまつり、舟で逃げた犬塚信乃なるものあり、それより追手《おって》を出して下流の川沿いを探索してきたのじゃが、そのけが人がそやつではないか。――」

新織帆大夫は、古那屋のほうを見ていった。

「実は、きょうひるまえ、お前のおやじの文五兵衛を庄屋宅に呼び出してきいたのじゃが、そんなものは泊まっておらぬという」

「えっ、おやじを？」

「しかし疑いははれぬゆえ、文五兵衛の身柄を拘束したまま、先刻いちど古那屋に踏みこんで家さがしをした。――」

「すると？」

「ある座敷の前に二人の山伏《やまぶし》が座って、一人がじゅずをおしもみ、一人がホラ貝を吹きたてておった」

いかにもそのとき、宿のほうから異様に大きなホラ貝の音が聞こえてきた。

「ああ、それはここ数日お泊まりの鎌倉の修験者《しゅげんじゃ》どのでござりましょう。……」

「身分をきくと、管領どの何やらの職にある修験のもの、と申し、ただいま祈禱《きとう》中なればここ動くわけには参らぬ。この戒行破らば、管領どのに訴えて必ずおとがめがあろうぞ、といい張って、それより中にはいらせぬ。それどころか、祈禱のさまたげになるゆえ、不浄役人どもはすぐに出てゆけとわめきおった」

小文吾は首をかしげた。何が何だかわからない。しかし、はやがねのような胸の動悸《どうき》はしずまらない。

「それにひるんだわけではないが、もしその曲者《くせもの》がおるとするならば、そやつは古河城で十数人を斬《き》り伏せた凶悪なやつゆえ、こちらにも少なからぬ犠牲者がまた出よう。……この土地は御所方の千葉どのの所領ゆえ、われわれの探索も許されたとはいえ、何といっても他領、他領であまり大げさな血まみれさわぎを起こすのもいかがかと、目下思案中のところ――」

実は帆大夫は、きのうの古河城での犬塚信乃の凄《すさ》まじい働きを目撃していて、彼を追捕《ついぶ》する役を命じられたものの、おじけをふるっていたのであった。

彼はふりかえった。

「さきほど、古那屋の娘むことやらの一行が市川からきた。そういうわけゆえ、とりあえず家の中にはいることを禁じたが――」

おぬいたちは、蒼《あお》ざめて路地に立っていた。いや、泥だらけの房八の顔色はわからないが、眼だけただならぬひかりをはなって、こちらをにらんでいる。

「そこへ、こんどはせがれのお前が帰ってきた。そこで一つの思案が浮かんだ。きけばお前は、この行徳一円でも相手のないほどの大力無双かつ剣の使い手じゃという」

帆大夫はいった。

「どうじゃ、お前が曲者《くせもの》をひっとらえぬか。宿のせがれとあれば何とか曲者に気を許させる工夫もあろう。もっとも、手にあまれば斬《き》り殺してもさしつかえはないが」

「…………」

「もし、ほんとうに曲者がおらなんだら、すぐに出てきてそのむね報告せい。またもし曲者がおって、なおかくしたり、逃がしたりした場合は、お前はもとよりおやじも成敗するぞ。――この首尾判明するまで、庄屋の家におやじはあずかっておく。どうじゃ？」

小文吾はなまり色の顔になって、

「承知つかまつってござりまする」

と、うなずいた。

「ただ、お心を体し、なるべく手取りにいたしたく存じますので、しばらくお待ちを」

家のほうへゆきかけると、

「私も手伝わせておくんなさい」

と、山林房八がいい出し、するとそれについておぬい母子も、房八の母親の妙真もいっしょにぞろぞろ歩き出そうとする。

「あ、待て、女たちは――」

新織帆大夫がとめると、房八がいった。

「なに、そのほうが、曲者《くせもの》が――もしおるなら――気をゆるすでござんしょう」

「よし、何にしても、おかしなことをすると、古那屋の亭主のいのちはないぞ」

と、帆大夫はくぎをさした。

宿のほうからは、またたたかいを呼ぶようなホラ貝の音がながれてきた。

七

それへむかって歩きながら、

「お前、どこにおったのだ？」

と、小文吾はまずおぬいにきいた。彼はてっきりおぬいは家にいるものとばかり思っていたのである。

「祭りのけんかのことが心配で、けさ早く市川に帰ったのです」

と、おぬいは答え、いちどうしろをふりかえってから、

「それより、兄さん、たいへんよ。きょうの夜明け方、信乃さまが苦しみ出されて、お父さんのおっしゃるにはこれは破傷風だと」

「なに破傷風？　それは一大事だ！」

「それで現八さまは、破傷風の薬を買いに江戸の芝浦へお出かけになりました。私は市川に帰り、ひるすぎにうちのひとがもどってきて……」

おぬいの顔がわなないた。

「へんなことをいい出したのです」

「なんだ」

「私を離縁すると。……それでお母さまもいっしょにおいでになったのです」

「離縁？　なぜ？」

小文吾は、房八と妙真のほうをふりむいた。

「ほんとうに、房八はどうしたのか」

と、妙真がオロオロとしていった。房八の母だが、まだ四十になるやならず、三年前に夫の真兵衛に先立たれてからは、髪も切下髪《きりさげがみ》にして名も妙真と仏名《ぶつみよう》にしているが、うば桜のような美しさだ。

「とはいえ、そういい出してどうしてもきかぬゆえ、ともかくも文五兵衛どのやお前さまとも相談しようと、いっしょにここへきてみれば、こちらはどうやらそれどころではない大難。小文吾どの、どうしたらよかろうかえ？」

盟友犬塚信乃の大病、迫る追手、父の逮捕、妹の離縁。……突如として雪崩《なだれ》のようにかさなってのしかかってきた厄難に、その大柄な身体にふさわしく生来寛闊《かんかつ》な小文吾であったが、火にあぶられるように急迫した思いだ。

「房八、その顔は何だ」

家にはいりながら、ともかくもきいた。房八の泥だらけの顔を見てである。

「さっき、ころんだのだ。……けさまで船橋で飲んでいたので、酔いが残っていたらしい」

と、房八は答えた。

麻の着物に絽《ろ》の羽織、銀の輪でまいた長脇差《ながわきざし》を落としざしにし、朱の鼻緒《はなお》をつけた桐《きり》下駄《げた》をはいたあっぱれな男伊達姿《おとこだて》だが、顔が泥まみれでは何もかもだいなしだ。

「おぬし、おぬいを離縁するというのはほんとうか」

「ほんとうだ」

小文吾はじっとその顔を見て、

「正気か、どうか、顔つきがわからん。まず井戸へいってその顔を洗って来い」

「冷《べ》たい、べたいよう」

と、雨にぬれた大八が泣き出し、妙真が、

「おう、おう、着物をかえてやろうぞい」

といって大八を菱形《ひしがた》の腹がけだけにして、

「おぬい、何か代わりの着物はないかいのう」

と、ふりかえったが、おぬいはそれどころではないといった表情で、とりあわない。

祈禱《きとう》の声が聞こえてきた。

「ノウマク、サンマンダボタナン、マカ、ムタリヤ、ビソナキヤテイ、ソワカ。……」

居間にはいった。

となりのふすまの前に、仏像をいれた笈《おい》をおき、熱病のように経文を読んでいた二人
の山伏は、きっとなってふりむいたが、

「やあ、当家の息子どのか！」

「やれ安心した」

と、さけんで読経《どきょう》をやめた。

案の定、ここに泊まっている鎌倉の修験者《しゅげんじゃ》の念玉と観得であった。どちらも中年というより、初老の年配である。念玉がいう。

「夜っぴいての祭り見物から帰ってみれば、おやじどのもお前さまもおらず、無人の宿に見知らぬ若いお侍が苦しんでおる。どうやら破傷風と見たはひが目か。これはなすすべもない重病だということは知っておるが捨ててもおけず、さきほどから必死の祈禱《きとう》をしておったところじゃ。さて小文吾どの、どうしよう？」

小文吾は、信乃のそばにひざまずいて、

「信乃どの！　信乃どの！」

と、声を殺して呼びながら、手をにぎろうとしたが、信乃は答えず瀕死《ひんし》の虫のようにけいれんするばかりだ。

「ああ！」

小文吾はうめいた。

「おぬい……現八どのが薬を求めて江戸の芝浦へゆかれたといったな？」

「はい」

「いまはそれを待つよりほかはあるまい」

現八はけさ早くたったというが、ここから芝浦まで往復は十里を越える。力走しても帰るのは夜になろう。

いや、それが間に合うか合わぬか、ということはさておいて、外に待つ捕手を如何《いかん》せん。

だいいちその犬飼現八そのひとが、いまとなっては古河からの討手《うって》にぶじにすみそうにない。

また気にかかることがある。

「房八がおぬいを離縁するとは、どういうわけでごんす？」

と、小文吾は居間にもどって、妙真にきいた。房八はいない。

「さあ、それじゃ。おぬいはよい嫁、大八は可愛《かわい》い子、市川の男伊達《おとこだて》といわれる犬江屋の房八が、あれ見よ、女房と子供には糸のついたヤッコダコのようになる、と笑われても、いっこう気にせず頭をかいて、その通り、といっておった房八が、きょう突然離縁のことをいい出したのには、私もきもをつぶしたわいの」

と、妙真はいい出した。小文吾にとって、これは妹のよい義母であった。

「きのうから房八は、浦安のさる方へまねかれて留守。そこへ夜になってこの行徳で、犬江部屋のものと犬太部屋のものがけんかしたとの使いがきて、浦安へひとをやったが、房八のゆくえは知れず、あとできけば船橋へまわって飲んでいたそうで……きょうになってておぬいが帰ってきて、たいへんな話をする。私ゃどうしていいか、動転してただワクワクするばかり、そこへやっと房八が帰ってきて、若い衆からのけんかの話、おぬいからのこちらの話などをきいて、しばらく腕ぐみして考えておったが、ふいにこの際、おぬいを離縁するといい出したのじゃ」

おぬいは顔に両手をあててすすり泣きしはじめた。四つの大八は、そのひざに手をかけ、心配そうに「かかさま、かかさま」と呼ぶ。

ふすまの下に二人の山伏《やまぶし》が座っているが、妙真はそれをかえりみる余裕もないようだ。

「そのわけをきくと、こんどの祭りのけんかは、犬太部屋の者が、先日の小文吾どのと房八の相撲のことで犬江部屋を笑ったのがもとだそうで、その前からかねがね房八は女房に甘い、相撲に負けたのも恋女房の兄貴に気を使ったのだろう。以前から犬太組が犬江組を見下す風があるのも、犬太組がそれを見すかしているせいだ、と陰口をたたかれておるのは承知していた。こんどのけんかで犬江部屋の者が三人まで袋だたきになって、そのまますませれば山林房八の男がすたる、いやこのまま市川に住むこともなるまい、よってこの際、おぬいはきっぱり離縁する。あとは、義兄とはいわさぬ、白紙の立場で犬江組は犬太組と勝負しよう、と決心したというのじゃわいの」

「ば、ばかな。——まだあんな相撲にこだわっておるとは——房八らしくもない」

「私も房八らしくもない、と呆《あき》れていろいろなだめたが、いったん決心していい出したら、容易なことではいうことをきかぬのも房八の気性。それではともかくも小文吾どのに話そう——それにおぬいから聞いた文五兵衛どのの難儀もむろん捨ててはおかれぬし——と、みなうちそろって行徳まできてみれば、うすうす心配していた通り捕手《とりて》のお役人が出てきて、あそこでとめられたのじゃわいの」

「その通りだ」

声がした。

八

山林房八が立っていた。井戸で顔を洗ってきたと見える。泥を落とすと、たくましく、りりしい、みごとな男ぶりであった。

それが、傍若無人に隣室にはいっていって、病人をのぞきこみ、

「ふうむ、これがお尋ね者か」

と、つぶやき、すぐに出てくると、皮肉な笑みをひきつらせて、

「さ、去り状受けてもらおう、ここに持ってきた」

と、立ったまま、ふところから紙片をとり出した。

小文吾は首をふった。

「そんなものは受けとれぬ」

「なぜだ?」

「見るがいい、おぬいが泣いておる。おぬいが承服しておらぬ証拠だ」

「離縁するのに、女房の意見などきかぬのは世のならいだ」

「おれは兄だ。妹の去り状を受けとる立場にはいない。せめて、おやじどのに話してくれ」

「おやじどのが、無事帰ってくるか」

と、房八はいった。

「おぬいから話をきいた。いま、となりでうなっておる病人、あれを首にしてさし出さねば、おやじどののほうが首になるぞ」

小文吾は蒼白《そうはく》になった。

「それとも、おぬし、犬塚信乃とやらを首にしてさし出すか」

「それはならぬ！」

「おぬし、さっき古河のお役人にそう約束したではないか」

「約束はしたが……そんなことはできぬ！」

「さっきお役人が、曲者《くせもの》がいないなら、すぐにそのむね報告せいといったのをきいた。これ、あちらは外で待っておるのだぞ。どうする？」

小文吾は大きな身体を身もだえさせた。

「いいか、離縁の件は、ここへ来てこのありさまを見聞して、いよいよ決心をかたくした。へたにおぬし一家とかかわりあっておれば、犬江屋までが無事にすまぬことになる。――」

房八は肩をすくめた。

「とはいえ――おれははじめからおぬしは虫が好かなんだが、こちらのおやじどのは好きだ。せめて縁があった義理で、この際おやじどのだけは助けてゆこう。そのためには――おぬしがやらねば、おれがあのお尋ね者を首にしてさし出してやろう」

房八がギラリと長脇差《ながわきざし》をひっこぬいたのを見て、

「馬鹿っ、何をする」

と、小文吾はその前にはいよった。

「お前も下総の男伊達《おとこだて》と人に知られた男ではないか。それが、そんなふるまいをしようとは天魔にでも魅入られたか」

「では、どうしようというのだ」

「しばらく……しばらく考えさせてくれ」

「待っているいとまはない。おれも手伝うとお役人に約束してここにきた以上、知らぬ顔していてはこっちの首にかかわる。どけ！」

「どかぬ！」

小文吾は眼を血ばしらせて、これも左手に持っていた刀のつかに手をかけた。

が、そのせつな、指にふれるものを感じて、ふっと刀に眼を落し、そこにつばから鯉《こい》口《ぐち》にかけて結んであるひとすじのこよりを見た。

それは父の文五兵衛が、新しい義兄弟ができ、大きな天命を持つことになった以上、これからは軽はずみにその刀をぬいてはならぬ、と封印したこよりであった。

つかから手をはなし、

「き、斬《き》るなら、おれの首を斬れ」

と、小文吾は血を吐くような声を投げた。

「ええ、そんな首はいらぬ。必要なのはべつの首だ！」

山林房八は逆上しきった顔で、

「そこな山伏《やまぶし》、なんのためにお前らがそんなところにおる？　どけ！」

と、ふすまの前に座っている二人の修験者《しゅげんじゃ》にむかって刀をふりかざした。が、山伏は寂然《じゃくねん》と座ったまま、彼を見あげているばかりだ。

「どかぬと斬るぞ！」

前に座った小文吾の胸を蹴《け》り、山伏にむかって威嚇的にふり下ろす長脇差《ながわきざし》に、のけぞりながら小文吾は、左手でさやのまま、刀をつき出してそれをはねのけた。

とたんに房八の刃に、こよりはぱっと切られてはじけとんだ。

「狂ったか、房八」

すでに小文吾も正気を失った顔で、

「さきほどから聞いておれば、人間の義も恥も忘れた雑言《ぞうごん》、もはや堪忍袋の緒《お》が切れた。刀をぬくなと父が封印したこよりが切れたのはこれ天命、房八、覚悟せよ！」

抜刀して、猛然と立ちあがる。

「それを待っておった！　いざ、こんどこそほんとうの勝負しようぞ」

歯をむき出して、房八は立ちむかう。

数合《すうごう》、青い火花をちらしてかみ合う刃の下に、それまで大八を抱きしめてわなないていたおぬいが、大八をつきはなしてまろびこんだ。

「やめて下さい！　何をするんです、やめて下さい！」

それを避けて横にとんだ房八の足は、そこにあおむけになって泣きさけんでいる裸の大八を蹴《け》った。大八は、きゃっといったきり、泣声をとめた。絶息したらしい。

おぬいは狂乱した。もとどりの切れた黒髪を宙にふって、

「ひとでなし、それでも人の親か、あなた！」

しがみつこうとするその肩へ、房八の刀がザックリはいった。

「あっ」

立ちすくむ房八に、こんどは、

「外道《げどう》！」

その肩へ、小文吾の刀がくいこんだ。

鮮血をふきながら、どうと尻《しり》もちをついた房八に、つづいて憤怒その極に達して、小文吾がとどめの一刀をふり下ろそうとしたとき、

「ま、待て！」

と、左手をあげて房八がさけんだ。

「小文吾どの、話がある。――」

九

「いまさら——いまになって、何をいう」

小文吾は歯がみした。

「うぬの話など、ききたくはない！」

「それなら——いや、それより、おれの血と女房の血をとって、あの客人にあびせてくれ。——」

「な、なんだと？」

小文吾は全身棒のようになった。

「はやくしろ、破傷風をなおすには、若い男と女の血五合ずつをあびせかければなおると、こちらのおやじどのからきいたことがある。——はやく、はやく」

ざんばら髪になって、あえぎながら房八はいう。

混乱しながら、小文吾はあたりを見まわし、眼をむいて座っている山伏《やまぶし》たちの一人から、手の大ホラ貝をひったくった。

その貝を、あおむけにたおれた房八の肩の傷の下にさしいれる。血は音をたててながれいった。ついで、うつ伏せになっているおぬいの肩の下にいれる。おぬいはすでにこときれていたが、血はたしかにながれおちた。

双方合わせて、一升になったとみるや、小文吾はホラ貝を持って隣室へかけ込んだ。

そして、虫のようにうごめいている犬塚信乃の全身にその血をあびせた。

すると——信乃は身ぶるいすること、二度、三度、みるみるその顔に生色がよみがえってきた。

ぽっかりと眼をあけていう。

「私はいったいどうしたのだ？」

小文吾はさけんだ。

「おぬしは生きかえったのだ。信乃どの、そのまま——委細は、あとでいう」

彼はもとの座敷にはせもどって、房八を抱きあげた。

「房八、これはそもそもどうしたことじゃ？」

「きょう、おぬいからきいた。……川から犬塚信乃という落人《おちうど》をつれてきたこと、それとおぬしが義兄弟の盟約をかわしたこと、その犬塚どのが破傷風にかかったこと、そこに古河から追手《おって》がきて、こちらのおやじどのがつかまったこと。……この大難をきいて、おれが男伊達《おとこだて》の面目をあらわすのはこのときにあり、と思い立ったのだ。……」

声をしぼって、房八はいう。

「まずその犬塚どのを救うのが先決のこと。そのためには、かねてきいておった男女五合ずつの血を、おれとおぬいがささげようと」

「男伊達？　おう、おぬしが下総きっての男伊達と呼ばれておることは知っている。——

—しかし、それにしても、これはあまりにひどい犠牲ではないか」

「もとより、それだけではないのだ」

息たえだえに、山林房八はつづけた。

「おれの家の血には、主君殺しのいまわしい血がながれておるのだ。それを、そそぐために。……」

「なに？」

「おぬしは知っていようが、おれのおやじの真兵衛《しんべえ》は、三年前、まだ五十になるやならずで、ふいに元気を失って死んだが、いまわのきわにおれを呼んでうちあけた。……おやじは十四、五のとき安房から市川へやってきて漁師となり、やがて人にも知られる犬江屋という網元となったが、安房にいるころは百姓の子だった。その親は……おれにとってはおじいにあたるが、杣木朴平《そまきぼくへい》という」

ぴくっと動いたものがある。山伏《やまぶし》念玉の肩であった。

「この杣木朴平が百姓ながら、師について武術の修行をするほど志あるものだったが、当時安房の領主だった神余《じんよ》家の寵臣《ちようしん》山下定包《さだかね》なるものが、民を苦しめる奸物《かんぶつ》であるとして、山下を弓で討とうとして、誤って主君の神余光弘さまをあやめてしまった。のみならず、自分をとらえようとする神余家の忠臣那古七郎という人も手にかけてしまった」

「あっ」

と、小文吾は声をあげた。

「驚いたろう。おぬしのおやじどの文五兵衛どのは、その那古七郎どのの弟じゃからの。そのことをおやじが知ったのは、おぬいをおれの嫁にもらったあとのことだ。そのとき大八はもう生まれておった。しかも、見よ、大八の左こぶしは、生まれながらひらかぬではないか。これが悪縁で結ばれた両家にあらわれたたたりでなくて何だろう。……おやじは黙っていたが、そのことを気にやんで、とうとうほんとうに病気になった」

「………」

「さて、死ぬ数日前にこのことを打ちあけていうには、誤ってのこととはいえ、主君をあやめたてまつったのは父朴平の大罪、さらにきけば、そのため父朴平に武術を教えた方も、その責めをとってあとで腹を切られたときく。かつは文五兵衛どのの兄も殺したのは古那屋への罪、これらの罪のつぐないせねば、たたりは必ず孫の大八にむくいるぞ。いや、げんにそれは起こっておる。房八よ、お前の生きておるうちに、必ずこのつぐないをするように、それを生涯の大事として生きよ。……」

母の妙真のよよと泣く声が加わった。

「はからざりき、そのときがきょう到来したのだ。いまおぬしの義兄弟犬塚どのの生命を助けることが、何よりのつぐないとなるとおれは考えた。それは同時に大八へのたたりをとくことにもなる。これは大八のためでもあるのだ！」

「………」

「そのためには、可哀《かわい》そうだがおぬいの血をもらう。悪縁あるおれと結ばれたのもこれ天命、そのわざわいがこれ以上大八に及ばぬために、この際おぬいには死んでもらう。されぱとて、ただ血をささげると申し出ても、おぬいはともかく、おぬしが承知すまい。そこでいま、わざとおぬいを斬《き》り、わざとおれは斬られたのだ」

「そうか。……そうであったか」

小文吾は頭をかきむしった。

「それで腑《ふ》におちた。先刻からのおぬしの仕打ち、これで納得がいった。納得はいったが。……」

彼は隣室をふりむいて沈黙した。

男女一升の生血の神効みるがごとし。しかしながら、それでたとえ信乃はよみがえっても。……

「あの人の首か」

と、房八はいった。

「おれの首をもってゆけ。おぬいからきいた。おれの顔は、あの犬塚という人にそっくりだと」

あっと小文吾はさけんだ。

「そのためにおれは、さっき顔じゅうに泥をぬって、この顔を役人には見せなかったのだ。果せるかな、さっき病人をのぞいて、知らない者には両人ふとまちがえそうなほど似ておることをたしかめた」

房八は血笑ともいうべき笑いを浮かべ、絶息した大八のところへはいよって、

「これ、大八、お前を蹴《け》ったのだけは兵法のほかだった。まさか、死んではいまい」

抱こうとして、

「おう、こんなあざがついたか！」

と、さけんだ。

そのとたんに、大八は気がついて、わっと泣き出した。その左のわき腹に、黒い大きなあざがくっきりと浮かんでいるのを人々はみた。……

「父は恋女房といっしょにあの世へゆく。さりながら、お前にとっては、まだ乳房から離れられぬ母親、ふびんや、もはや二度と乳房にはさわられまい。最後にいまいちど、味わっておけ」

と、房八は、死んだおぬいのえりをぐいとひらき、真っ白な左の乳房の上に、片手で抱いた大八の口をよせてやった。

大八は四つになるのに、まだふだん母親の左の乳房に吸いつき、ひらかぬ左のこぶしで、右の乳房をかるくうちたたくのがくせであった。

いま大八はその通りにした。——

幼児は死んだ母の乳房をたたいた。

とたんに、その左こぶしが、生まれてはじめてもみじのようにひらいて、そこから一個の珠が小文吾の足もとへころがってきた。

反射的にそれをひろって、

「仁！」

と、小文吾はうめき、また足もとを見下ろした。

母はすでにこときれ、父の房八もまたがくりと顔を伏せて動かない。

死というものをどれだけ知っているか、大八はまた、かなしげな声をはりあげて泣き出した。よくふとったそのわき腹についたあざが、このとき大きくひらいて、それはまさしく牡丹《ぼたん》のかたちに見えた。……

思いきや、この大八が。――

小文吾は眼をむいたきり、茫乎《ぼうこ》として四つの甥《おい》を見つめた。

――これがあの珠とあざに結ばれた義兄弟の一人なのであろうか？

十

「ああ」

このとき深い嘆声がきこえた。

二人の山伏《やまぶし》であった。顔見合わせて、

「二十年目に、ようやく伏姫《ふせひめ》さまの珠にめぐり合おうとは？」

「あれは血しぶきの中、これもまた血の海の中で」

と、長嘆した。

そのとき、病室から全身朱をあびたような犬塚信乃がはい出してきたが、まさに血の海の光景を見て、これも呆然《ぼうぜん》とひとみをひろげたままになる。

それをふりかえって、

「先刻、このご仁が苦しんでおるのを介抱しようとしたとき、みずからかきむしる胸の奥から一個の珠がころがり出して、それに孝の文字が浮かんでいるのを見たときの驚きはいかばかりか」

と、念玉坊がいうと、

「名も知らぬ、素性もわからぬ。しかし、これこそわれらが二十年、さがし求めておった人であったことを知った。そのあと、どうやらこの人がお尋ね者になっておるらしいことを知ったが、捕手《とりて》にはわたせぬ。うめき声をきかせぬために、ホラ貝を吹きたて、読経《どきよう》の声をはり上げておったのでござる」

と、観得坊がいった。

さて、念玉はふいに厳然と威儀をただし、

「拙者は南総里見家に仕える金碗大輔《かなまりだいすけ》と申すもの、二十年前出家して、丶大《ちゆだい》法師と称しておる。この観得は、これも里見家の臣にて尼崎《あまさき》十一郎と申すものでござる」

と、名乗った。

「いま出現した仁の珠、かような出現のしかたをしようとはまったく思いがけなんだが、考えてみればそれも道理、もともと世の常の珠ではない」

と、いい、それから珠の由来――南総里見家の伏姫がふしぎなじゅずを得た由来から語り出した。

ゝ大法師は、妖犬八房《ようけんやつふさ》のこと、安西景連《あんざいかげつら》滅亡のこと、伏姫が八房とともに富山《とやま》にこもったこと、伏姫の自殺とともに八つの珠が天空をとび去ったこと、そして自分たちがその珠を求めて旅立ってから二十年過ぎ去ったこと――などを述べた。

神秘の世界にみちびかれたようにきいていた小文吾が、

「実は、その珠を――悌《てい》という文字の珠を私も持っておりますが」

と、いい出すと、

「いや、そのことは存じておる。この行徳の古那屋というはたごの息子どのが、ふしぎな珠を持っておるときいて、この宿に泊まったのじゃ」

と、ゝ大法師はうなずいた。

「それを直接お前さまにきく前に、そもそもその珠の持主はいかなる人物かと、それを知りとうて、やはりこのあたりの勇士ときこえた山林房八なるものと相撲させて見たのじゃが、そなたの力もさることながら、裸になった尻《しり》を見て、はっとした。そこにあるあざが、いまいった八房という犬にあった八つのぶちにそっくりであったからじゃ」

「して、犬塚どのの珠は？」

観得こと尼崎十一郎にきかれ、信乃は自分の運命を――孝の珠と腕のあざのことを語った。

当然、武州大塚にある盟友額蔵《がくぞう》のことにふれたとき、ふいに小文吾が巨体をたおして床に耳をつけたかと思うと、いきなり刀を床に突きたてた。

床下に手ごたえがあり、たしかに怖ろしい悲鳴があがったが、しかしまた逃げてゆく物音もした。一人ではないらしい。

その物音を追って、小文吾が裏庭の方角へ走ると、もう床下からとび出した二つの影が、薄墨色の夕闇《ゆうやみ》の雨の中を、裏木戸へむかって逃げていった。

――南無三《なむさん》、あれをのがしてはならぬ！

「待てっ」

と、小文吾も庭へとび下りたが、このとき二人の男はもう木戸をおどり越えようとする。

が、このとき木戸の向こうに、にゅっと現れた武士が、たちまち両腕で二人の男の胸ぐらをつかむと、犬ころのように庭へ投げかえした。

木戸をあけて、

「小文吾どの、こやつら、逃がしてはいかんのだろう」

と、いう。

「おう、犬飼現八どの！」

と、小文吾がさけび、

「逃がしてはいかん」

と、答えると、現八は地面でもがいている二人のやくざ風の男の胸に足踏みかけた。あばら骨の折れる音とともに、二人は血へどを吐いて絶命した。

「小文吾どの、犬塚どのの破傷風のことは知っておろうな」

「知っておる」

現八はうなずいて、憂色にみちていう。

「芝浦の破傷風の薬屋は、鎌倉へひっこししたとかで、薬は手にはいらなんだ。その足で鎌倉へゆこうと思ったが、何ともこちらのほうが気にかかり、手ぶらでもどってきたが――犬塚どのはどうした？」

「犬塚どのは回復したが、べつに大変なことが起こった」

「おお、いま帰ってみれば、この宿のまわり、あちこちかがり火をたいて、役人や捕手《とりて》がつめておる。それで往来を避けて、おれは裏口から帰ってきたのだが、いったいどうしたのだ？」

小文吾は、とぎれとぎれにいままでのなりゆきを話しながら、もとの座敷に犬飼現八をみちびいた。そして、

「床下にしのびこんでおったのは、この土地のごろつき赤島の舵九郎という男の乾分《こぶん》でした」

と、報告し、

「ともあれ、外には役人が待っております。この際、房八の遺志に従い、房八の首を持ってゆかねばなりますまい」

と、いった。

嗚咽《おえつ》の中で、山林房八の首は討たれ、小文吾はそれをいだいて外へ出ていった。

やがて、外でどよめきがあがり、ついで潮がひくように遠ざかっていった。——犬塚信乃の首級《しるし》を得たと思い、包囲していた捕手《とりて》たちがひきあげてゆく物音であった。

十一

……それまでに、ゝ大《ちゆだい》法師と観得がこれまでのいきさつを改めて現八に語り、現八もまた自分のことを語った。

「おう、すりゃそなたもあの珠を持つ!」

「信の珠じゃと?」

ゝ大と観得は驚きの吐息をもらした。

さらに信乃がいう。

「その大塚村に残した額蔵という同志のことです。彼が私に話したことで、もう一つ思い出しました。額蔵が幼年のころ、母とともに大塚村にゆきだおれになったことはいま申したが、それはたしか安房のいとこの尼崎という人をたずねてゆく途中だったということでありました」

「なに……その人は……さっき伊豆の村役人犬川《いぬかわ》の子といわれたな」

観得こと尼崎十一郎はさけんだ。

「犬川家の妻女は父のいとこだと、昔たしかにきいたことがある。それなら、その仁、私にとっても他人ではない」

信乃はいった。

「それに私は、村雨がスリかえられたてんまつを知るためにも、一刻も早く大塚村へ帰ってみとうござる」

そこへ、小文吾が、釈放された父の文五兵衛をつれて帰ってきた。

――捕手頭《とりてがしら》の新織帆大夫には、自分の留守中、たしかにお尋ねの犬塚信乃なるものが来泊していることを知ったが、見たところ相当にしたたかなやつなので、そのゆだんを見すまして討つのに少々時間がかかった、と説明したという。

よろこんでいいのか、悲しんでいいのか、わからない事態であったが、またよろこんだり、悲しんだりしているいとまもない。

みな、善後策を検討した。

その結果、信乃、現八、小文吾の三人は、明朝早く、大塚村へ旅立つことになった。

山林房八、おぬいの死骸《しがい》は――とくに前者は極力秘する必要があるので、つづらに入れて、夜のうちに舟で市川の犬江屋に運ぶ。

驚くべきことにこれも同志の一人であることが判明した大八は、何といってもまだ四つだから、しばらく妙真が養い、ゝ大法師と尼崎十一郎も同行し、初七日まで同家にとどまって山林夫婦のためにお経をあげて菩提《ぼだい》をとむらいつつ、信乃らの帰りを待つ、というだんどりとなった。

「そなたらは、伏姫さまの子にあたるが、また犬士と称してよかろう。その額蔵とやら、またこの大八を加えれば、すでに五犬士出現したことになる」

と、ゝ大法師はいった。

彼らは、本郷円塚山の犬士のことはまだ知らない。

「が、とび去った珠は八つあった。してみればまだ三人の犬士がこの地上のどこかにおるはずじゃ。左様、忠、智《ち》、礼の珠を持つ犬士が。――わしは、その八つの珠をさがして安房に持ち帰る、と里見義実《よしざね》さまにお約束申しあげた。が、いまとなっては珠だけでは足りぬ。それを持つのがこのような勇士とわかった以上、その八人の犬士すべてを連れてゆかねばならぬ」

そして、ゝ大は、大八は幼名を捨てて、犬江屋の屋号と祖父の真兵衛にちなみ、この際犬江親兵衛《しんべえ》と名乗るべきだ、といい、また小文吾が犬太という無頼漢を殺したので犬太の小文吾と呼ばれていたのを、以後犬田《いぬた》小文吾と名乗れ、といった。

十二

翌朝。——三犬士は、大塚へむけて、勇躍して出立した。

すでに、前夜のうちに、丶大、尼崎をつれて市川に帰った妙真は、大八をあやしながら、行徳の文五兵衛から、小文吾たちの帰還の知らせのくるのを待っていた。

しかるに、ただ額蔵という人を大塚から連れてくるだけなら、往復三、四日で充分なはずなのに、それっきり音沙汰《おとさた》がない。

「はて、いったいどうしたことか？」

首をひねっていた丶大法師が、ついにたまりかねて、そのあとを追って大塚村へ出かけたのは、それから十日目のことであった。あとに妙真と幼い大八だけをおくのは何やら不安で、尼崎十一郎を残したのは、虫の知らせというものであったろうか。

予感はあたっていた。

それからさらに、四、五日たった夕方、犬江屋の裏座敷で、妙真が先日まで大八と呼ばれていた孫の親兵衛と遊んでやっていると、庭をまわってノソリとはいってきた者がある。

ひげにしらがまじっているが、あぐら鼻に唇厚く、赤銅色《しゃくどういろ》の大男だ。この市川から行徳あたりにかけて、やくざの親玉として知られる赤島の舵九郎であった。

「ええ、おふくろさんへ、ちょっとおうかがいしたいことがござんしてね」

と、ぶきみな笑顔でいう。

「こちらの旦那《だんな》とご新造さんはどこへおゆきでござんすかい？」

妙真はうろたえながら、

「房八はちょっと用があって鎌倉へ、おぬいは行徳の実家に帰っていますが、それがどうしたえ」

「へへえ、行徳の古那屋をのぞいても、ご新造さんの姿は見えねえようだが」

舵九郎はいった。

妙真は、はっとした。

「それはそうと、こちらさまじゃあ、こないだ新墓《しんはか》を作られたようだが」

これはわが家とはまるきり無縁な無頼漢ではない。以前、行徳の小文吾になぐり殺されたもがりの犬太の兄貴分で、またよく船荷を盗むので、何度か房八にこらしめられたことのある男だ。

のみならず、先日古那屋に怪しいけが人がはいったなど密訴して、古河からの捕手《とりて》を案内したらしいことは、この眼で見ている。

「あれは……お前さまも知っているであろ。行徳の古那屋に泊まっていた曲者《くせもの》で、それを小文吾が討ってお上に首をさし出したゆえ、そのたたりをふせぐため、古那屋と親戚《しんせき》の縁で、あとのむくろを葬ってやったのじゃわいの」

「じょうだんいっちゃいけねえ。いくら親戚でも、よそで殺された人間のむくろを、わざわざひきとって墓を作ってやるやつがあるもんか。まして小文吾の旦那《だんな》とこちらの房八の旦那は——その乾分《こぶん》同士がこないだ大げんかしたほど不仲になっていたじゃあねえか」

舵九郎はせせら笑った。

「こないだ行徳で、小文吾の旦那が犬塚信乃とやらの首を古河のお役人へ持ってきなすったとき、折あしくおいらは、古那屋へさぐりにやった三人の乾分があんまり帰ってこねえもんだから、そいつをさがしにいってて居合わせなかったが。——」

その三人の乾分の屍体《したい》は、妙真たちが市川へ帰る舟にのせ、途中川に沈めて始末したのであった。

「ありゃ、房八旦那《だんな》の首じゃあなかったのかね？」

妙真は息をとめた。

「もっとも、そんなことをした意味はさっぱりわからねえが——へ、へ、何にしても、その墓を掘りかえしてみりゃわかることだ」

実際に、墓をあばきかねない男だ。——房八は首なしのむくろだが、恋女房のおぬいと抱き合うようにして埋めてやったのだから、それが他人の犬塚信乃だなどと強弁しても通らない。

「顔色が変わったね、へ、へ、おふくろさん、心配しなさんな、舵九郎はそんなまねはしねえ。ただ、お前さまがおれのいうことをきいて下さるなら、ってえ話の上だがね」

舵九郎は縁側にはいあがってきた。

親兵衛がわっと泣き出した。妙真はあとずさって、

「私がお前のいうことをきく？　何を？」

「実は、おいら、以前からおふくろさんにホの字なのさ」

髪は切下髪《きりさげがみ》にし、妙真という法号をつけてはいるが、妙真は舵九郎よりまだ十は若い――四十になるやならずの色香を持っていた。

「ばかなことをおいいでない！」

「それなら墓をあばいていいか？――それがいやなら、黙っておれのいうことをきいてくんな」

舵九郎は襲いかかった。

妙真は逃げまどった。

が、とうとうつかまり、抱きすくめられたとき――ふいに舵九郎がうしろへひっくりかえった。

「たわけっ、何をいたすか！」

ちょうど外出していた尼崎十一郎であった。

「何を――この山伏《やまぶし》野郎！　じゃまするな！」

舵九郎は猛然とそちらに立ちむかったが、山伏姿にやつしてはいても、もとは武士の

尼崎十一郎だ。たちまち庭へどうと投げつけられ、やっと起きあがると、

「野郎、おぼえていろ！」

びっこをひきつつ、逃げていった。

妙真は、あえぎながら、いまの舵九郎の脅迫を訴えた。

尼崎十一郎は思案していたが、やがていった。

「そういうことか。そういうことなら、おん身がここにこれ以上おられることはあぶないな。どうじゃ、親兵衛といっしょに、安房へゆかれぬか？」

結局、妙真はうなずいた。――あわただしく旅支度にかかる。

行徳の古那屋文五兵衛に、かかる事態ゆえ安房にゆくが、もし小文吾たちが帰ってきたら、その消息は里見家の尼崎あてに知らせてくれ、という手紙を使いに託し、尼崎十一郎が、妙真と四つの親兵衛を連れて犬江屋を出た時、空はもうまっくらになっていた。夜にはいりかかっているばかりでなく、急に夕立ち雲が空をおおってきたせいでもあった。

上総《かずさ》の方角へむけて、市川の町はずれの、かや原の中の一本道にさしかかったときだ。そのかや原の中から、ムクムクと十数人の影があらわれた。

「これ、どこへゆくか。あわてて逐電しようとしても、そうは問屋が下ろさねえ。ここへ網を張って待っていたんだ」

赤島の舵九郎とその乾分《こぶん》たちであった。

それがいっせいに、さび刀や櫂《かい》をふりかざして、襲いかかってきた。

このとき、一帯に夕立ちがたたきつけはじめた。

山伏《やまぶし》姿の尼崎十一郎は、戒刀をぬいて襲撃者に応じた。が、多勢に無勢だ。かばおうとしてかばいきれず、妙真と親兵衛はとり残され――そこに舵九郎がかけよってくるのを見て、妙真は親兵衛の手をひいて逃げ出した。

はげしい雨の中の、怖ろしい逃走と追跡であった。

親兵衛がころんだ。

妙真はかんざしをぬいて、舵九郎に立ちむかった。

かんざしに腕や肩を突かれながら、赤島の舵九郎は親兵衛をつかみあげ、眼よりも高くさしあげて、あざ笑った。

「山伏《やまぶし》っ、刀を捨てろ。捨てぬとこの餓鬼、地面に投げ殺してくれるぞ」

尼崎十一郎と妙真は、滝のような雨の中に凍りついた。

いや、ただの雨ではない。このとき、まさに滝そのもののような水の大塊が地面を吹いてきた。その中から、ひづめの音がきこえた。

わっと舵九郎の乾分《こぶん》たちが悲鳴をあげた。

夕闇《ゆうやみ》の中に、その一塊のまっ白な水煙は、馬のかたちをしていた。いや、馬を雨がつつんでいるのだが、そもそもこれはどこから現れたのか――なんたる巨大さだ。ふつうの馬の一倍半はたしかにある。

それが、乾分たちを蹴《け》たおし、まっしぐらに赤島の舵九郎のほうへ疾駆してきた。そして、尼崎十一郎は、その馬が幼児親兵衛を口にくわえ、水煙をひきながらかけ去るのを見たのである。あとには、ひづめに蹴られ、あばら骨がひしゃげた舵九郎の屍骸《しがい》が横たわっていた。

雨が急にまばらになった。

赤島の乾分たちはみな逃げちって影もないのに、ふるえながら妙真はきいた。

「あ、あの馬は何でしょう？」

「あれは、あれは……」

と、尼崎十一郎は夢遊病のようにつぶやいた。

「あれは、たしかに青海波《せいがいは》。……」

あれはむかし、伏姫さまを富山にのせていった馬ではなかったか。——あんな巨大な馬は、またと世にあるものではない。

いや、そもそもが青海波は、父の尼崎十郎が里見家に献上した馬だ。あのときの光景は、追跡に同行していた十一郎も目撃している。いったん対岸にわたったあの馬は、八房にたづなをひかれてひき返してきて父をのせたが……谷川に突如銀のような波があがって横たおしになり、人馬もろともながれ去ったのであった。

二十一年たって、その青海波が生きていた！

——まさに、神馬だ。いまにして思えば、あれは偶然ではなく、伏姫さまから追手《おって》を断つ神意ではなかったか？

妙真が身もだえして両手をあわせた。

「ああ、それにしても親兵衛は、どこへいったのでしょう？」

十三

一方。——額蔵を呼ぶために武州大塚へむかった犬塚信乃と犬飼現八と犬田小文吾の三人である。

思えば、信乃が古河にゆくために神宮川《かにわがわ》をわたったのが六月十九日、芳流閣の決闘が二十一日、そしてこの日が二十四日のこと。……

その間、幾年もの歳月が経過したような凄絶《せいぜつ》悲壮な事件がかさなったが、実に五、六日の出来事にすぎない。

しかしいま、その神宮川をわたろうとして、信乃自身があの日以前のことを、ふと前世の記憶のように錯覚したのは、その後の超・波瀾万丈《はらんばんじょう》のせいもあるが、何といっても自分が出たあとのこちらの事件をまったく知らなかったからだ。

すると、河原に待つ客は、ほかにもあったのに、どういうわけか彼ら三人だけを呼んでのせてくれた渡し舟の船頭が、舟を出すとすぐに、

「もし……信乃さま。……」

と、呼んだ。

信乃はふりむいた。この前もここをわたしてくれた安平《やすへい》という六十ばかりの老船頭であった。

「ああ、安平か」

「御同行の方は、何をおききになってもしさいないお友達でございますか？」

信乃は大きくうなずいた。

「その通り」

「お前さま……お前さまがここをおわたりになったあとで、大塚村に起ったことをご存知でございますか？」

「大塚に？　大塚村に何が起こったのだ？」

「浜路《はまじ》さまが亡くなられました」

信乃はのけぞりかえった。

櫓《ろ》をこぎながら、安平はひくい声で話し出した。

信乃がここをわたって東へいった翌日の午後、陣代皮上宮六《じんだいひがみきゅうろく》が大塚家へむこにおしかけたこと。祝言の直前に浜路の姿が見えなくなったこと。大塚夫婦がわびのつもりで村雨の刀を持ち出したところ、それがまっかなニセモノで、皮上に成敗されたこと。そこへ、信乃を送っていった額蔵が帰ってきて、主人のかたきと陣代を斬《き》ったこと。

そして、額蔵の証言によれば、村雨をスリかえ、浜路をつれ出し、浜路がいうことをきかぬために、本郷円塚山で斬り殺したのは網乾左母二郎《あぼしさもじろう》で、たまたまそこを通りかかった額蔵が左母二郎を討ち果たし、浜路を火葬にした、という。

以上は、ここ数日、にえくりかえるような村のうわさ話だが、なおそれ以上に自分だけが知っていることがある、と安平はいった。

「お城からお取り調べに出張なされたお役人に、その白状にはふしんなところがある。たとえば、ではほんものの村雨はどこへいったのじゃときかれて、額蔵はつまったそうでござりますが、私にはわかります。いや、村雨という刀のゆくえは存じませんが……」

と、安平は話した。

「あなたさまが出発なさる前日、庄屋どの網乾どの同道で、ここへ魚とりにおいでになりました。あのとき私は河原に立っておりましたが、庄屋どのの水難ぶりも奇妙であった上に、そのあいだ舟の上で左母二郎どのが何やら刀をとりかえひきかえしておったのを、はて、おかしなことをするおひとじゃな、と、首をかしげて見ておりましたからな」

信乃は眼を見ひらいたままだ。

「さてその額蔵は、白状につじつまのあわぬところがあるばかりでなく、お取り調べのお役人の中に、額蔵に討たれた陣代皮上宮六どのの弟社平《しゃへい》どのがおられたのでござります。また宮六どのが殺されたとき、あやういところで逃げたお役人の軍木五倍二《ぬるでごばいじ》というお人もおそばにあり、以来額蔵にむごい拷問を加え、近いうちにお仕置きにかけるといううわさでござります」

と、安平はいい、さらにつけ加えた。

「お上のほうでは、陣代さまはもとより、浜路さま網乾どのらを殺害したのも額蔵、それどころか、あなた犬塚信乃さまもその仲間じゃと見ておられるとかで、犬塚が村にもどってき次第すぐにつかまえろ、と網を張っております。……私は、おまえ様も額蔵も幼少のころからこの川で見ていて、どちらもさてさてお気の毒なご境遇、またそれにしてはしっかりした若い衆じゃと感心しておりました。それでこんなことをお伝えするのでござります。実は、あそこの河原で申しあげようと思いましたが、ほかのお客の耳もあり、で素知らぬ顔で一応この舟におのせしましたが、さて、以上の次第なれば、この神宮川はいわば三途《さんず》の川、おひきかえしなすったほうがいいのではございますまいか。ゆかれるにせよ、戻られるにせよ、いずれにしろ舟は渡し場でないところにつけまするが。……」

信乃は歯をくいしばって、大塚村のほうをにらんで、

「いいや、ゆく。額蔵は救わねばならぬ！」

と、うめいた。

「左様でござりますか。お前さまなら、そうなさるだろうと思っておりました。では」

と、安平は櫓《ろ》をこぐ手をはやめた。

ゆれる舟の上で、信乃は彫像のように姿勢をくずさない。

……浜路！

額蔵の安否への気づかいもさることながら、浜路が非業《ひごう》の死をとげたという事実に、胸ははりさけるようであった。

出発前夜、自分をつれていってくれと泣きくずれたあの哀艶《あいえん》な姿と、それを無情にしりぞけた自分を思い出すと、まさに地獄におちたような思いがする。

——そんなことと知っておれば。……

あれ以来の自分の凄《すさ》まじい危難は、浜路を見捨てた天罰としか思われない。

現八と小文吾は、船頭安平の話をきいていたが、そんな信乃を見ながら、わざと何もいわなかった。

舟は渡し場でない蘆《あし》の岸についた。

そこを歩き出してから、ふと現八がつぶやいた。

「いまの船頭、ただの船頭ではないようじゃな」

そういわれて信乃は、幼いころからよく知っているあの神宮川の船頭が、何やら侍のにおいがしていたことに、はじめて気がついた。——が、いまはそれどころではない。

彼らはじかに大塚村にはいらず、そこから西南二十町ばかりの滝野川《たきのがわ》の金剛寺という寺に——その昔、幼い信乃が死病の母のために、寒中水垢離《みずごり》をとって死にかけた不動の滝のある寺だ——ひそんで、同志額蔵の消息をうかがった。

一方で犬飼現八が、ひそかに父糠助《ぬかすけ》の丸石ひとつの墓に、落涙してぬかずいたことはいうまでもない。

十四

さて、文明《ぶんめい》十年七月二日の夕ぐれちかく、陣代《じんだい》を殺害した大塚村の庄屋の小者《こもの》額蔵は、庚申塚《こうしんづか》という土地の刑場にひき出された。最初からはりつけ柱に高手《たかて》籠手《こて》にしばりつけられ、その柱をおしたてられた。

いまにも雨のきそうな、凄愴《せいそう》な雲の下であった。

庄屋の小者というのに、この日、領主大石家から百人以上の雑兵《ぞうひょう》が出張し、鉄砲さえ持っている者が少なからず見えたのは、額蔵を悪陣代を誅戮《ちゅうりく》した義人として、かいわいの百姓に同情者が多いといううわさが高かったからである。

陣代皮上宮六が殺されたとき、腕に傷を受けながらからくものがれた下役人の軍木五倍二は、その腕を布で首につった姿で、はりつけ柱の前に立ってののしった。

「百姓の分際で、陣代どのを手にかけおった悪逆のしれものめ、いまその胸をえぐり、腹をえぐって罪の怖ろしさを思い知らせてやるわ。――突け！」

二人の槍手《やりて》が槍をかまえたとき、五倍二と槍手のくびに、颯然《さつぜん》たる風音とともに三本の白羽の矢がつっ立った。

同時に、三方から竹矢来をおし破って、三人の武士が斬《き》りこんできた。

もとより犬塚信乃、犬飼現八、犬田小文吾の三人だ。

仰天しつつも、雑兵《ぞうひょう》たちはいっせいに刀をぬきつれ、槍をおっとって立ちむかう。

暗い雲に血の霧が立ち、青い草に血しぶきがふりまかれた。

三人の襲撃者の、何という勇猛さだろう。彼らは突進し、はせめぐり、いたるところで侍たちを斬り伏せた。その中には、皮上社平の二つになった屍骸《しがい》もあった。まさに屍山血河だ。

とくにめざましかったのは、犬田小文吾で、何たる剛力無双、額蔵をしばりつけたまま、大地からはりつけ柱をぬきあげてたおすと、たちまちなわを切りほどき、ついでそのはりつけ柱を抱きかかえて、旋風のようにふりまわした。

あまりの凄まじさに、大石家の雑兵たちは、悲鳴をあげて逃げまどった。

「いまだ」

「ひきあげろ」

と、信乃と現八がさけんだ。

小文吾は切れたなわで、拷問のため衰弱している額蔵を背負い、なおはりつけ柱をふるいながらかけ出した。

追いすがる捕手《とりて》を、信乃と現八は斬《き》りなびけつつ刑場の外へのがれ出てゆく。

このとき、沛然《はいぜん》と雷雨がたたきつけてきた。

この雨は、犬士らに幸福をもたらすとともに、不幸をももたらした。

彼らは予定通り、刑場から十町ばかりの戸田川にむけてのがれようとしていた。

大石勢のほうはこのあいだ、「鉄砲！　鉄砲！」と何よりの武器を思い出して、三十挺《ちょう》ばかりの鉄砲をそろえたのだが、この雨で火縄が消えてしまったのだ。

不幸というのは、犬士たちはその戸田川の蘆《あし》のしげみに舟を一そう用意していたのだが、この雷雨のために舟に水がたまってあふれんばかりになって、それに四人がのって、とっさに逃げることができないことが判明したことだ。

その雷雨は去ったが、川辺に追いつめられた四犬士に、なお百人近い雑兵《ぞうひょう》が殺到してきた。

と、そこへ、川下のほうから二《に》挺櫓《ちょうろ》でこぎのぼってきた一そうの舟がある。

櫓をあやつっているのは、下帯一本に大刀をぶちこみ、むこう鉢巻だけの姿だが、実にみごとな体格をした若者二人で、へさきに座っているのは、あの白髪の老船頭の安平であった。

それが、矢のように近づいてきて、

「信乃さま、はやく」

と、安平がさけんだ。

敵はもうわめくのどの奥まで見える距離にせまっていたが、信乃らはあやうくその舟にころがりこんだ。

舟はへさきをまわして、逃亡にかかる。そのまわりに、三本、四本、敵の投げた槍《やり》が水煙をあげた。

――と、見るや、何たることだ、二人の若者は櫓《ろ》を投げすてて、みずから水中にとびこんでいる。ちらっと見たところ、双方、まるで同じ金剛力士のように同じ顔をしていた。

これが、まだ腰まである水の中で大刀をぬきはらい、

「さあ、こい」

「いざ、こちらからゆくぞ!」

と、おたけぶと、水に足を踏みいれていた追撃隊へ逆襲していった。

水しぶきは朱色にそまり、雑兵《ぞうひょう》たちはなすすべもなく水中にたおれた。

もはや槍を投げるものもなく、舟は悠々と中流へもどってゆく。

櫓をとっているのは安平であった。

「あなたさまのことでござります。こういうことになるだろうと思っておりました」

と、安平は笑った。

「ただ、逃げられるのがどこの岸か、しかとはわかりかね、あぶないところでござりましたな」

「あれは何だ」

信乃は舟端にのびあがった。

いま離れた水際では、依然、凄《すさ》まじいたたかいがつづいている。「あの舟をのがしてはならぬ!」「あちらに浅瀬がある!」「あそこへまわれ、あっちをわたれ!」などとい

うさけび声もきこえる。

「あれは、私のせがれ、力二郎《りきじろう》、尺八《しやくはち》と申すふたごの兄弟でござります」

と、安平は答えた。

「お前に、子供が？」

昔から村の渡し守をしている安平だが、それについてあまりくわしく知るところがなかったとはいえ、彼に二人の子が――あんなりっぱな若者がいたとは、耳にしたこともない。

「あれは、去年ほろぼされた練馬《ねりま》家のご重臣犬山家に仕えておったものでござります。実は私も二十年ばかり前、やはり犬山家に奉公しておったものでござりますが、ゆえあって浪人し、せがれとも不通ですごして参りました。それがいま申したごとく、練馬家も犬山家もほろんだために、せがれどもが私をたずねて参り、神宮川には三人も渡し守はいりませぬゆえ、この戸田川で船頭をさせておったものでござります」

この戸田川は神宮川の上流にあたるが、信乃は少なくとも去年ごろから戸田川のほうへきたことはなかったから、そんなことはまったく知らなかった。

ともあれ果たせるかな、といおうか、思いがけず、といおうか、この船頭安平はもとは武士であったのだ。

さらにまた。

――もとの主家は犬山だと？

信乃の頭に火花のように明滅することがあったが、それさえいまはくわしく問いかえしているいとまがない。

「何にしても、捨ておけば、お前の息子たちは死んでしまう」

と、信乃は身をもんだ。

「舟を返せ！」

「正しい人々が不義とたたかっておられる。ご助勢するか、といったところ、せがれども、勇躍して賛成してくれました」

「それはかたじけないが、さして縁もないおぬしらに、死を賭《と》してまで助けてもらういわれはない。舟を返せ！」

安平はとりあわず、そのまま櫓《ろ》をおしながら、

「縁はござる。それから、私どものおねがいもございます」

「なんだ？」

「あなたさまのおいいなずけ、非業《ひごう》の死をとげられた浜路さまは、私どものお仕えした犬山家のお嬢さまでござりました」

「あ！」

さけんだのは、信乃ではない。やや元気を回復し、舟の中に起きなおっていた額蔵の口からであった。

「それからおねがいと申すのは、いつの日か、犬山家をほろぼした扇谷定正《おうぎがやつさだまさ》を討つのに、

あなたさま方のご助力をおねがいしたいからでございます」

このあいだにも、敵は騎馬隊までくり出して、向こうの浅瀬をわたろうとしている。こちらの水際でたたかっていた二人の息子の姿が見えなくなっているのは、多勢に無勢ですでに討たれたのか。

「信乃さま、ところでここを落ちられたあと、どこへおゆきになりますか」

「さ」

彼は、さしあたって、行徳の古那屋か市川の犬江屋に帰るつもりであったのだが。——

「大石家の刑場破りをなすった上は、当分この江戸、下総かいわいではお尋ね者になりまするぞ。あなたの顔は見知られたはず。——もっとも、そういう私も同様でございまするが」

舟は岸についた。

「もしさしあたってゆくところがありませぬなら、上州甘楽郡《かむらごおり》、中仙道近くの荒芽山《あらめやま》という山がございます。そのふもとの千年杉の下に女三人住む家あり、そこにしばらくひそんでおいでなされませ」

「その女三人とは？」

「私の女房おとね、と、あの息子どもの嫁でございます。実はきょうのこと、もしぶじに切りぬけられたならそこへゆこうと、息子どもとも話していたのでございます」

四人の犬士は舟から下りた。額蔵はようやく立てるようになっている。

「では、ゆかれませ」

安平はおじぎして、また舟をこぎもどした。

てっきり安平も下りるものと思っていた犬士たちはあっけにとられた。

「これ、お前はどうするのだ」

「あれをごらんなされませ」

と、安平は指さした。

むこうの浅瀬を中流までわたった敵の騎馬隊が突如みだれたち、馬がたおれ、武者が数人川に落ちるのが見えた。

そして、水中に浮かび消えつ、力をふるっている影はあきらかに裸の二人であった。

「上州へゆく約束をしたとはいえ、この分ではとうていそれはかなえられますまい。おやじとして、せめて首をひろってやりましょう。せがれどもの働き、むだにして下されますな。——万一いのちあらば、荒芽山でお目にかかりましょう」

安平は笑って、舟をその水のたたかいのほうへ急がせていった。

「たのむ、その舟で必ず息子どのたちを救ってやってくれ！」

信乃はそう声をしぼるよりほかはなかった。

「ゆこう」

安平の舟が遠ざかるのを見て、決然として犬塚信乃がいった。

「どこへ？」

と、現八がきく。信乃は答えた。

「いまのいままでは行徳に帰るつもりであったが、なるほど安平がいうように、こんなことをした以上、当分行徳あたりはけんのんだ。古那屋に迷惑のかかるおそれがある。小文吾はともかくとして、あとの三人は安平に教えられた上州の荒芽山とやらにいってみよう。それが安平たちの義俠《ぎきょう》をむだにしないことにもなろう」

「いや、そんなことならおれもそっちへ同行する」

と、小文吾がいった。

四人は、なお水煙と叫喚のあがっている戸田川のかなたに一礼し、そのまま走り出した。

十五

――あの三人が、いつまでも敵の騎馬隊をささえきれるとは思えない。

追撃をおそれて、彼らは夜の中仙道を北へ急いだ。途中、立ちどまったのは、信乃が一ぜん飯屋によって大きなにぎり飯を十ほど作ってもらうのを待っている間だけである。

はじめ、小文吾と現八にささえられながら歩いていた額蔵も、そのにぎり飯のせいか、みるみる回復した。

「もう大丈夫だろう」

信乃がみなを見まわしたのは、八里ばかり桶川《おけがわ》の宿を通りすぎたところであった。まだ道は暗いが、東の空があからみかけている。

「あそこで、少し話そう」

と、彼は路傍の古びた鳥居を指さした。鳥居の扁額《へんがく》には、雷電神社、とあった。

そのやしろの縁に腰うちかけ、彼らははじめて話しあった。

信乃たちは、古河城以来、額蔵を救いにくるまでのことを。——

驚嘆してきいた額蔵は、まず信乃と別れてから本郷円塚山で浜路の死に逢《あ》ったことから語りはじめたが、

「そのとき、村雨の刀をもっておれと立ち合ったその男が、たしか——浜路、せめて兄の手で火葬にされることで成仏せよ！　といったのだ」

「兄？」

信乃がさけんだ。

「では、その男は、浜路の兄、犬山道節《いぬやまどうせつ》どのではないか」

「すると——きのうの船頭の安平が昔仕えた主人、ということになる。——」

と、現八がいった。

「あれをきいて、おれも、ほほう、と思ったのだが」

と、額蔵がいった。

「その犬山道節が火定《かじよう》の穴にとびこんで消える前、おれと斬《き》りあったとき、おれの義の珠をいれた守り袋があちらの刀に巻きとられ、一方、おれはたしかに相手の肩に斬りこんだが、妙な手ごたえがして、おれをめがけてとんできたものがある。――これだ」

額蔵はふところから一個の珠をとり出した。

まず受けとった小文吾が、夜明けちかい光にすかして、

「忠！」

と、うなった。

「すると――その犬山道節もまたわれわれの前世からの兄弟ではないか！」

「では、大法師《ちゆだい》のいわれる犬士が、これで六人判明したことになる。――」

と、信乃がさけんだ。

彼らはふかい息をつき、神秘的な眼を見あわせた。……

「しかし、道節は火の穴に飛びこんだと？」

と現八がいうのに対し、額蔵は首をふった。

「ふつうなら生きているはずはないが……いまにして思えば、あのときのようすから見て、あの男、何やら術を使って生きているのではないかと思う」

この雷電神社、社頭の会談以来、額蔵はもとの姓犬川を名乗り、かつ父が名づけた荘《そう》助《すけ》を復活して、犬川荘助と呼ぶことになった。

彼らは、日がたかくのぼるまで、木立《こだち》に青くかげるやしろの縁で、こんこんと熟睡し

た。

――三日後、四犬士は上州妙義山の中にいた。

べつに、用はない。ゆくさきは荒芽山なのだが、といって日限切って到着しなければならない目的地ではなく、途中妙義山の怪異な山影を望んで、話にきいていたこの天下の奇勝にふとたちよってみたくなったのである。

一応追手《おって》をのがれたという安堵感《あんどかん》のせいもあろうが、四日ほど前までの大難死闘をもう忘れたような四つの顔は、やはりみな廿歳《はたち》前後の若い顔であった。

が、そのおかげで、四犬士は――三犬士には未見の一犬士を見いだすことができたのである。

妙義神社から、荒神の滝、奥の院、天狗《てんぐ》が岳……など、奇岩怪石の絶景を通過して、とある見晴らし台で、茶店から遠目鏡をかりて遠望していた犬川荘助が、突然、

「おおっ、あれは――」

と、さけんだ。

「あれはたしかに犬山道節！」

「なに、どこだ？」

と、現八が遠目鏡をひったくった。

「いま見てきたふもとの妙義神社の総門のあたり――」

「おれにも見せろ」

と、信乃がまた遠目鏡をうばい、

「あれか、犬山道節は」

ついで、小文吾が遠目鏡をのぞきこむ。

いかにも総門の下に、深編みがさに手をかけてふりあおいでいる凄味《すごみ》のある顔が見えた。

「おお、あれに逢《あ》おう」

「そして、われわれみな宿命の義兄弟であることを告げよう」

四人は、いっせいにかけ出した。ただし、ここから総門まで一里四町はある。――

犬山道節は、むろんそんなことは知らない。

彼がそこまできたのは、妙義山を見物するためではなく、ただ時間つぶしのためであったらしく、妙義神社を見ただけでぶらりといずこかへ立ち去って、四犬士がそこへはせつけたときには、ただ高い杉の上で山鳥が鳴きしきっているばかりであった。

十六

――この上州から越後《えちご》、信濃《しなの》にかけては、管領《かんれい》扇谷定正《おうぎがやつさだまさ》の領分であった。

むろん定正はふだん鎌倉にいるのだが、ここ十日ばかり前から上州白井《しろい》の城にきて狩りくらをたのしんでいるということで、なるほど七月六日の夕方ちかく、近臣雑兵《ぞうひょう》百人あまりをひきいて、砥沢山《とざわやま》から城に帰ってきた。

いのしや鹿のえものを、雑兵たちがかついでいる。

その行列が、城近くの松原にさしかかったとき、その松原のまんなかあたりに、黒紋《くろもん》付《つき》に深編みがさをつけた浪人風の男が、松の根に腰を下ろしているのを見て、侍たちが走りよって叱《しか》りつけ、追いはらおうとした。

するとその男は、右手にさやのままの大刀をつき出し、

「待たっしゃれ、これは怪しい者ではない。管領どのに希代《きたい》の名刀を献上つかまつりたいと思って、さきほどからお待ちしておるものじゃ」

と、いった。

「直接お目通りが許されぬなら、まずご近臣の方をお呼びねがう」

あまりおちつきはらっているので、気をのまれ、侍が走ってゆき、やがて重臣らしいのが三人やってきた。

浪人はかさをぬいで、さすがに神妙にかしこまった。

「下総千葉、福草《ふくさ》村の大出《おおいで》太郎と申す浪人者でござります」

ちょっと頭を下げて、

「さきごろ、やはり浪人の父が失《う》せましたあと、ひとふりの古刀が出て参りまして、調べましたるところ、実に不可思議の刀、かようなものがいかにしてわが家にあったか、首をひねる一方、とうていこれは私などの持つべき刀ならず——得べくんば、いずれさ

まか尊きお方に献上いたしたいと存じ、鎌倉へ持参いたしましたなれど、管領扇谷さまはこちらへおいでと承り、わざわざまかりこしたものでござります」

音吐朗々とのべる。さかやきはのばしているが、鼻高く、ひげのそりあと青く、凄《すさ》まじいほどの美男であった。

「不可思議の刀とは？」

と、重臣の中の一人、ひときわたくましい中年の男がきいた。

「されば――ごらんなされ」

と、大出太郎は、その刀をぬきはらい、一閃《いっせん》した。

すると、その刀身からぴゅっとひとすじの水が走って、重臣たちの顔にふりかかった。

「おう！」

三人とも、さすがに眼をむいた。

さっきたずねた侍が、やがて大きくうなずいた。

「いかにもこれは奇態の剣。……それを献上とはその志よみすべし、さっそく殿に御見《ぎょけん》ねがおう。これへ」

と、手を出した。

大出太郎は、ヒョイと刀をひっこめた。

「あいや、おそれながら、拙者じきじきに管領さまに御見にいれとうござる」

「たわけめ、素性も知れぬ浪人ふぜいが、いきなり管領さまとお目通りできると思っておるか。……わしは家老職の釜戸左保平《かまどさぼへい》と申すもの、わしにあずけて大事ないぞ」

「ほう、家老職の釜戸左保平さま」

しげしげとながめて、

「おわかりにならんお方ですな」

と、浪人は冷ややかに笑った。

「献上と申すのはたてまえです。だれがこれほどの奇剣をただでさしあげるものか。これをさしあげるについては、拙者をお召しかかえ下さるか、あるいは相当のあたいをもってお買いあげ下さるか。――その保証もないのに、いまこの刀を身からはなす馬鹿はおらぬ」

釜戸はじいっと相手と刀を見くらべていたが、

「よし、御前へ参れ」

と、うなずいた。

何としてもいま見た奇跡をあらわす刀を、このまま見すごすわけにはゆかない、と判断したのである。

関東に覇をとなえる管領扇谷定正は、馬から下りて、床几《しょうぎ》をとりよせてこれを引見した。狩衣《かりぎぬ》に八分ぞりの武者がさをかぶり、精好《せいごう》のはかまに豹《ひょう》の皮をつけている。

「そこまで」

一間の距離で、釜戸左保平が浪人を制した。

「そこで、いまの刀の奇跡を見せよ」

大出太郎はうなずいて、刀のさやをはらい、これを打ちふった。するとまたも水がほとばしって、定正のひざのあたりに散った。

「おう」

どよめきの中に、定正は眼を見張った。

「これはいかにもふしぎの名剣、これへこれへ」

「は。――」

刀をぬきはらったまま、膝行《しっこう》する大出太郎の動作を見ていて、ふいに釜戸左保平が、

「あっ、こやつ――」とさけんでおどりかかったのを、大出は一刀のもとになぎはらって両断し、とびのこうとしてあおむけにたおれた扇谷定正の身体の上に馬のりになった。

「管領定正たしかにきけ」

と、彼は絶叫した。

「これは去年四月、武州池袋のやかたに、なんじの軍勢のふい討ちを受けてほろぼされたる練馬平左衛門《へいざえもん》の老臣犬山道策《どうさく》の遺児道節、父を討った釜戸左保平はただいま討ちとったり！」

そして、凄《すさ》まじい力で定正をひき起こして、

「定正、なんじはなおきかんとすることあり、しばらくつれてゆく、家来ども、近づくなっ。さわぐにおいては主君のいのちはないぞっ」

と、定正の馬のほうへゆきかけた。

犬山道節としては、ここで管領を人質にして供侍《ともざむらい》たちを金《かな》しばりにし、馬で逃げて然るべきところで定正を討つ、という兵法であった。

しかるに、そこから数間のところに、なお馬上にあってこれを眺めていた重臣の一人が、

「曲者《くせもの》、のがすな、かまわぬ、討てっ」

と、叱咤《しった》した。

いっせいに抜刀する侍たちに、道節はさすがにはっとなり、満面を朱に染めて、

「うぬら、主君のいのちは惜しまぬのか。ならば、見よ」

いうやいなや、定正をつきはなし、のけぞるところを、一撃のもとにその首を斬《き》り落とした。

「あっ」

武士たちは狂乱したようにおどりかかる。たちまちそこに血のつむじ風がまき起こった。

乱闘の中に、犬山道節は、さっきの重臣の高笑いする声をきいた。

「犬山道節と申すか、この大たわけめ。――犬山道節なるもの、さきごろよりひそかに管領のおいのちをうかがうとの風説あり、この際これを始末しておかんと、わが献策に従い、わざわざ影武者を白井の城につかわして、網を張ってなんじを待ち受けていたの

だ。あははは」

乱刃を斬りはらいながら、道節は驚愕《きょうがく》した。

「われをだれと思う」

声はつづいた。

「これは管領補佐の老職、いくさにも歌にもその人ありと知られたる太田入道道灌《どうかん》の一子、太田新六郎助友《しんろくろうすけとも》なるぞ！」

太田道灌は扇谷家の名参謀としてまだ在世中であった。

「ちええ、無念なり、はかられたか」

犬山道節は荒れ狂った。

村雨の妖刀《ようとう》のはしるところ、触るるものはただ一太刀で斬《き》り伏せられる。しかも。——ほとばしる水は無限で、さらに斬り手の熱度が炎となって水を熱湯と化すらしい。数間はなれた武者までが、「熱つ、熱つっ」と、顔をおさえて苦鳴した。

血と蒸気の旋風は遠ざかってゆく。

刺客《しかく》をわなにかけた太田助友がこんどは狼狽《ろうばい》する番であったが、しかし管領方は百人近い人数であった。

さすがの道節の足もよろめき、刀に乱れが見えはじめたとき——すでに薄暮となったゆくての街道に現れた四人の男が、じいっと立ってこちらを見ていたが、

「やあ、あれだ」

「同志を救え」

さけぶと、いっせいに刀をきらめかし、砂塵《さじん》をあげて殺到してきた。

刃影、血けむり、大叫喚の修羅図《しゅらず》がえがき出された上州路は、やがてそのまま薄墨色の宵闇《よいやみ》にぬられてゆく。

十七

――管領《かんれい》方を斬《き》りなびけ、闇にまぎれて逃げのびた四犬士が、すぐ眼前に荒芽山を見たのは、東の空に下弦の月がさしのぼったころであった。

敵の混乱のようすから、犬山道節はたしかに逃げたと思われたが、しかしどこへ消えたのかわからない。

途中、一軒の百姓家の戸をたたいて、荒芽山はどちらの方角かとたずね、わざわざ外へ出てきた百姓からあれだと指さされた山影を望んで、一路かけてきたのだが、近づくにつれて夜は深くなり、どこからはいったらめざす家にゆけるのか、見当がつかなくなった。

と、街道にポツンと赤い提灯《ちょうちん》が一つ見えた。

近づくと、五十ばかりの老女だとわかったが、かけよる四人の壮士を見ても、ふしぎにどこへ逃げようともしない。

「つかぬことをうかがうが」

と、犬飼現八が問いかけた。

「ここらあたり――千本杉とやらいう杉の下にある――女三人住む家をご存知でないか」

「それは、私のところでございましょう」

と、老女はおちついて答えた。百姓の婆とは見えようもない気品があった。

「して、どなたさまでございましょう？」

「やっ、あなたか」

と、犬塚信乃がさけんだ。

「神宮川の船頭安平の妻、おとねというのは」

「安平をご存知でございますか」

「左様。――実は、安平どのから、こちらへゆくようにと紹介されて参ったものだ」

「こちらへゆけ、と？」

「それにはいろいろ、しさいがある。話をしなければ納得してくれまいが」

「私が安平の妻であったのは、二十年も前のことでございました。いまはかかわりあいございません」

四人は顔見あわせ、当惑した。これはいったいどうしたことだ？

おずおずと、犬田小文吾がいった。

「なら、力二郎、尺八というのは、安平とそなたの子だときいたが、これもいまはかかわりあいはないのか？」

「力二郎、尺八もご存知なのでございますか！」

はじめて老女のようすに、ただならぬ反応があらわれた。

「こんなところで、立ち話も妙なものでございます」

おとねはうなずき、

「それでは、何はともあれ、家へおいで下さいまし」

と、先に立った。

提灯《ちょうちん》の光で、草の深い山道を照らしながら、しかしおとねは家につくのももどかしそうに、

「力二郎、尺八がどうかしたのでございましょうか」

「さ、それが一言では申されぬ」

信乃は即答に困り、逆にたずねた。

「それより、もう暗いのに、なぜそなたはあんなところに立っていたのじゃ？」

「実は、娘が二人おりまして、馬子《まご》をしております。それがきょうこの時刻になっても帰ってきませぬので、心配して見に来たのでございます。……娘と申しましたが、力二郎、尺八の嫁なのでございます」

「ほう？」

しかし、そのことも安平からきいたおぼえがある。

「おや？」

ただ一軒の小さな草ぶき屋根の家の前で、おとねは立ちどまった。

「あんどんはつけたままにして出てきたつもりだけれど、まっくらです。それに……だれか、いるようです」

「嫁ごたちが帰ってこられたのではないか」

「いえ、馬小屋に、馬はいません」

「——私たちが見てよろしいか」

と、小文吾がきき、おとねがうなずくと、小文吾はさっと入口の戸をひきあけた。

中は闇黒《あんこく》だ。が、たしかにその奥から一陣の殺気が吹きつけてきた。

四犬士は刀のつかに手をかけて、なだれこんだ。

そのとき、入口から吹きこんだ風のせいか、いろりで何やらぱっともえあがった。

と、その向こうに大刀をひっつかんで、立ちあがる男の姿が見えた。それがいろりの上をとんでくる魔鳥のような姿勢になったのを見て、

「ま、待てっ」

と、犬川荘助がさけんだ。

「待て、犬山道節どの！」

十八

相手はあやうく動きをとめて、

「はて、おれを知っておる？　おぬしたちは何者だ？」

「先刻、白井城下であなたを助けたものです」

「おう？」

おとねが、胸をなですりながら、やっときいた。

「道節さま、いつここへ？」

「ついいましがたじゃ。ただし、山の中を通ってきた」

と、道節は答えた。

「きてみると、ひとよ、ひくてはもとより、お前もおらぬ。待っておるうちに蚊になやまされ、そこにあった蚊やりの草に火をつけようとしておるうちに、風であんどんも消えてしまう。そこへそちらが戸をあけたので、おかげで草がもえあがってくれたというわけだ」

おとねがあんどんに灯《ひ》をいれるのを待って、犬山道節は四人に眼をむけた。

「それより——いかにも先刻、私を助けるために管領《かんれい》勢に斬りこんできてくれた方がたがあった。それが、あなたたちか。そも、それはいかなる次第で？」

「妙義山の遠目鏡で、あなたが上州にきたことを知ったからです」

と、荘助はいい、なおけげんな表情の道節に、

「それにはわけがある。あなたとは、先日、武蔵本郷の円塚山で立ちあったことがある。

――」

「やっ？」

道節は眼をむいた。

荘助はいった。

「あのとき私はあなたに自分の義の珠をとられ、あなたの肩からとんできた珠を手中にする羽目となった。その珠はここに所持しておる。――忠、とある」

さて、これから四犬士はこもごも、宿命の珠を持つ犬士の由来を語った。

きいて、犬山道節がなんども深い息をついたことはいうまでもない。

彼は、自分もあの夜、刀にからみついた相手の珠に「義」という文字が浮かんでいるのを知って、ふしぎな珠もあるものだ、と首をひねりつつ、自分もそれをそのまま所持しておる。たしかに左肩に刀を受けたのに痛みを感ぜず、あとになって調べると、生来左肩にあったこぶが切り裂かれ、そのあとが牡丹《ぼたん》のようなあざになっていることを知った、といった。

彼は、生まれながら自分が肩のこぶの中に「忠」の珠を蔵していたことをいままで知らなかったのである。

道節と荘助は改めて珠を交換し、かつまた道節は信乃にわびて、腰の村雨の刀を返還した。

「あの火定《かじょう》の儀は、怨敵《おんてき》扇谷定正を討つために、相すまぬことながら軍資金かせぎのめくらましの妖術《ようじゅつ》でござったが、その上さらに、知らぬこととは申せ、あなたの宝刀をうばう所業をあえてしたのも、それも定正を討たんがため——この刀が何よりの武器となり方便となると考えたからです。ああ、それにしても、あなたにはいうまでもなく、妹浜路にもなんとわびてよいかわからぬ」

兄道節のみならず、薄命の美女浜路を想うと、信乃はもとより荘助も、哀感に胸をひき裂かれざるを得ない。

「それはそれとして、あなたはどうしてここへこられたのか」

と、犬飼現八がたずねた。

「これは犬山家の元家来姥雪世四郎《おばゆきよしろう》なるものの妻でござる」

と、道節がおとねを見て答えると、おとねがいった。

道節は語った。

「姥雪世四郎がいまの船頭の安平でございます」

去年四月、犬山家の主家練馬家が管領方のふい討ちを受けたとき、おとねの息子、力二郎、尺八の双生児が、犬山家の名馬二頭に打ちのって、敵にはせむかおうとしたのを道節はとめ、二人を下ろして、その馬の一頭に力二郎の花嫁ひくてとおとねを、もう一頭に尺八の花嫁ひとよをのせ、混乱の中を落ちさせた。

彼女たちはそのあと、上州荒芽山のこの家にひそんで暮らし、流亡中の道節も一、二度ここを訪れたことがあった。で、こんどの事件でも、ここは潜伏するのにまことに好都合だと一路のがれてきたのだ、といった。

「さ、そのふい討ちを受けたのが、私の家では息子の力二郎、尺八そろっての祝言の夜でございました。その祝儀に、御曹司《おんぞうし》の道節さまもおいで下さっていたのでございます」

と、おとねがいった。

「けれど、親が見こんだ二人の花嫁で、しかもちょうど綿ぼうしをかぶって、かごで到着したばかり、三々九度のさかずきはもとより、まだおたがいの顔も見知らぬ花婿、花嫁、そこへ夜討ちのさわぎでございます。その二人の花嫁は、練馬家の馬術師範の娘ごの姉妹で、どっちも馬をあつかうのが人にすぐれ、そのために私まで助けて馬で逃げることができたのでございますが。――」

おとねは、四人に顔をむけて、

「さて、あなたさま方は、安平はもとよりその後の力二郎、尺八もご存知とか。――力二郎、尺八がどうしましたえ？」

信乃は話した。

神宮川の船頭安平と、力二郎と尺八が、思いがけず自分たちの危難を救い、戸田川で何十騎という敵にかけむかったこと、そのとき安平がここへのがれるようにと教え、かつ別れに際して、犬山家をほろぼした扇谷定正を討つのにご助勢をねがいたいからこんなことをするのだ、といったと語った。

「ああ！」

おとねは嗚咽《おえつ》した。

「そうでございましたか。やはり世四郎どのは、りっぱな男でした。……」

「先刻、ここへきたとき──あなたは、安平どのの妻であったのは二十年前のこと、いまは関係ない、と、よそよそしいご返事をなされたな」

と、現八がいった。

「あれは、どういうわけです」

「昔のことを申してよろしゅうございましょうか？」

と、おとねは道節をふりむいた。

道節がうなずくと、おとねは話し出した。

「二十何年か前、私は犬山家の侍女で、姥雪世四郎どのは犬山家に奉公する侍でした。それが……ご主人のおゆるしのないうちに、私が身ごもり、ふたごの子を生みおとす始末になりました」

おとねは年に似げなく顔あからめていう。

「本来なら不義の密通として、両人ご成敗になるべきところ、ご主君道策さまのご慈悲と、ちょうど同じころ犬山家にこの道節さまがお生まれになり、しかも奥方さまがお亡くなりになるということがございまして、私は道節さまの乳母として生きることをおゆるしたまわり、世四郎どのはただおいとまを頂戴《ちょうだい》するだけで相すみました。それのみか、私の子の力二郎、尺八は、道節さま同様に、学問や武術のお師匠をおつけ下さるというお心づかいをいただきました。……」

おとねはつづけた。

「しかも、あとあと、世四郎がわびてくれれば帰参をゆるすのじゃが、というお言葉さえありましたのに、世四郎どのは世をすねたように、すぐとなりの大塚で船頭となり、私の手紙にも返事もよこさず……こうして二十年がたったのでございます」

「ほほう。……」

「それが去年、御主家滅亡のあと、力二郎、尺八は、その父のところへ参りましたそうで、そのことを道節さまからうけたまわり、これまで逢《お》うたこともなかった父と子が、どういう暮らしをしているか、と気にかかってはおりましたが、こんどそのような働きをしたとは。――」

と、道節はいった。

「それは、おれの命じたことだ」

「そなたらをのがしたあと、乱軍の中でおれは力二郎、尺八にいった。無念だが、この練馬家も犬山家もほろびる。しかし、おれは死なぬ。必ず復讐《ふくしゅう》する。お前らも死ぬな、ここ落ちのびて時を待て。しかし相手は天下の管領、二人や三人では討てぬ。何とぞして、万夫不当、義侠《ぎきょう》の勇士を集めろ、といった。……その士を見つけるために、両人は父にならって船頭となり、往来する旅人の中からそれをさがそうと努めておったにちがいない」

道節は四犬士をかえりみて、

「この四かたを見て、その任にあたる、と世四郎が見こんだのはさすがに炯眼《けいがん》。しかし、まさかおれもふくめた犬士のめんめんとは知らなかったろうが、知らずしてお助けしたのは、これ天のみこころというべきじゃ」

と、いい、宙をあおいで、

「そういうことならば、力二郎、尺八、また世四郎、万一いのちあらば、彼らもここをたずねてくるものと思われるが。……」

「それにしても、ひくて、ひとよのおそいこと。どうしたものでございましょう？」

と、おとねは外のほうに心配そうな顔をむけて、

「さっき申したように、二人の嫁は、主家から頂戴《ちょうだい》した二頭の馬をそのまま使わせていただいて、街道の馬子《まご》をし、私は糸車をまわしハタを織り、たつきをたてて参りました。とはいえ、女三人、なかなかつらい山中の暮らしに、嫁とは申しながら、夫の顔さえ見ぬ境でここへきた娘たち、しかも私を捨てず、まめやかに仕えてくれる、ひくて、ひとよでございます」

と、涙を浮かべていったが、そのとき、

「あ、馬が帰ってきたようでございます」

と、立ちあがっていって、戸をあけた。

そのとたん、おとねは異様な悲鳴をあげて立ちすくんだ。

五人の犬士も入口へかけ出した。

そして、うすい新月の光をあびて、そこに立っている二頭の馬と、そのくつわをとった二人の女と、そして、くらの上にうなだれている二人の男を見た。

十九

紺のももひき、筒そでに帯をしめ、かさをかぶった姿だが、夜目にもにおうような清純でかれんな二人の女馬子《おんなまご》であった。

姉のひくてがいう。

「きょうの夕方、白井のお城の手前の松並木あたりに、管領《かんれい》さまを狙《ねら》う曲者《くせもの》があらわれたとかで大さわぎ。たくさん人が集まって、それで往来できないものですから、日が暮れても人混《ひとご》みの中に、馬といっしょにとじこめられて動けないのです。そしたらこの二人の旅のお方が、よしよしおれたちのあとをついてこい、と先に立って下すって……」

大きなかさをかぶり、白衣をきたその二人の男が歩くところ、波うつ人混みが、眼に見えない風に吹き裂かれるように道をあけたのを、ひくてもふしぎに思ったが。――

妹のひとよがいう。

「松並木のあたりには、まだたくさんのお侍の屍骸《しがい》がありました。それからまたたくさんのお侍がかけまわって、それは怖ろしいながめでした。それが、どういうわけか、みな私たちが通るのに気がつかない風なのです。……そのお侍さまたちの姿が見えなくなってから、急にこのお二人が、気分がわるくなったとおっしゃって、しゃがみこまれ……」

姉妹は気づかわしげに、馬上をあおいで、

「そこではじめてお二人が、おけがをなすっているということをききました。……」

「そこで、こちらにおつれしてきたのです。……」

と、いい、

「もしっ、お客さま、私たちの家につきました。どうぞ馬から下りて下さいませ」

と、声をかけた。

うなだれていた二人の男は、われにかえったように、

「や、そうか」

「かえって迷惑をかけた。かたじけない」

と、うなずいて、馬から下りた。二人ともかさをかぶり、六十六部《ろくじゅうろくぶ》のような白衣をきている。

それまで、凍りついたように入口に立っていたおとねがさけんだ。

「力二郎、尺八ではないかえ？」

二人は、かさをあげて、こちらを見て、

「おう、これは母上さま！　お久しゅう」

「ここへこようと、武蔵から旅してきたのでござるが……ウトウトしているうちに、母《はは》者《じゃ》のところへ運ばれたとは何たるしあわせ！」

と、さけんだ。

二人の嫁はむろん、こちらの五人の犬士も、しばしあっけにとられた。

犬山道節はむろん、あとの四犬士も、自分たちを助けてくれたこの双生児を戸田川で見て知っているはずだが、いままでその二人がかさを伏せていたのでわからなかったのだ。

それよりふしぎなのは、この双生児の花嫁たる二人の娘で。――

「ああ、これは何というめぐりあわせ、これ、力二郎、尺八、お前たちをここへつれてきたのは、お前たちの嫁じゃぞえ」

と、おとねはさけんだ。

「まだいちどもおたがいに顔を見たこともなく、祝言の前にあのいくさが起こったゆえ、たがいに顔を見ても気づかなかったのであろうが、これ、ひくて、ひとよ、これはお前たちの夫じゃぞえ！」

いま、めぐりあった二組の若い夫婦は、はじめて顔を見かわして、たがいにぼうと頬《ほお》に血をのぼした。

これが、そんなふしぎな邂逅《かいこう》であることを知って、四犬士は、まずこの力二郎、尺八兄弟に礼をいわなければ、とあせりながら、とっさに言葉も出てこない。

「おう、こんな話はあとでよい。力二、尺八、ともかくも、はいりや」

と、おとねは気がついた。

「道節さまもおわすぞえ。それに、お前たちがお助け申したという四人の方がたもいらっしゃる」

双生児の兄弟は、はじめて道節と四犬士のほうを見た。

「力二郎、尺八、ようやった！　そして、よく生きてここへきた！」

と、道節がいった。

「お礼はあとで改めて申すが、戸田川でお救い下され、われらおかげさまでここまで落ちのびることができました。ありがとうござる」

と、信乃がいい、あとの三犬士も頭を下げた。

兄弟もおじぎして、家の中にはいってくると、まわりを見まわし、

「母上。……父上はまだおいでなされませぬか？」

と、力二郎がきいた。

「なに、父上？……まだこられぬが……」

「それはよかった」

と、尺八がいった。

「こられぬがよかったと、そは、どういう意味じゃえ？　そもそも、あの人は生きておるのか。ここへくることになっているのか？」

「それは……またあとで申しましょう」

兄弟は妙な返事をしながら、蚊やり火のくすぶる炉の前に座った。いかにも苦しげな動作だ。

改めて礼とともに再会のあいさつをしようとした四犬士は、おとねの言葉にさえぎられた。

「それより、力二、尺八。……けがをしているということじゃが、手当てする必要はないのか。どんなけがをしていやるのじゃ」

「ごらんになれば、びっくりなされます」

と、力二郎がいった。二人は白衣のえりをかきあわせた。——なぜか、五犬士はぞっとした。

二十

「え、見れば、びっくりするようなけが？　それは是非見ねばならぬ。見せてたもれ」

蒼《あお》ざめて、おとねは、ひざすりよせた。

「いや、いや。それより……私どもがこの身体でここへ参ったのは、母上におねがいが二つあるからでございます。それを先に申しましょう」

と、尺八がいった。

「ねがいが二つ。それは何じゃえ？」

「一つは、母上に、父上をおゆるしになっていただきたいこと。……」

「それはもう、おゆるし申しておる」

「ついては父上母上は、ああいった事情で、まだ祝言をあげておられぬはず。……で、父上がおいでになったとき、それをあげていただければ、子としてのよろこび、安心はいかばかりか。――」

「え、父上と祝言……この年で？　そんなことはもうよかろうが」

と、おとねはうろたえたが、すぐに、

「ま、お前たちが是非にもと望むなら、それもよかろうが」

と、いった。

力二郎がいう。

「それから……それより、私ども自身、祝言の前に、ひくて、ひとよと別れなければならなかったのでござります。それが心残りでござりました。ですから、これから、三々九度のさかずきをかわしたいのでござります。……」

「えっ、三々九度のさかずき？」

　おとねは、二人の嫁を見た。呆然《ぼうぜん》と見ていた、ひくて、ひとよの顔に、ぱっと血の色がさした。

「それは、あのとき、残念至極《しごく》なことであったけれど……いま、それをせいというのかえ？」

「はい、何より先に、いま」

　と、尺八がいった。

　その望みは一応わからないではないけれど、つもる話もある。けがのこともある。――そも、これをどう解釈すべきか。

　息をのんで黙りこんだおとねに、犬山道節がいった。

「ばば、用意してやれ。すべては、そのあとのことだ」

――実はおとねは、まさかこんな急な話は考えてもいなかったけれど、いつの日か帰ってくる息子たちのために、さらには改めて嫁たちと祝言をあげさせるために、質素ながら裃《かみしも》、かいどりなど、あるいは買い求め、あるいはみずから織るなどして、用意していた。

　で、いそぎ、それをとり出し、二人の息子と、二人の嫁につけさせた。――

　ところが、力二郎、尺八は、なぜか裸になるのをきらい、白衣の上に裃をつけさせたのである。

　そして、この山中の草屋で、異様な祝言があげられた。――

二組の花むこと花嫁が、三々九度のさかずきをかわしたとき――戸をたたく音がした。

「おとね……おとね」

ひそやかに呼ぶ。

「おるか。わしじゃ。……あけてよいか？」

あ、とさけんで、おとねが立ちあがり、入口へいった。

戸がひらき、五犬士は、そこに立っている船頭安平を見た。――安平は、ふりわけの荷を肩にかけている。

そのとき、たまぎるような悲鳴がきこえた。二人の花嫁の口からであった。

みなふりかえって、総身水をあびた思いがした。

そこに座っていた力二郎、尺八の姿が忽念《こつねん》と消え失《う》せていたからである。

あとには、二つの裃《かみしも》だけがかさなって残っていた。

「驚くのはもっともじゃ」

と、安平がいったのは、しかし、彼はこの妖変《ようへん》に気がつかず、自分が出現したことについての弁明だということはすぐにわかった。

「おとね、お前に合わせる顔もないが……おう、お前も年をとったのう。わしもこの通り老いぼれた。……じゃが、どうしてもここへこねばならぬ用があっての。お前に見せねばならぬものがあっての」

彼はふりわけの荷を土間に下ろした。二つの包みの布をときながら、こちらを見て、

「やあ、道節さま……それに信乃さま、やはりここへおいでてでござりましたか」

と、いった。

「ごらん下され、倅《せがれ》どもは、こうなりました。……」

二つの包みからあらわれたのは、色も変わった力二郎、尺八の生首であった。

「ああ！」

道節や犬士たちののどから、名状しがたい声がほとばしった。

「信乃さま、力二郎と尺八は、戸田川で敵をふせいで死にました。流れてきた屍骸《しがい》を、私がひろって、みずから首にして、ここへ持ってきたのでござります。……」

と、安平がいった。

「世四郎どの、力二郎と尺八は、さっきここへきました」

と、おとねがひくい声でいった。

「幽霊の力二、尺八は、いま、ひくて、ひとよと、三々九度のさかずきをあげて消えたのです。……」

「なんじゃと？」

「そして、あなたのことも、いろいろとたのんでゆきました。……」

綿ぼうしの下で、二人の花嫁は、両手を顔にあてむせび泣きはじめた。

二十一

——幽鬼の力二郎、尺八の遺言により、その父姥雪世四郎とその母おとねの祝言が行われたのは、翌日の夕方ちかくである。

それにしても、上州荒芽山の山中に、二日つづきの、何というめずらしい婚礼であったろうか。

きのうは、幽霊の息子たちと、処女妻の姉妹の再祝言。

きょうは、髪に銀のひかる、その父母《ちちはは》の初祝言。

しかも、その父母の祝言の席には、五人の犬士、二人の嫁のほかに腐れかかった息子たちの生首が、死微笑をきざんで、じいっとこれを眺めているのであった。

ここで世四郎は、自分がおとねの帰参のすすめに応じなかったのは、むろん主家を追われた不義密通の罪があまりに面目なかったからだが、ほかにもう一つ理由があった、といった。

と、いうのは。——

大塚村の庄屋の養女浜路さまは妾腹《しょうふく》で、しかもその母ごの罪のために、幼くして犬山家からお捨てられになったふしあわせな方だが、まさしく犬山家のお嬢さまにちがいない。

そこで、やはり犬山家から追われた自分が、その浜路さまをかげながらお見守りするのが、せめてもの主家への罪ほろぼしになると考えて、大塚村の船頭になっていた、というのであった。

「ただしかし、それにもかかわらずその浜路さまが、あのような哀れな死に方をなさるのをふせげなんだ。……と、どこまでも無用無益な自分を責めておるところへ、こんどは、浜路さまのいいなずけの信乃さまが、みずから危地へおもむこうとなされておるのを知りました。このことを息子たちに話したところ、われらの立つべきときはいまだと励まされ、やっと決起したのでござるが。……」

と、世四郎は声をのむ。

しかしその結果、その二人の息子は死んだのである。

「いやいや、おれにも責任がある。かねてから力二郎、尺八に、わが復讐《ふくしゅう》のために勇士を手にいれよ、とおれが命令しておったのがひきがねになったのじゃ」

と、凄絶《せいぜつ》の面影を持つ犬山道節も、悲愁の吐息を禁じ得ない。

が、すぐに決然と濃いまゆをあげて、

「しかし、そのおかげで、おれは四人の勇士を得た。その力をかりて悪管領《あくかんれい》扇谷定正を討つことができる。改めて、力二郎、尺八の霊に礼をいおう」

と、二つの生首に手をあげておがんだ。

四犬士の協力をもう当然のこととして、ひとりできめこんでいるが、四犬士のほうも、べつに異議をとなえる顔ではない。力二郎、尺八に救われた上に、道節とは天命による義兄弟なのである。

「世四郎、もうなげくな。悲しみはきのうでたちきったことにしよう。めでたい祝言をあげたきょうからは、世四郎夫婦ばかりではない、われわれの新しい門出としよう。みんな、大いに飲もう！」

五犬士たちは、みな手をうった。

用意してあった酒は、やがて尽きかげんになる。

ひくてが、馬で酒屋まで、酒を買いに出ていった。

快談の花が咲く。道節はむろん、あとの四犬士も、たがいに知らないことが多いので、改めて身の上を語りあう。——その中に、当然、六人目の犬士犬江親兵衛の話が出た。

「親兵衛、など、ものものしい名をつけたが、実はまだ四つの童子だ」

と、犬田小文吾が笑った。

「四つ？」

道節も、あきれた。

「それもまたわれわれと義兄弟か？　しかし、四つではどうしようもないのう。四つの子にいったい何をさせようというのか。その子をおんぶしてたたかえ、というのか。……どうも天命が不可解になった」

……みな笑い出した。

信乃がいう。

「しかし、ほかにもまだ二人の義兄弟がこの世にいるのだ。ゝ大法師《ちゅだい》からきいたじゅずの文字によれば、智《ち》と礼の珠を持つ犬士が。――」

「一日も早く、見たいな、あいたいな」

と、小文吾がいうと、

「まず、その二人をさがし出そう」

と、現八が眼をかがやかす。

すると、犬川荘助が、

「道節どの、何といっても管領扇谷定正は大敵。……まず、その二人をさがし出し、八犬士そろってからのことにしたほうがよくあるまいか」

と、いい出した。

「わかった。その通りじゃ。そうしよう」

と、道節が大きくうなずいたとき、外からひづめの音がかけてきた。

さっき酒を買いにいったひくての絶叫であった。

「大変ですっ」

「おびただしい軍勢が、ここをとりかこんでいますっ」

「やっ？」

五犬士はいっせいに立って、戸のあるところ、窓のあるところへかけよった。

二十二

いかにも、前面の野はもとより、あと三方の山へかけて、まだすべての姿こそ見えね、たしかに百や二百ではきかない人数が、びっしりとつめて、じりじりとはいよってくる気配が感じられる。――きのうのさわぎ以来、白井城のほうで必死に探索して、ついにこちらのゆくえをつきとめた結果にちがいない。――

猛然と、鉢巻をしめ、刀の目くぎをしめし、わらじまではいて戦備をととのえながら、

「世四郎、おとね、それからひくて、ひとよ。……おれたちがたたかっている間に、お前ら、何としても逃げよ」

と、道節がいった。すると小文吾が、

「そうだ、とりあえず、下総行徳の古那屋という宿へ。――」

と、いった。

「いえ、私たち夫婦はもうよろしゅうござる。いまの祝言が、私どもの死出のうたげ。――」

世四郎は首をふった。これもたすきをかけている。道節は肩をゆすった。

「何を申すか、かえって足手まといじゃ」

「足手まといにはなりますまい。……ただ、この二人の嫁ばかりは。――」

と、かえりみて、

「これ、そなたらは、あの馬で逃げよ」

「そうじゃ。そなたらは、女ながら馬の名手、いつかこっちへ逃げてきたように、そなたらなら馬で逃げられる、そのようにしや」

と、おとねがいった。

ひくて、ひとよはさけんだ。

「いいえ、そんなことは——」

「私たちも、ごいっしょに死にまする！」

「馬鹿っ」

と、道節が叱咤《しった》した。

「われわれも死にはせぬ。あくまで逃げるつもりなのだ。……これ、力二郎、尺八は、何のためにここにきたか。お前らをいま殺そうとして、きのうあれたちの亡霊がきたはずはない！」

「そうだ！」

と、四犬士もみなさけんだ。

「おれはお前たちのあるじだぞ。おれの申しつけにそむくことはゆるさぬ」

と、道節はきびしい眼でにらみつけ、ふとその眼を座敷の生首に移すと、それを両腕にとりあげてきた。

そして、じいっと見いって、

「力二、尺八よ、ねがわくば魔界の力をもって、いまいちどなんじらの父母と、なんじらの妻たちを救え、なむあみだぶつ」

と、語りかけ、

「こい！」

と、姥雪夫婦、ひくて、ひとよ姉妹をさしまねき、首をひっさげたまま、外へ出た。

外の樹々や草は、はげしく吹きなびいている。風が出てきたのだ。

姉妹に命じて、馬小屋からもう一頭の馬をひき出させる。それぞれのくらに、一つずつの首をぶら下げさせる。

そして、その一頭に、世四郎とひくてを、もう一頭におとねとひとよをのせた。——いずれも、姉妹が老夫婦を抱く姿勢になった。

——道節の気迫におされ、四人はまるであやつり人形のように、その命令のままに従った。

「よいか、この首、下総で埋葬し、菩提《ぼだい》をとむらってやれ」

道節はそういい、

「いずれ、おれたちとも下総であおう」

じいっとまわりをうかがっていたが、四犬士をふりかえり、

「よし、ゆくぞ！」

二頭の馬の尻《しり》を、両手でたたいた。

五犬士はいっせいに抜刀し、二頭の馬をとりかこむようにして、街道のほうへかけ出した。

草の中にはいっていた雑兵《ぞうひょう》たちが、むらすずめのように立った。しかし、二頭の馬と五犬士の疾駆をとめることはできなかった。その速度さえゆるめることはできなかった。

街道へ出た。——ここにも、もとより敵兵はみちみちている。

「きたっ」

「のがすな」

無数の剣と槍《やり》を舞わし、彼らは殺到してきた。

それをものともせず、道節はまた馬の尻《しり》をはっしとたたいた。

「力二、尺八、たのんだぞ！」

二頭の馬は、二人ずつの人間をのせたままかけ出した。それへむらがりよった敵兵は、この人馬のまわりに、めらっと青い炎がうずまいたのを見た。

先頭のものは、恐怖の悲鳴をあげた。——彼らは、馬につり下げられた首の口から、その炎がほとばしり、舞いあがるのをたしかに見たのだ。

とびのこうとする波と、なおおしよせる波に、敵は混乱した。

その中を、馬はたてがみをふるって突破した。それでも槍《やり》が投げられ、矢がはなたれて、その幾本かが馬腹に突き立ったようだが、二頭はまるで不死の神馬のごとく、まっしぐらに南へかけ去ってゆく。――

あとにひく砂塵《さじん》が、これまた青い光をはなって陰火のように見えた。

五犬士はとってかえした。

彼らは、背後の山にはいって姿を消すつもりでいる。

家へたどりつくまでも、彼らの走る草原に、いたるところ敵の屍体《したい》が残された。

彼らが家にかけこむのときびすを接して、しかも黒山のように敵も乱入した。――と、その家のあちこちから火の手があがった。五犬士が火をつけたのだ。

家のそばを通って、山道はひとすじであった。五犬士はそこをはせのぼった。

山道を火でふさがれて、追いすがってくる敵はない。

と、下をふりかえる五犬士の頭の上から、思いがけない声がふってきた。

「曲者《くせもの》ども神妙にせよ、かかることもあらんかと、こちらにも兵を伏せてあったのだ。太田助友ここにあり、なんじらの天命はここにきわまった。みな刀を投げて降伏せよ！」

同時に、林やしげみから無数の兵があらわれて、上の山道をふさいだ。

さすがに、はっとして、ひきかえそうとすると、さっき彼らが火をつけた家の炎は、はげしい風にのって、みるみる下からあたり一帯の夏草や林を焼いて燃えのぼってくる。

五犬士は、数瞬、立往生した。

と、このとき犬塚信乃が、

「何を怖れることがある、火よ、こい！」

と、さけんで刀をふるった。すると、その刀のきっさきから、凄《すさ》まじい水がほとばしった。

たちまち炎は彼らをつつんだかに見えた。頭上の敵自体が、燃えのぼる炎に仰天して、死に物狂いに四散したほどであった。

しかし、五犬士は水の空洞の中にいる。旋舞する信乃の刀のなせるわざであった。

「おう、村雨！　村雨！」

犬士たちは歓呼した。

いまや山火事ともいうべき凄まじい炎のまっただ中を、この水のすだれを張ったふしぎな半球の空間は、ただよいつつ荒芽山をかけのぼってゆく。……

㊮の世界　江戸飯田町

一

五十四歳の馬琴《ばきん》の「語り」はひとまず終わった。六十一歳の北斎《ほくさい》は聞いた。

文政《ぶんせい》三年の春の午後だ。

長い春の日を、昼すぎから夕方まで語りつづけられて――やっと顔をあげた北斎の眼にはただ感嘆の光があった。

「どうかね？」

と、きいたが、馬琴のひたいには、うすい汗とともに、みずから酔ったような自信が、てらてらとひかっていた。

「いや、おそれいった」

馬琴は破顔した。歯が何本か欠けている。

この人物が笑うのは、ほんとうにめずらしい。まず自作をほめられたときくらいだ。

しかも、それは馬琴が多少とも買っている少数の人間の賛辞にかぎるので、ふつうの人がほめても、むっつりしている。ときには、横をむくこともある。

「いちばん感心したのは、大八《だいはち》という子供のにぎりこぶしから珠が出現してくるところと、荒芽山《あらめやま》で祝言をあげた力二郎《りきじろう》、尺八《しゃくはち》の双生児が幽霊だったというくだりだがね。……あれにはだれでも、あっというだろう」

「うんうん」

「感心はしたが……しかし、大八の両親の山林房八《やまばやしふさはち》とおぬい、また尺八、力二郎はあまり可哀《かわい》そうじゃないか。みんな義のために死ぬのはいいが、それにしても、だ」

「いや、心配は無用だ。私は、正義は必ず酬われる。という物語をかこうとしているのだから」

「しかし、そもそも最初の伏姫《ふせひめ》さまや金碗《かなまり》八郎からして、罪もないのにみんな非業《ひごう》の死をとげてゆくようだが……とくに、あの浜路《はまじ》はひどい。あれは可哀そうすぎるよ」

「それは、その人間一代しか見ないからだ」

馬琴はいった。

「伏姫は、妖姫《ようき》たまずさのたたりで、本来なら八匹の犬を生むはずのところ、みずから死ぬことによって八犬士に転生《てんしょう》する。金碗八郎の忠義の魂は、子の大輔《だいすけ》に受けつがれる。義のために死んだ山林房八、おぬいは犬士犬江《いぬえ》親兵衛《しんべえ》となってよみがえる」

「なるほど」

北斎はうなずいたが、

「ちょっとききたいが、その親兵衛はまだ四つだろ？　いくら犬士でも、四つじゃ何もできんじゃないか」

「ははは。……まあ、見ていてくれ」

「もう一つ、尺八、力二郎はどうしたんだ。これも義によって死んだ組だが……いくら祝言をあげたいといっても、幽霊になってまで帰ってきたわけが腑《ふ》におちんのだが」

「その意味も、あとでわかるしかけになっておる。とにかく私は、正しき男たち、清浄な女人たちの死をむだにはせん。浜路もまたしかりだ」

「そうかね」

北斎はためいきをついて、

「とにかく、よろしくたのみますよ」

と、大まじめな顔でいった。

馬琴の物語作りの綿密さは以前から承知していることだが、いままできいたこの「八犬傳」の大建築のような筋の運びには、改めて舌をまかざるを得ない。

もとは「水滸伝《すいこでん》」だと当人も、むしろ誇り顔に白状している通りだが、発端はともかく、あと展開される物語自体は、馬琴の独創にちがいない。

天守閣の決闘とか、刑場破りとか——後世の大衆小説や映画にしばしば使われた手だが——最初にこういう場面をえがいたのは馬琴なのである。後人はそのまねをしたのである。

「ところで、ひっかかりついでに、もう一つ二つきくがね」

「なんだ」

「神宮川《かにわがわ》という川が出てくるが……大塚のそばに、そんな川があるのかね」

「ない。私の作った川だ。ま、全然根拠のないことでもないが……あそこに川が必要だから、私が作った。読者は、あのころ、そういう川があったと思ってくれればいい」

平然と、馬琴はいった。

北斎は、以前、伏姫さまのこもった富山《とやま》を、実は地元の安房《あわ》では富山《とみさん》と呼んでいるということをきいて、注意してやったら、馬琴は「私の八犬傳の中では富山《とやま》なのだ」といって、口をぐいとひんまげたことを思い出した。

馬琴は、安房にゆかないで、南総の話をかく。あれは地図だけですました不精からきたまちがいだろうと思うが、まちがっても、あくまでそれをおし通すのが馬琴の性癖だ。そして、必ずそれについてのしかるべき理屈がくっつく。

北斎のほうは、この相手のきげんなどおかまいなしで、なおきく。

「文明《ぶんめい》何年とかいうが、このころ鉄砲なんてものがあったのかね」

「いや、鉄砲が伝来したのは天文《てんぶん》十二年のことだから、この物語より、大体、六、七十年あとのことになる」

「ふうん、やはり、そうか」

「それは百も承知だが、小説に必要なら、私ははばかるところなくとりいれる。もっともそれには限度があって、あのころ浮世絵があったとか歌舞伎《かぶき》があったなどとはかけんが、鉄砲くらいなら、私の読者たる女子供衆は、べつにおかしくは思うまい。それでいいのだ。伝奇小説とはそういうものなんだ。私は正史をかいているのじゃない」

「お前さん、どうしてその正史ってえやつをかかんのだ。あんたほど学と見識があったら、かけそうなもんだが」

「いや、私の名は、戯作者《げさくしゃ》としてよごれすぎた」

また、例のなげきだ。

——一方、本人はその戯作者として天下を風靡《ふうび》していて、その点については他の作者仲間を見下しているようなようすを見せるのだから、この癖を馬琴の鼻もちならない卑《ひ》下慢《げまん》として、みんな顔をしかめる。

馬琴の愚痴を、半分は本心だと理解している北斎も、ウンザリした顔で、

「なに、実をいうと、おいらはあんたに、そんなものをかいてほしくはないんだが——大戯作者曲亭《きよくてい》馬琴、それでけっこうじゃないか」

馬琴の眼が、ふとかがやいた。

「私がなぜこんな戯作をかくか、いつかお前さんがきいて、私が答えたことがあったわなあ。いろいろいったが、いま思うに、私は、結局正しい者が勝ち、悪は罰せられる、善悪ともにその酬《むく》いは必ずある、という世界をえがくのが目的でかいているのだ、と、

あらためて答えよう」

「この世は、そううまくゆくかね」

「ゆかんから、小説としてかくのだ。悪が勝つこともある正史とは、別の世界を読者に味わわせてやるのだ」

馬琴は、めずらしく興奮した声を出した。

いまごろ彼がこんなことをいうのはおかしいが、おそらくそれは、自分の創りあげた物語がうまくいったという自己陶酔によるものであったろう。

「つまり、虚の世界だね」

北斎はいった。

虚の世界、というのは、いつか馬琴が、「私は虚の世界に生きているような気がする」といったから、ふともち出しただけだが——馬琴は、見えない手で頬《ほお》をぶたれたような顔をした。

いま、自分の創り出す物語の目的を誇らかな信念めかして口にしたくせに、それが虚構の世界だといわれると、動揺する。——この不安定な心情から、彼はどうしても脱し得ないのであった。

「ま、虚の世界にしろ実の世界にしろ、面白けりゃいい」

北斎は気にもとめず、手をのばして、机の上の紙たばをとって、例によって絵をかき出した。

「しかし、何度もいうが、こんなクソ面白くない暮らしをしていて、あんなとびきりの面白い話が出てくるところが面白い」

と、笑っていう。馬琴は答えた。

「お前さんと、同じじゃないか」

「ああ、年増の娘ひとりと暮らしているところはご同様だな」

と、北斎が合点《がてん》したのは、彼同様に、いまは馬琴も、娘のおさきと二人だけで、この飯田町中坂下《なかざかした》で生活しているからであった。

二

息子の鎮五郎《しずごろう》が四年前廿歳《はたち》でようやく医者になったのを機会に、神田明神下《かんだみょうじん》の同朋町《どうぼうちょう》に小さな家を買って開業させ、そっちに母親のお百や妹のおくわをつけてやったのだ。

鎮五郎はいまの名を医者らしく宗伯《そうはく》という。

ちょうどその前に、長女のおさきが、六年も奉公していた立花というお大名のお屋敷からおいとまをいただいて帰ってきたので、馬琴自身はこのおさきと、二人だけでこの飯田町の家で暮らしているのであった。

「しかし、滝沢家の暮らしは、絵にならんなあ」

「お前さんの家は絵になるのか」

「ああ、なる。――少しばかり俳味をおびているがね」

と、北斎は笑い、

「それよりおさきさん、ばかにおそいが、いったいどこへいったんだ」

と、筆を走らせながら、きく。

娘のおさきがどこかへ買物に出かけたとは、北斎が訪れたときからきいている。

「神楽坂《かぐらざか》の雛市《ひないち》にゆくといって出かけたのだが……二十七にもなって雛を買いにゆくとは……」

と、馬琴は舌うちした。

「もっとも、あれが小娘のころ、この通り家が狭い上に、すぐ下にもっと小さい妹や弟がいてさわぎたてるので、雛も飾ってはやれなんだのだが」

「二十七になるのか。嫁にはやらんのか」

「やりたいのだが、なかなか、安心できる亭主というのが見つからんものでな」

「あんたがうるさすぎるのさ」

馬琴はにが笑いした。

実はおさきには、お屋敷奉公させる前に、二人もむこをもらったことがあったのだ。

一人は貸本屋をやるというので元手まで出してやったのだが、御禁制の笑い本などあつかいはじめたので馬琴は叱《しか》りつけ、そのむこは逃げ出してしまった。二人めは、やがて相当な放蕩《ほうとう》の経験者だとわかって、これも追い出してしまった。

べつに自分がうるさすぎたとは思わないが、娘より彼自身が口を出して離縁に及んだにはちがいない。

「あんたみたいなおやじと、二人暮らしができるなら、どんな男だってがまんできるぜ」

と、北斎はいよいよ遠慮のないことをいう。

「しかし……さっきクソ面白くもない暮らし、といったが、いまが滝沢一家でいちばんしあわせな時期かも知れんなあ」

「私がか」

「いや、別居してる家族のほうがさ」

と、北斎は笑った。

「おさきさんにゃきのどくだが、ま、なるべくながく別居してるがいい」

「そういうわけにはゆかん」

と、馬琴は首をふった。

「一家族が二世帯にわかれているのは、費用もむだにかかるし、だいいち家庭として不健全だ。いずれは私もむこうへゆくつもりだが……ただ、あっちの家も大きくないから、建て増しをしなけりゃならん。その造作費の目鼻がつくまで、こうしてやむなくがまんしていいるのさ」

「そうかい」

「もっとも、こんな家でも三十年ちかく住んでおれば、いささか愛着が生じて、よそへ引っ越すのも大儀な気持ちもあるがね。……引っ越しきちがいのお前さんとはちがうよ」

北斎は、人間ばなれした引っ越し魔だ。

去年ごろきいたところによると、もう六十回くらい引っ越したことがあるという。生まれたときから勘定しても、一年に一回は引っ越したことになる。

馬琴がサザエのように動かないのに対し、北斎は風のような旅好きだが、彼にとっては、ふだん住む家もまた旅上の旅籠《はたご》のようなものであったかも知れない。

とにかくこの点だけから見ても、北斎がはじめからまともな家庭生活などいとなむ気がなかったことは明白だ。

馬琴は、ちょっと皮肉な表情でやりかえした。

「お前さん……ひとの暮らしをクソ面白くもないといったが、お前さんの暮らしは面白いかね。ご同様に年増の娘との二人暮らしだが」

「ああ、面白いねえ」

「何が面白い」

「何がって……絵をかいてることがさ」

「二人で毎日、ただ絵ばかりかいてるのか」

「お栄さんが絵をかいてることは承知しているが……いったい、どんな絵をかいてるのだ」

「左様」

「まあ、美人画だがね」

「失礼なことをきくが、お前さんはともかく、娘さんの絵は売れるのかね」

北斎は筆をとめ、顔をあげた。

「実は笑い絵をかいてるのさ。……あごの笑い絵は、おいらよりうまいようだ」

あごというのは、あごがながいので北斎がそう呼ぶ、出戻りの娘お栄のあだ名だ。

馬琴はあきれはてた顔で北斎を見ていたが、

「それでも飯は炊いてくれるのかね」

「うんにゃ、あごに飯を炊いてるひまなんかない。みんな、てんやものですます。おいらはおいら、あごはあごで、てんでに好きなものをとる。どっちも、それぞれがかせいだ金でね。つまり、親子でわりかんだ」

北斎は哄笑《こうしょう》した。

親子でわりかんだ、と北斎はいったけれど、実際は絵の謝礼袋を入口にほうりだしたままで、代金をとりにきたそば屋や弁当屋に、そこから勝手にもってゆけ、とあごをしゃくってすますのが実情であった。

「掃除もやらん。だから部屋の中は、紙と絵の具皿と丼《どんぶり》と竹の皮と、その他あらゆるゴミにうまってる。そいつを片づけるより引っ越しをしたほうがらくだ。おいらの引っ越し好きはそういう必要から生まれたものだよ。えっへっへっへっ」

北斎は、書いたものをつき出した。

犬田小文吾《いぬたこぶんご》と山林房八が斬《き》り結んでいる刃の下でおぬいが狂乱している絵と、荒芽山の家で、力二郎、尺八の亡霊が花嫁と祝言をあげている絵であった。

もっとも通俗的な場面だが、北斎ならではの神采《しんさい》は躍如たるものがある。

三

しばし息をのんでそれに見いっていた馬琴は、ふといった。

「重信《しげのぶ》だがね」

いま、八犬傳のさし絵を書いている柳川《やながわ》重信のことだ。

「このごろ絵がおそくなって困ると本屋のほうでこぼしておる。……暮れに本人もここへきたが、蒼《あお》い顔をして咳《せき》ばかりしておったが……どうも身体の具合が悪いようだね」

北斎は、さすがに少ししょげた顔をして、

「どうも重信は労咳《ろうがい》にかかったようだ」

馬琴は北斎の絵に眼をそそいだまま、

「もしそうなら……あの病気はうつる。娘さんや孫はどうする」

「どうするったって……そりゃ、あいつらの運命だなあ」

「いまのうちにお前さんのほうへひきとったほうがよかないか」

「そりゃできん。おいらのところは狭くって……」

北斎はいま深川永代寺門前町《ふかがわえいたいじもんぜんちょう》の長屋に住んでいる。むろん一部屋だけだ。

「だいいち、子供がきちゃ、絵なんかかいておれんよ」

「お孫さんはいくつになる」

「こうっと……八つか。わんぱくざかりだ」

北斎は、ふいに眼をむいていった。

「おい、曲亭さん、おいらは孫が生まれたんで、その父親の重信にさし絵をかかせてやってくれとたのみにきたんだが、そのときお前さんはこの八犬傳は十年かかるといった。おいらは驚いたことをおぼえてるが、その孫がもう八つになる。ところが――まだ十年はたたんが、いまきいた分はこれからかくんだろ？　それを勘定にいれりゃ十年以上はかかるだろうが、八犬傳はまだ六人しか姿を現しちゃいないんだぜ」

「そんな按配《あんばい》になったようだな。……それより」

馬琴は北斎を見た。

「もし、万一のことだが……重信がさし絵をかくのに都合が悪くなったとしたら、お前さんがあとをやってくれるか」

「いや、だめだ」

北斎はにべもなく首をふった。

「それどころか、当分ここにこられないかも知れん。おいら、忙しいんだ」

「ほ、なんで？」

「富士をとことんまでかいてやろうと思い立ってね。そのためにゃ、富士山の見える国ぜんぶを、へめぐって歩かなきゃいけない。富士の見える国ったって、五つ六つはあるんだから……海の上からだって見えるんだから……」

北斎は急に、ほんとに忙しそうな眼つきになって、

「どうやら、日も暮れたようだ。それじゃ、きょうは」

と、立ちあがりながら、馬琴の手にしていた自分の絵を、無造作にひったくって、ふところにねじこんだ。

うしろもふりかえらず、階段を下りてゆく。そのとき格子戸のあく音がした。

「おい、おさきさんが帰ってきたよ」

北斎の下からの声に、馬琴も立ちあがった。

下りて見ると、娘のおさきが桃の花と桐箱《きりばこ》をかかえて、座敷で北斎に挨拶《あいさつ》していた。

「お父さま、まあ見て下さいな、このお人形」

ふだんは顔色の悪い娘だが、めずらしく上気して、おさきは桐箱をたたみにおき、ひもをといてふたをとった。

中に、犬に乗ったお姫さまの人形が見えた。

「これが伏姫人形ですって」

「ほう」

さすがに、馬琴も北斎も、眼を見ひらいてのぞきこんだ。

「雛市《ひないち》で、こんなものを売ってるのか」

「え、もう十いくつか売れたそうで、あと三つばかり残っていましたわ」

人形師から伏姫人形を作るがお許しをこう、などいう相談は受けたことがない。――もっともそんなことをいちいち原作者にことわらないのが、当時のならいだ。

「それでいくらした」

「二両二分」

馬琴はしばらく黙って見下ろしていたが、

「二両二分で、米なら三俵が買える。ばかな買物だ」

と、ひどくあじけないことをいった。

おさきは悄然《しょうぜん》とした表情になり、

「伏姫人形だから買ってきたんです。でもお父さまはそんなことをおっしゃるだろうと思って、ほんとうは二両のところを、店じまいまで待って一両二分に値引きさせたんですよ。……」

といって、箱をしまい、それを桃の花といっしょに抱いてむこうへゆきながら、

「ケチンボね」

と、小声でつぶやいた。

「ま、少し高くったって、いずれできるおさきさんの子供に残してやりゃよかろ。はやくいいおむこさんをもらいな」

北斎は笑いながら、

「しかし、たいした人気だな。犬なんぞ、重信の絵より八房らしいじゃないか」

といって、陽《ひ》の色のきえた路地に出ていった。

馬琴が二階の書斎で墨をすっていると、やがておさきがあがってきて、雛市《ひないち》の買物について、

「ほかに五両や十両のお雛さまはうんとありますわ。お屋敷で、いつかお買いあげになった内裏雛《だいりびな》など、一ついで二百両もしたんですよ。……」

と、またいいわけをした。

馬琴はむずかしい顔をして、

「それは世間が狂っておるのだ。何にしても、世間は世間、滝沢家は滝沢家じゃ。いずれ明神下の家を建て増して、移らねばならん。その費《つい》えのためにも倹約しなくてはいけない」

と、さとした。そして、おさきが行灯《あんどん》に灯《ひ》をいれようとすると、

「まだ字が読めるから、明かりはいい。……日がながくなって、油代が助かる」

と、いった。冗談をいっている顔ではない。

れた。

四

しばらくして、もううす暗くなってから、おさきが夕食を持ってきて、やっと灯をいれた。

馬琴は、いつも、自分の食事を書斎に運ばせる。そして、ひとりで食べる。みな家族がいたころからの習慣で、いま長女ひとりになっても、これは変わらない。あとで、その娘が下でひとりで食事をするのが、どんなにわびしいだろう、などいうことには思いが及ばない。

彼の食事は、どちらかといえば淡泊で、海の魚より、鮎《あゆ》や鯉やどじょうなど川魚を好んだ。鰻《うなぎ》など、あぶらっこいものはきらいであった。ときにぜいたくなものが出されるとこごとをいい、「これは到来ものだ」と弁解すると、「それならよそへやれ」といった。野菜や海藻は好きで、つけものにはうるさかった。

食べ物は質素であったが、大食のほうで、年齢に比して顔色はつやつやして、きわめて壮健であった。

そして本を読みながら食べる。家族の行儀にはひどくうるさい彼が、このくせだけはとまらない。また、これが馬琴がひとりで食事をする理由でもあった。

食べながら、きょう北斎が、「八犬傳」がはじまってから八年もたつのに、八犬士のうちまだ六人しか登場しない、と驚いたことを思い出して微笑した。

もっとも彼は、いま「八犬傳」だけをかいているわけではない。巴御前《ともえごぜん》の子朝夷《あさひな》三郎を主人公とする「朝夷巡島記」という大長編も並行して執筆しているし、その他、三巻から五巻くらいの作品や随筆集を、次から次へ発表している。彼は多忙であった。

だからといって、「八犬傳」の進行がおくれているわけではない。かくべきことを、順当にかいてきたら、いまの段階で八年たってしまったのである。

北斎に語ったのはただ物語の筋だけであって、これから筆をとって実際にかいたものを読みあげたら、半日どころか十日くらいかかるだろう。

北斎は、説教や講釈ぬきで、しゃべった分だけの筋のほうがいいというけれど、それでは自分がああいうものをかく意味がない。

だから、これからすぐにでも小説の執筆にとりかからなければならないのだが、さすがにきょうは、ともかくもあれだけの筋ができたという安堵感《あんどかん》があって、お膳《ぜん》を下げさせると、彼は手紙をかき出した。

宛先《あてさき》は、伊勢松坂《まつさか》の木綿問屋の殿村篠斎《とのむらじょうさい》と、越後《えちご》塩沢の縮問屋《ちぢみどんや》の鈴木牧之《ぼくし》であった。

馬琴は交際ぎらいで、作家仲間の会合などにはほとんど出ない。いや、江戸に友人らしい友人は一人もいない。北斎はいるけれど、これは数年おきに風のようにやってきて、風のように去ってゆくだけだ。愛読者と称する人間は十日に一人は面会を求めてやってくるが、みんなおさきにことわらせてしまう。

そして、

「友なきもまた一楽なり」

と、うそぶいている。

ただ、遠い地方にだけひんぱんに手紙のやりとりをする二、三の人間がある。それがこの殿村篠斎と鈴木牧之であった。

「余が性やひがめり。かねて同好知音《ちいん》にあらざれば交わらざるをもって、江戸に生まれて交遊江戸にまれなり。ただ遠方に、二、三子あるのみ」

と、馬琴みずからかいている。——こういう点だけは、後年の荷風に似ている。

伊勢の殿村篠斎は、彼にとって、もっとも良質の読者であった。つまり、町人ながら「士大夫」の教養があって、馬琴の作品の熱烈な心酔者であった。

だいぶ以前から篠斎は、馬琴の小説の着想、筋立て、学力、文章について、至れりつくせりの感想をかいて送ってくる。それは賛辞にみちみちているが、しかしときには何らかの疑問を呈することもある。

これに対して、馬琴もこんせつな返事を送る。それは作家と読者というより、相手の鑑賞力をおだてつつ、どこか尊大な、師匠が弟子を教えさとすような感じの手紙が多かった。

最近、ある疑問について馬琴は長文の釈明文を出し、篠斎のほうから、「降参、降参」とあやまってきたのだが、それでからりとことをおさめられないのが馬琴だ。それでもなお釈明が足りないように思い、かさねてまた以前に倍する長文の手紙をかき出したのだ。

――そして、相手が面倒くさくなって沈黙してしまうと、こんどはそれが不安になって、また相手に挑発的な手紙を送らずにはいられないというのが馬琴の性癖なのである。

それが終わると、こんどは越後の鈴木牧之宛《あて》の手紙をかき出した。

これも篠斎同様の礼賛者だが、馬琴はこの人物から別に妙な依頼を受けている。

この人物もただの縮問屋《ちぢみどんや》のあるじではなく、ものをかく能力の持ち主で、ずっと以前から自分のかいたものを江戸で出版したいという望みを持っていた。

それは越後の豪雪と、そこに住む人々とのかかわりあい――風俗、たたかい、苦しみ、奇談などをえがいた記録文学で、題して「北越雪譜《ほくえつせっぷ》」という。

彼は以前、それを当時江戸で第一の作家と目されていた山東京伝《さんとうきょうでん》のところへ送って、出版の労をこいねがった。その労について少なからぬ事前の謝礼をしたことはむろんだが、結局京伝は、自分は面白いと思うけれど、こういうたちのものが江戸でどれだけ受けいれられるか不安である。本屋もしりごみするだろうから、なお百両の保証金がほしい、と返事した。

牧之は地元の富者だが、これには鼻白《はなじろ》んで、こんどは馬琴に話をもちかけてきた。

馬琴ははじめこれをことわった。そういう事情では、私がひき受けては京伝先生の面目をつぶすことになる、と答えてやったのである。

ところが、そのうちに京伝が死んでしまった。

いつか京伝が、自分の死後の妻のことを心配して金集めの書画会をひらきたいという相談にきたことがあったが、はたせるかな、あれから三年ばかりのち、心臓脚気で急死してしまったのである。

京伝への敬意は失わないが、弟の京山《きょうざん》の顔を見るのもいやなので、その葬式には馬琴は息子をやって、それでまたあとで京山が悪口をいっているときいたが。——

それはともかく、その後牧之が、これで京伝先生への義理は終わったろう、改めて例の雪譜の件をおねがいする、といってきてから、もう四、五年たつ。

牧之自身の手によるさし絵まで加えた分厚い原稿は、げんにこの書斎の棚にある。

この間、越後からおびただしい賛辞と名産が送りとどけられたことはいうまでもない。

これに対して情がうごくのは当然で、馬琴もいまでは、たんなる応答ではなく、問われるままに自分の生活ぶりや心境や、家族の消息や他の作家への批評まで、こまごまとかいて送るようになっている。

そこへまた最近、出版についての催促がきた。

馬琴自身は「北越雪譜」にしんしんたる興味をいだいた。できたら出してやりたいと、二、三、本屋にもあたってみた。が、どの本屋もはかばかしい顔をしない。

馬琴も、京伝がためらったのはもっともだ、と思わないわけにはゆかなかった。

で、いま、越後から、しんぼうしかねて少々恩きせがましい督促状を受けとると、

「縮屋《ちぢみや》さん、旦那《だんな》のお道楽はお道楽、それでものをかいて世間に売るってえことは、縮を売るよりゃ大変なこととなんだ」

と、江戸っ子風の——北斎が、こんなに江戸っ子風でない江戸っ子はいないといったが——タンカをきりたくなったほどであった。

が、彼はそれをおさえて、じゅんじゅんと、いまの江戸の出版事情や自分の多忙な生活をのべ、なおしばらく待つようにとさとし、いずれ出版のことはきっと時期を見て、馬琴が責任をもって受けあうから、と、かいた。これも長文の手紙であった。

手紙をかき終わると、茶わかし用の小さな手あぶりの鉄瓶の湯で茶をたて、机の隅の小さな壺《つぼ》から、茶さじで砂糖をしゃくい出してなめた。

酒ものまず、質素な食事ですます馬琴だが、甘いものには眼がない。それで昔からよく餅菓子《もちがし》などを買ってこさせて、食いすぎて腹をこわす、などいうことが何度かあったので、このごろは砂糖をなめて、そのほうの嗜好《しこう》をみたすことにしている。

いつか北斎がこのことを知って、

「ま、化け猫が夜なかに油をなめているようなもんだな」

と、悪口をいった。

しょっちゅう台所の醤油《しょうゆ》や味噌《みそ》の減りかげんまで点検する馬琴の、唯一《ゆいいつ》の、そしてこっけいなぜいたくであった。その罰《ばち》か、身体は丈夫だが、歯だけは悪い。

いつも頭の中に何かかかえている馬琴だが、さすがにこういうときほどたのしさを感じることはない。大げさにいうと、孤独のたのしさだ。

ふっと、ひるま北斎が、

「いまが滝沢家でいちばんしあわせな時期かも知れんなあ。……いや、別居してる家族のほうがさ」

と、いったことを思い出し、

「わしもそうかも知れん」

と、苦笑した。

下の台所で、おさきが何かコトコト音をたてているほかは、江戸飯田町の春の夜はあくまでも静寂であった。

五

お茶をのみ終わると、こんどは日記をしたためるのにかかる。

彼は、鎮五郎——いまの宗伯が生まれてまもなく、日記をかき出した。

それは自分の心おぼえのためもあるが、宗伯の将来及びその子孫のためであった。天候から家族ひとりひとりの動静、家の行事、来客の用件、物の貸し借り、贈答の始末、そして買物の明細まで、いちいち正確にかきとどめる。いわば、滝沢家の精細な生活史である。

のちになって宗伯や、おそらくこれからできるであろう子孫たちが、滝沢家はこう暮らし、こういう場合にはこういう処置をしたと参考にするための、あくまでも「家」としての記録であった。

だから作家馬琴個人については、原稿や校正や出版のことは事務的にかくだけで、そのための苦しみなどは無用のこととして一切かかない。

男の子は必ず武士にするのだ。滝沢家は武家に返るのだ。戯作者《げさくしゃ》の苦労など、子孫に用はない。

その日の日記をしるしながら馬琴は、

「いま、わが家は万事うまくいっている」

と、考えた。

息子の宗伯は医者になった。のみならず、去年松前家のお抱え医師の名簿に加えられた。

むろん医者になりたての宗伯の技倆《ぎりょう》が買われたわけはない。

松前家の御老侯が馬琴の愛読者で、二、三度おまねきに応じているうちに、馬琴が家老に内々たのみこんでそうしてもらったのである。

馬琴は松前老侯のお呼びを受けたとき、何年か前、毛利家の御後室《ごこうしつ》さまに肘鉄《ひじてつ》をくわせて、妻のお百に嘲罵《ちょうば》されたことを思い出した。あれはべつに傲慢《ごうまん》でおことわりしたのではなく、彼の交際ぎらい、とくに権門の女性などのお相手をするのに恐怖したからだが、こんどこそはその機会をのがしてはならぬ、と、ふるいたって参上したのである。このときはむろん、その後のお相手も、帰宅後二、三日、頑健な馬琴がぐったりとしているほどであったが、その努力の甲斐《かい》あって、宗伯はみごとその地位を得たのだ。ほんとうの武士ではないけれど、大名家から扶持《ふち》を受ける以上、まさしく武家につらなる身分に相違ない。

——馬琴を現代において、宗伯を医者にするために裏口入学の誘惑を受けたとするならば、馬琴がこれに応じたかどうか、はなはだ興味がある。彼は正義を高唱し、実際に不義にけっぺきな人であった。が、そんな場合——医科大学なら知らず「武士大学」とでもいうべきものが対象であったら、子供をそこにいれるためには、あえて裏口入学も辞さなかったのではないか、と作者は考える。——

三人の娘のうち、次女のおゆうはもう麴町《こうじまち》のせり呉服商人のところへかたづけてあるし、末娘のおくわも、ことしじゅうに小伝馬町《こでんまちょう》の町医者のところへお嫁にゆくことになっている。

長女のおさきが二十七にもなって、二度結婚に失敗しているのが気にかかるが、長い間お屋敷奉公して行儀のよい娘だから、高望みしなければ、そのうちちゃんとしたもらい手が見つかるだろう。

癇性《かんしょう》の妻のお百でさえ、このごろはどこか人相がよくなって、専心息子の世話にかかっているようすだ。ときどき自分が同朋町のほうを視察にゆくと、別居しているせいか、自分を珍客のように下にもおかない。

「北斎の家とはちがう」

いつか北斎が、「おいらの場合、家族は虚だがね」といったことを馬琴は思い出した。

あれには、まさに家庭なんかない。

そのとき自分が虚の世界に生きているような気がする、といったのは、必ずしも心にそぐわない仕事――少なくとも第二義的な仕事をして生活している、という感じを述べたまでで、家族まで虚の世界の人間だという意味ではない。

虚の世界どころか、わが家庭は、着々と設計通りに築かれつつある。――その点だけは自分の小説のごとく。

馬琴は筆をとめて、また砂糖をなめ、茶をのみ、まわりを見まわした。

まわりはただ本の行列と山だ。その中にあって、彼は至福をおぼえた。彼が、旅行はおろか散歩にすらめったに出ないのは、ここに座っているのがどこにいるよりたのしいからであった。ここにこそ、彼のすべての世界があるからであった。

とはいえ――いつまでもここに、ひとりでいるわけにはゆかない。三十年近く座っていたこの場所から、自分は一日も早く同朋町の家族と合体するように努力しなければならない。二つに分かれていては家庭というものが成り立たない。

彼はまた日記にとりかかった。

――結果からいえば、馬琴はしかし、まだ四年以上もこの飯田町に家族とは別に暮らすことを余儀なくされる。そして、前後合わせて八年ばかりの別居生活が、のちに思えば彼にとって長い生涯でいちばん幸福な時代であったのだ。

そして、雄渾《ゆうこん》豪壮、波瀾万丈《はらんばんじよう》の八犬傳の世界が、妖夢《ようむ》のつづれ錦《にしき》のごとくつむぎ出されていったのは、このクソ面白くもない小世界からなのであった。

㊀の世界　犬士出現

一

——一匹のいのししが、はからずも犬田小文吾《いぬたこぶんご》を一つの厄難に投げこんだ。

上州荒芽山《あらめやま》のたたかいから数日後、彼は武蔵《むさし》の浅草に近い千束《せんぞく》あたりの田圃《たんぼ》の中を歩いていた。西のかた、ひくく連なる日暮里《にっぽり》、湯島、神田《かんだ》の丘々はあかねづいて、からすのむれがわたってゆくのが見える。

小文吾は、四人の同志たちと荒芽山の難をのがれたものの、五犬士そろって上州を出るのは危険であるとして、再会を約してみな一応わかれ、ただ一人、ここまでのがれてきたのだ。

本能的に、足は故郷の下総《しもうさ》の行徳《ぎょうとく》に近づいているのだが、山林房八《やまばやしふさはち》の首で犬塚信乃《いぬづかしの》を助けて以来、庚申塚《こうしんづか》の刑場破り、荒芽山のたたかいなど、天下のお尋ね者になっている可能性は充分あるので、たやすくは故郷に顔が出せないのであった。

で、笠《かさ》を伏せて、トボトボと歩いていると――ゆくてにただならぬ地ひびきが聞こえて――一匹のけものが猛然と走ってきた。

両側は深田の中の一本道だ。

それを小牛ほどもある大いのししと見たが、避けるに場所なく、小文吾は大きく宙をとんでやりすごした。と、いのししは、くるっと反転し、凄《すさ》まじい鼻息とともに牙《きば》をつきかけてくる。

彼は、あやうくその両耳をつかんだ。と、みるや、一方の手をはなし、拳骨《げんこつ》としてそのみけんのあたりをなぐりつけた。五度、七度、十度――いのししは、血へどを吐いて死んだ。

――ふうむ。上州の山の中でも見かけなかったいのししに、こんなところで逢《あ》おうとは。

と、感心して、またぶらぶら歩き出した小文吾は、そこから一町ばかりいった道の上に、あおむけにひっくりかえって気絶している男を見た。

年は四十くらいで、すそ短かのもめんに木の皮の脚絆《きゃはん》をつけ、手には手槍《てやり》を持っている。みるからに荒々しい顔をしているが、どうやら猟師らしい。

小文吾は、抱き起こし、ゆさぶった。男のくいしばっていた歯があいた。

相撲好きの小文吾は、ふだんから財布の中に、打身用の薬を持っていたので、その薬をとり出して男の口にふくませた。

男は眼をひらいた。

「やあ、気がついたか。お前さん、いのししにやられたのじゃないか」

と、きくと、男はやっとわれにかえって、自分は千束でしがない渡世をしているものだが、このごろ鳥越山《とりごえやま》あたりから一頭のいのししが出没して、芋畑などあらして百姓たちを悩ませ、とうとう三貫文の懸賞金まで出たので、むかし田舎でいのしし狩りをした経験もある自分がその役を買って、ここでそのいのししにめぐりあったのだが、あえなく牙《きば》にかけられてこの始末だ、と頭をかいた。

あらためて二人は、いのししの死んでいる現場にゆき、小文吾からそれを退治したいきさつをきいて、男は驚嘆した。

さて、別れようとする小文吾に、男は、あなたは旅のお方ときいたが、今夜お泊りの宿の予定はあるのか、と、きく。

小文吾は、べつにない、と答えた。

それならば、是非うちに泊まっていただきたい。このいのししのほうびに三貫文もらえるから、そのおかげの意味でも一杯献じなければ気がすまない。さあ、その金をもらいに、自分はこれからこのいのししをかついで庄屋のところへゆくつもりだから、あなたは千束の村はずれの榎《えのき》の大木の下にあるあばらやに、さきにいってくれ、おれはこのあたりで、かもめじりの並四郎《なみしろう》といわれている男だ、と猟師はいった。

さらにまた、このあたりは千葉さまの御領分だが、ここのところ敵方の間者《かんじゃ》がはいりこんでいるとかで、めったに他領の人間を泊める家はない、といい、おれが泊まってくれといった証拠だといって女房に見せてくれ、と腰の火打袋までとって手におしつけた。助けてもらったありがたさもあるだろうが、少々しつこいふしがないでもない。

小文吾は苦笑しながら別れたが、さて千束の村にはいったところ、日は暮れはて、なるほどどの家をたたいても宿泊をことわられるのに閉口した。

そこでしかたなく、かもめじりの並四郎の家へいってみることにした。

二

かすかに灯のもれている戸をたたくと、その燭《しょく》をとって、女が顔をのぞかせた。灯《ひ》を半面に受けたその顔を見て、小文吾は眼をまるくした。

年は三十なかばかも知れない。が、あの並四郎にはまるでつりあわない、妖艶《ようえん》無比の女房であった。彼女は黒い猫を抱いていた。

わけを話すと、すぐうちへいれて、もてなすことひと通りではない。

せまい裏庭で行水を使わせ、素焼きの火鉢を縁に出して蚊やりの木をくべ、うちわであおいでくれ、やがて鮎《あゆ》の煮びたしで酒を出す。

もてなしはありがたいが、廿歳《はたち》過ぎたばかりの小文吾は往生した。ゆかた一枚のえりもと、裾《すそ》から、こぼれんばかりの年増のあだっぽさは、まことに眼もむけられないほどだ。

　それに黒猫がまつわりついて、これはうすきみがわるい。

　名をきくと、

「船虫《ふなむし》と申します」

　と、艶然《えんぜん》と笑った。

　並四郎は、なかなか帰ってこない。そのうちに時刻は亥《い》の刻（午後十時ごろ）になった。——

　一刻も早く寝たいが、主人のいない家で夜具をとってもらうのも変だ、と、ためらっているうちに船虫が、「そういうお話なら、並四郎は庄屋どののおうちで酒をくらっているのでございましょう。酒に眼のない男で、待っていたら夜が明けてしまいましょう」といい、一室に夜具をのべてくれ、蚊帳《かや》をつってくれた。

　外から見てもあばらやだが、この部屋も壁の下に穴があき、外から板戸でふさいであった。

　寝ればたちまち熟睡におちいる小文吾だが、この一夜。——

　この奇妙な宿泊について不安を持つというより、離散した同志のこと、これからの自分のなすべきこと、などを思いわずらって、しばらくはまじまじとしていたのだが、それでもいつしか眠りについた。

　どれほど眠ったか、ふっと蚊帳ごしに、例の壁の穴がひらいてくるのを見た。

——盗人か？

小文吾は、人が寝ているように夜具をまるめ、そっと蚊帳の外へ忍び出た。

やがて、きらっと刀のひかるのが見えて、黒い影が穴からはいってくると、蚊帳のつりての二か所を切り、切ると同時に、落ちた蚊帳の上から夜具にのしかかり、その刀をつきたてた。

とたんに、壁の下に待っていた小文吾が、躍りかかって曲者《くせもの》をけさがけに斬《き》った。

「御内儀！　御内儀！」

小文吾は呼びたてた。

「賊でござる。あかりを！」

あわただしく、しどけない姿で女房が、行灯《あんどん》を下げて走ってきた。

事情を話しながら、夜具を血にひたして死んでいる男の顔を見て、小文吾は唖然《あぜん》とした。

なんと、それは、自分が助けてやった——そしてこの家のあるじ、かもめじりの並四郎という男ではなかったか。

「しまった、とんでもないことをした！」

茫然《ぼうぜん》と見下ろしていた女房が、ふいにわっと泣き声をあげてさけんだ。

「これは天罰です！」

「なに、天罰？」

女房は泣きながらいった。

「この男は、私に親ゆずりの品物や田畑が多少あるのに目をつけて、むりやり婿になってはいりこんだごろつきで……その田畑をたがやしもせず、酒とばくちで日を暮らし、それどころか、ときどき泥棒もしているように思われましたが、なにしろ乱暴な男で、私にはどうにもならず、長い間、地獄のような思いをしておりました。……」

そういえば、はじめから不似合いな夫婦だと思っていた。――それはそれとして、こちらの胸にすがりついてくどかれるのには、この場合にも小文吾は当惑した。なまめかしい息が、彼の口スレスレに吐きかけられる。

「けれど、まさか、命を助けていただいたあなたさまに、今夜害を加えようとは……いつ帰ってきたものか、私も知らなかったのです。……」

さっき、この男を介抱したとき、薬を出そうとして財布を見せたのが、悪心を起こすよすがとなったものであろうか、と小文吾は考えた。

「何はともあれ、このままですむことではない」

小文吾は女の身体をひき離した。

「庄屋どのなり村役人にとどけて下され。おれが弁明します」

「いえいえ」

女房ははげしく首をふった。

「そんなことをされたら、並四郎が泥棒だと村じゅうに知られます。夫は自業自得として、私の恥になりまする。……どうぞ、このままにして、おゆきになって下さい」

「そういうわけにも……」

「それどころか、このことはだれにも黙っていて下さいまし。おねがいでございます」

船虫という女は、けんめいにいった。

結局小文吾は、船虫に哀願されて、急にここを旅立つことになった。

それでも船虫は、なおこのことが明らかになるのが気がかりらしく、隣室の仏壇の下から妙なものを持ち出して、小文吾におしつけた。こんな家にはそぐわない古金襴《こきんらん》の袋にいれた長い棒のようなものだ。

「これは私の父から伝えられた尺八で、大変古い、値のあるものだそうでございます。こんなものがあるから、並四郎が私にとりつくもとになったのでございます。売ろう売ろうというのを、けんめいに私がおさえて参りましたが、夫のしたことへのおわびと、そのことを黙っていて下さるお礼にこれをさしあげます」

「いや、おれはしゃべりはせんから安心なさい。そんなものはいらない」

と、小文吾は狼狽《ろうばい》した。いくら何でも泥棒の家の品物をもらってゆくわけにはゆかない。

「いえいえ、そうして下さらないと、私は心配で……もし、気になるなら、このほとぼりがさめたころ、またここをお通りがかりの節にでも返して下さい」

小文吾は、やむなくその袋にはいったままの尺八を受けとった。

「仏はどうなさる？」

「私が、裏の畑にでも埋めましょう。いつもほっつき歩いている男ですから、いなくなっても、村の人は気がつかないでしょう。……ああ、もう朝がきたようです。残り御飯でおむすびでも作って進ぜましょう」

やがて、小文吾は、あわただしく宿を出た。背後で猫が、赤い口をあけて鳴いた。

いまおしつけられた袋の棒は、一尺八寸もあるので、しかたなく片手にぶらさげている。

夜明け前の空の下を、小文吾はともかくも隅田川の方角へ向かって歩き出した。

三

すると――河原まできたとき、うしろに大勢の足音がして、舟を探している小文吾をいっせいにとりかこんだ。あきらかに捕手《とりて》のむれであった。

「待てっ」

と、その頭《かしら》らしい男がさけんだ。

「なんじ、ただいま千束のさる家で、そのあるじを殺害して逃げた盗賊じゃな。急報により、出張した。わしはここの御領主千葉どのの代官の手代《てだい》、畑上《はたがみ》五郎というものじゃ、神妙にせい！」

「おれが盗賊？」

小文吾は呆《あき》れはてた。

「何を証拠に。——」

と、いいかけて、彼は捕手のうしろに先刻の女房の姿を見た。

眼が合うと、女はすすみ出て、指さした。

「証拠はお前が持っているその尺八——それは私の家の宝じゃ。お前はそれが欲しさに、私の夫を殺して逃げたのであろう。——」

美しい顔が、まさしく妖婦《ようふ》の形相《ぎょうそう》に変わっていた。

じいっとそれを見ていた小文吾は、突然笑い出した。

「どうもおかしいと思っておった」

と、いって、手にしていた袋のひもをクルクルと解いた。

「これが宝か、見よ！」

袋からひき出したのは、一本のまきざっぽうであった。

「お前の家の蚊やり木じゃ。お前がおしつけたあの尺八は、あの血まみれのふとんの中に巻きこんで残してあるわ」

まさか、こんなことまで予想していたわけではないが、あのとき尺八などをもらうのはどうにも納得しがたいものがあったので、小文吾は、船虫がにぎり飯を作っている間に、その尺八を残し、代わりにそのまきを袋にいれて持ち出したのであった。

「これは、どうしたことじゃ、船虫？」

と、手代の畑上が狐につままれたようにふりかえったとき、船虫が駈《か》け出して短刀をひらめかして小文吾に突きかかった。

「夫のかたき！」

小文吾は無造作にその手をとらえ、地面にほうり投げ、その身体を足で踏んまえた。

「はじめて見る、この世には毒婦というものがあるのじゃな」

かるく踏んまえただけなのに、美女船虫は眼もとび出さんばかりの苦痛に絶叫した。

「よくわからん」

畑上五郎は首をひねった。

「ともかくも、その女をしばれ！」

船虫をしばりあげたあとで、畑上は小文吾にいった。

「なお詳しくこのわけをききたい。やはり貴公も代官所へご同行願いたい」

たとえ盗賊にしろ、ともかくも人ひとりを殺したのだから、これには小文吾も異論なく承知した。

ただ名を名乗ることになって、彼ははたと当惑した。犬田小文吾という名には危険性があったのである。それでとっさに、山林縫之助《ぬいのすけ》と名乗った。死んだ山林房八とおぬいの名を合わせたものだ。

それ以外の事情はありのまま述べたが、小文吾はそのまま一旦代官所にとめおかれた。

しかも、まわりの空気が刻々あわただしくなった。

夕方になって、そのわけをきくと、役人の一人がただならぬ顔色でいった。

「あの女の家から発見された尺八が、ここの御領主千葉家から二十年近く前に盗まれた重代の名器、あらし山という尺八だということが判明したのだ」

なおきくと、その尺八は、黒うるしをぬって樺《かば》で巻いて、「吹きおろすかたは高嶺《たかね》のあらしのみ音づれやすき秋の山里」という歌を蒔絵《まきえ》にしてあるので、これはただの尺八ではないと、近くの石浜にあるお城の家老へとどけたところ、このことが明らかになったという。

小文吾は驚いたが、しかし、そんなことは自分には関係ない、と思っていると、翌朝になって、また思いがけないことをきいた。

あの船虫という女は、きのうから一応庄屋の家に監禁してあったのだが、夜になって代官所の畑上五郎から、使いとともに、七、八人の捕手《とりて》がきて、至急代官所で取り調べることがある、と連れ去った。

それがまったくのにせものであったことが、きょうになって判明したが、にせものの人数といい口上といい、ただものではない闇《やみ》の手が女の背後にある、と思わざるを得ない事態となったからだ。それと貴公と関係あるかないかは知らず、容易に釈放するわけには参らぬことになった、というのであった。

そして小文吾は、ものものしい警戒の侍にかこまれて、こんどは隅田川に面する屋敷に連れてゆかれた。千葉家の家老馬加大記《まくわりだいき》という人の屋敷だという。いれられたのは数寄屋《すきや》作《づく》りの離れで、浴室もあり厠《かわや》もある。庭に築山《つきやま》などもある。しかし、これをかこむ塀の門にはどこにも数人の侍が立っていた。小文吾の刀はむろんとりあげられたままだ。

四

七日ほどして、家老の馬加大記があらわれた。五十年輩の、老獪《ろうかい》きわまる容貌《ようぼう》の男であった。ひげをくいそらした屈強な家来が、七、八人もうしろに従っている。

「山林縫之助と申すか」

と、おうへいにいった。

「左様でござる」

と、小文吾は一礼して、盗賊の一件でここにいつまでも拘留されていることは心外千万、まことの盗賊があきらかになった以上、もはや拙者に所用はないはず、とくとく放ちたまえ、といった。

「それがな」

と、馬加大記は深沈たる表情でいった。

「貴公の本名を調べあげたぞ。行徳の出身、古那屋《こなや》の小文吾と申すものであろうが。―

—その上、隣藩大石家の庚申塚の刑場破りをしたこともわかっておる」

小文吾は、はっとしたがすぐに、

「それは他領で起こったことではありませんか」

「他領とは申せ、大石家も当千葉家も同じ管領《かんれい》方。——刑場破りの凶徒として、大石家にひきわたす義務がある。——と、主君自胤《よりたね》さまは仰せられる」

小文吾はしばらく黙っていたが、やがていった。

「そう思われたら、好きなようになされたがよろしかろう」

「待て待て、それは主君の仰せじゃ。わしがそう思ったら、貴公にはかるところなく、そうする」

と、大記は、にたっと笑って、

「いや、それより前に、行徳にあったころのおぬしの行状を、聞けば聞くほど驚きいったおぬしの武勇ぶり。……あたら、隣へやって刀のさびとするのは惜しい」

ひざをすすめて、ささやいた。

「どうじゃ、当千葉家に御奉公せぬか。貴公にその気があれば、わしから殿にそのように申しあげるが」

小文吾は首をふった。

「せっかくですが、その気はありません」

「なに？」

「私はほかにすることがあるのです」

大記の顔にみるみるふきげんの色がみなぎって、小文吾をにらみつけていたが、すぐにまた老獪《ろうかい》に笑って、

「ま、そうニベもなく申すな。いそがずばぬれざらましを旅人のあとよりはるる野路のむらさめ、という歌もある。……隣国にひきわたせ、という殿のお言葉は、しばらくこちらでお抑え申しあげておく。しかし、そういうわけゆえ、しばらくおぬしをたやすく外へ出すわけには参らぬ。ここで、もういちど、とっくり思案してもらおう」

と、いって、座を立った。従臣たちも、威嚇的な眼を投げてあとに従った。

五

さて、それからの小文吾は、その離れ座敷にとじこめられたままになってしまった。夏が去り、秋から冬にはいり、やがてまた春がおとずれても。——

身のまわりのことは、一人の老僕が面倒をみてくれ、食事のほうも至れりつくせりだが、門々の警戒はいっそうきびしくなったようだ。それを怖れるわけではないが、何しろこちらがお尋ね者なので、大手をふって外へ出るわけにもゆかない。

この好遇の幽閉生活に迷いつつ日を暮らしていた小文吾に、初夏の一日、

「小文吾さま」

と、世話役の老僕品七《しなしち》がささやいた。

「いままで黙っておりましたが、私ははじめからあなたを行徳の古那屋の息子どの、小文吾さまと知っておりました。あなたさまのほうはむろんお忘れでござりましょうが、私はあなたさまに助けていただいたことがあるのでござります」

「ほう？」

「四、五年前、船で行徳へ千葉家の買物に参った際、あそこの赤島の舵九郎《かじくろう》というごろつきに因縁《いんねん》をつけられて難渋しているとき、あなたさまがその男を川へ投げこんで下されて。……」

赤島の舵九郎は、行徳から市川へかけて鳴らした無頼漢で、なんども小文吾はこらしめてやったから、そんなこともあったかも知れない。

「御家老さまがあなたを古那屋の小文吾さまと知ったきっかけは、そのときの私の仲間のたれかからではないかと思いますが……私ではござりません」

品七はいった。

「そのときの御恩もあり、またここにとじこめられてから拝見しているあなたさまのお人柄のおうようさが、いっそうお気の毒に思われて、是非お知らせしたいと思う心をとめられなくなりました」

「とは？」

「御家老さまが、はじめあなたをここにとじこめられたのは、あの尺八あらし山の秘密をあなたさまが船虫からきかれたのではないか、と怖れられたからでござりましょう。それにはこんなわけがあるのでござります」

品七は話し出した。

十七、八年前まで、千葉家は、兄が石浜城を持ち、弟が赤塚城を持つという二家に分かれていた。ところが兄君のほうが多病で子がなく、そこで自分の死後は石浜城を弟の自胤《よりたね》にゆだねたいと遺言した。

きいて恐慌をきたしたのは、家老の馬加大記《まくわりだいき》だ。彼は自分の城が乗っとられるように感じた。

なかんずく怖れをなした相手は、赤塚城の首席家老相原胤度《たねのり》だ。その性、剛直無比で、とうてい自分と両立してやってゆけるとは思えない。

そこで彼は、あぶら汗をながして、相原をたおす怖るべき権謀をひねり出した。そして、赤塚城の次席家老籠山逸東太《こみやまいっとうた》が、これも相原を目の上のこぶとしていることを知って、この陰謀にさそいこんだ。

大記は、主家の蔵から秘蔵の尺八あらし山をとり出して、相原胤度のところへ持参していった。

「相原どのには、長らく不仲であられた管領方と公方《くぼう》殿が、ちかいうちおん和睦《わぼく》のことがあるという風聞があることを御存知か。――われわれの千葉家は管領方でござるが、さてこのおん和睦が実現すると、当家としては今後甚だ公方殿に具合が悪い。その前に公方家に何か手を打っておいたほうがよくはないか――と、殿が仰せでござる」

「なるほど」

「そこで石浜城秘蔵のこの名笛あらし山を、公方さまに献上したい。しかし兄の石浜のほうから公方さまに献上すれば、いまのところ管領家にこれまた都合が悪い。そこで、弟の赤塚のほうから、これをやってくれまいか――との仰せでござる」

「なるほど、さもあらん」

鎌倉の管領家と、古河の公方家のあいだにあって、いずれの陣営に属するか、ということは関東諸豪族のもっとも腐心するところであったから、相原胤度は、馬加大記のいうところをよく了解し、かつ賛成した。

相原はこのことを主君の自胤にはかった。

自胤も大いに同感し、あらし山に加えて、赤塚城秘蔵の名剣小笹《おざさ》・落葉《らくよう》も加えたらよかろう、といった。

ひそかに古河に打診すると、公方家のほうではよろこんで受けいれるという。

相原胤度《たねのり》が、十人あまりの供をひきいて、これらの名器を三つの桐箱《きりばこ》にいれ、赤塚城を出発したのは、それから数日ののちであった。

と、そのあとに馬加大記は赤塚を訪れた。あるじの自胤は、兄君のご意向により、あらし山を古河に献上すべく、けさ相原が出発した、と話した。

するど大記は愕然《がくぜん》たる表情になっていった。

「さようなことは、拙者存じ申さぬ。あの尺八は、相原どのが是非ともこちらの殿の御《ぎょ》見《けん》にいれたいから、一両日ご貸与下されたいとの話でお貸し申しあげたものでござる。石浜の重宝たるものを、御令弟たる御当家なら知らず、他家へ献上など――まったく意外千万、それどころか拙者の責任となりまする!」

自胤は仰天した。

「まさか、あの相原が――」

大記はただならぬ表情でいった。

「そうときいて、思いあたることがござる。あの仁は、このごろひそかに古河に通じておる、という忍びの者の報告も受けております。されば先日面談のさい、拙者より遠まわしに諫言《かんげん》しておきましたが、それが図星であの仁ほぞをかため、名器を土産に古河へ走ったものに相違ござりませぬ!」

自胤は狼狽《ろうばい》し、次席家老の籠山《こみやま》逸東太を呼んで、至急相原を追い、右の事実まことかどうか糺明《きゅうめい》し、相原の逆心分明にして抵抗に出るならば、やむを得ぬ、討ってとれ、と命じた。

籠山逸東太は、五十騎あまりをひきいて追跡した。

彼はまだ三十前後の若さで、軽率だが、腕だけは千葉家切っての使い手であった。

そして、もう、八、九里もいっていた相原一行を、夕暮れ、杉戸という松並木でつかまえた。

「城に大事が起こった。すぐに引き返せとの仰せでござる！」

と、呼ばわりながら近づき、けげんな顔で迎える相原胤度を、

「御上意じゃ！」

と、いきなり、けさがけに斬《き》った。

それから、あまりのことに、ただ混乱する相原の供侍《ともざむらい》たちを、この場でみな殺しにしてしまった。

ここまでは、馬加と共謀し、万事のみこんだ籠山逸東太の計略通りであった。あとは、相原が逆心をあらわにして抵抗したから上意討ちにした、と報告すればいいのである。

しかるに、この騒動が終わってみると、例の三つの箱に入っていたはずの名笛、名剣が、どこへ消えたか箱ごとない。

相手方はみな殺しにし、味方で行方不明になった人間はいないのに、だれひとりとしてそのゆくえを知るものがない。

そういえば――このさわぎの間、松並木の下にすくんでいた頰《ほお》かぶりの男女があったが――と、だれかいい出して、さては？　と色めきたったが、あとの祭りだ。

籠山逸東太は、配下に下知して、その男女の捜索に狂奔し、ついに発見することができず、面目なさに、そのまま、これまたゆくえをくらましてしまった。

思うに彼は、相原を罠《わな》にかけた自分がまた罠にかけられたことを知り、このまま城に

帰った場合の自分の運命を知っての逐電であったに相違ない。

まもなく、石浜城のあるじは死去し、弟の自胤が乗りこんだ。両千葉は合体したが、両家合わせて三人いた家老はただ一人となった。

馬加大記は、相原一族もみな殺しにしてしまった。

おまけに、籠山につながる侍たちも、ことごとく左遷した。

千葉自胤は石浜城に乗りこんだものの、以前からの赤塚城の勢力をまったく失ってしまったわけである。しかも彼は、なお、石浜の名笛あらし山を失った責任は自分にもある、と信じこんで、それ以来馬加大記に頭があがらない。

いまや、千葉の領内の実質上の支配者は馬加大記である。

六

「ふうむ。……」

きいて、小文吾はふとい溜息《ためいき》をついた。

「馬加大記どのとは、そんなひとであったか。……」

「いまにして思えば、その尺八と刀を盗んでにげたのは、あのかもめじりの並四郎と船虫という夫婦、それも馬加さまのおさしずでござりましょうが、あの両人、なかなかの悪党で、謝礼の話がくいちがったか、馬加さまの手をかんで姿をくらましたものと見えます。それがこのたび突然あらわれたので、馬加さまもあわてられ、いったん代官所につかまった船虫を連れ出したにせ役人たちは、馬加さまの手によるものと思われます」

品七はいった。

「でございますから、はじめあなたさまをここへとじこめたのは、あなたがどこまであらし山という笛の秘密をご存知なのか、疑心暗鬼にかられてのことと思われますが、そのうちこの不安はとけても、なおここにとどめておかれるのは……おそらく、みるからに武勇のお人と見えるあなたさまを、馬加さまが御自分の手勢に加えたいと望んでのことでございましょう」

「馬鹿な」

小文吾は厚い肩をゆすった。

「そういえば、ここへきて、しばらくしてから馬加《まくわり》がやってきて、当家へ奉公せぬかとすすめたことがあったが、ことわった」

「御当家というより、おそらくそれは自分に、ということでございましょう」

「ところで、品七さん、お前さんはどういう筋でそんなことを知り、どういうわけでおれにそんなことを話してくれたのだ？」

「私はいま申した籠山《こみやま》さまのさる御腹心の方の馬の口取りをしておりましたので、それがこの石浜のお城にきてから、主人はつまらない罪で切腹を余儀なくされ、私は牢番《ろうばん》に落とされ、そしてあなたさまがおいでになってから、そのお世話役を命じられたものでございます」

　品七は、しわだらけの顔をあからめた。

「馬加さまも私の素性など気づかれぬほど、いやしい身分のものでございます。けれど、そういうわけでもとの主人の消息によく通じておりました。主人は籠山さまのおためと信じて、相原さまを襲った一党にも加わり、実は私もお供をしました。それがどうやら馬加さまの罠《わな》であったらしい、とはその後、長年の間、同じように身分を落とされた仲間たちと話し合っているうちにわかってきたことでございます」

「なるほど」

「なにしろ、十七、八年も昔のことでございます。それ以来、私はどうせそんなしがない運に生まれついたものと観念して、牢番で過ごして参りましたが、あなたさまのお世話をすることになって、ああ、このお方を、あの馬加さまの一味にしてはいられない、と思い、また馬加さまがこのごろいよいよ怖ろしいことを考えておられるのではないか、と思うにつけて、ますますその思いにかられ、勇気を出して、こんな話を申しあげたものでございます」

「馬加どのが――いよいよ怖ろしいこととは?」

「ああいや。それは申せませぬ。いま……私の口からは申せぬほど怖ろしいことでございます」

　品七は手をふった。

「それで……籠山という人は、その後ゆくえは知れぬのか」

「はい、それっきり……」

「籠山は自業自得として……相原胤度《たねのり》という人は気の毒だな、一族みな殺しか」

「はい、ただ一人、お妾《めかけ》が生まれ故郷の相州のほうへ逃げた、とか聞きましたが」

この奸悪《かんあく》無比、悲惨無比の話をきいている間、遠くから笛、鼓、女の歌声が風にのってながれてきていた。数日前から、馬加大記が呼んで、そのまま泊めている旅芸人、女《おんな》田楽《でんがく》の一行のものにちがいなかった。

「品七さん、どうだ、刀を一本世話してくれぬか」

と、小文吾はいった。

「逃げられるおつもりでござりますか」

「うむ、そうときいては、一刻も早くここを出たいが、同時に馬加が、容易に出してくれる人物でないこともわかった」

「左様でござります。ここは御家老のお屋敷ながら、幾重にも塀を重ね、堀さえめぐらし、特にこの離れには監視の眼がひかっております」

「それはわかっておるが、そうならいっそうのこと、刀の一本くらいなけりゃ、おれでもどうしようもない」

「この離れに、刀一本かくすところはございません。見つかったら、私の首がとびます」

品七は手をふった。

「私は、あなたさまにそんなことをしていただくために、いまのような話をしたのではございませぬ。ただ、馬加大記というお方が、どんなお人か知っていただきたかったためで……」

と、いって、しかし品七は、火をつけておいて水をかけるような自分の言い分に矛盾を感じたのだろう。

「いや、よろしうございます。あなたさまが、いつまでもここにおられてよろしくないことは存じております。そのうち、私がようすを見て、ここを逃げられる、と見たとき、刀をおとどけいたしましょう」

と、うなずいた。

やがて品七は、正気にもどったように、あわただしく立ち去った。

あと見送って、小文吾は心中につぶやいた。

「ああ、天は声なくして、人をして語らしむ、か」

ところが、それっきり、品七は姿をあらわさない。

その翌日からは、能面のような顔をした別の男が代わって、食事その他の世話をする。

品七爺《じい》はどうした、と、きくと、食物にあたったらしく寝こんでいる、という。

七日ほどして、夕刻、また別の——これは相当の身分のものと見える侍が三人やってきて、

「犬田どの、どうぞこちらへござれ」

と、にこやかにいった。

「どこへ？」

「当邸内の一角に、ちょうど隅田川に面し、対牛楼《たいぎゅうろう》と申す建物がござる。そちらへ」

「何をしに」

「ただいま御家老さまには、女田楽一座を呼んでご酒興中で――それを犬田どのにもごらんにいれたい、かつは酒くみかわしつつお話もあるとのことで――」

何をいうか、もういちどきいてやろう、という気になった。

やがて、そこへみちびかれる小文吾の左右と背後に、三人の侍はぴったりくっついている。

「品七老人の病気はなおりましたか」

庭を歩きながら、小文吾がさりげなくきくと、

「品七？　ああ、あれは三日前に死におった」

と、右の男が答えた。

左の男が、肩に舞いおちた葉を一枚はらい落して、

「はからずも見つかった枯葉一枚、目ざわりとなるものを掃きすてるよい機会じゃったわ」

と、ふくみ笑いをしていった。

小文吾は息をのんだ。いつのまに知られたか、品七は消されたのである。

七

　対牛楼は、母屋から長い渡殿《わたどの》によってつながれた先の、善美をつくした大きな建物であった。

　初夏のことで、窓の障子をあけはなち、そこから広い碧《あお》い隅田川やそこをゆく舟が見え、そのかなたに、夕陽《ゆうひ》がかすんで、牛のように臥《ふ》す牛島《うしじま》、柳の糸のような柳島《やなぎしま》、さらに葛西《かさい》の村々のけぶりまで見える。対牛楼とは、牛島に対す、という意味だろう。

　そこの大広間に、侍たちが膳《ぜん》をならべていながれ、正面には馬加大記が、廿歳《はたち》くらいの若侍とともに、七、八人の女にかこまれて盃《さかずき》を手にしていた。それをまた何重かの半円をえがいて、ことごとく元力士ではないかと思われるような男たちが座って、これも酒をのんでいる。

「やあ、豪傑御入来」

　大記は笑顔で迎えて、一間ばかりおいたところにある円座をさした。

「この絶景――それにこれからの女田楽、是非ともおぬしに見せとうてな」

　小文吾は、狐につままれたような顔でそこに座る。

　すぐに眼の前に、山海の珍味が、女中の手で運ばれて、大盃に酒がつがれる。

「旅の田楽師一行の前で、毒飼いはせぬ。安心して、のむがいい」

と、いったとき、一方のふすまがひらかれて、そこに能衣裳《のういしょう》に似てはるかにきらびやかな装束《しょうぞく》の女たちが、二、三十人もいながれているのが見えた。手に手に鼓、大鼓、笛、鉦《かね》、サラサなどを持っているが、琵琶《びわ》をかかえたものも三人ばかりいる。

「ま、景色はともかく、まず、女田楽を見い。田楽のほかに、くぐつまわし、からてづま、また竹の一本立ち、綱わたりのかるわざなど、いろいろやるが、なんど見てもあきないのは、これから見せるあさけのの舞いじゃ」

大記の言葉も終わらぬうちに、一座の座長と見える女が、口上をのべはじめた。

「これは星月夜鎌倉下り、名を、あさけの、と呼ばるる咲きもそろわぬ初花に、ふりそそぐ雨の足拍子、扇の風の手ごとのひまに、いささかあやまつことありとも、どうぞおん目ながに、見そなわしたまわらんと、こいねがいたてまつる。——」

まんなかあたりから、女がひとりしずかに立ちあがった。

たかだかとゆいあげた髪に、桃をかたどった白銀のかんざしが一本、横ざしになっている。

縫い箔《はく》したふりそでの着物に、はば広の帯を背にふっさりと結んで、手に扇を持って立った女は、年のころ十七、八であろうか。

美少女としての清純さはもとよりだが、それと匂《にお》いあう妖艶《ようえん》さは何としたことか。もう何日も見ているはずの馬加の家来たちが、いっせいにどよめきをあげ、小文吾もまた心中にうなり声を発したほどであった。

銀のすずをふるような声で、あさけのは歌いはじめ、舞いはじめた。

都恋しや賀茂川《かもがわ》の
水はふたたび澄むものを
五条わたりを車が通る
誰《た》そと夕顔　花ぐるま

…………


男ばかりではない。あちこち、ふすま障子をあけて、若党女中のたぐいまで、おしあいへしあいでのぞいて、酔ったように見とれている。

さすがに馬加大記だけが、小文吾に眼をもどして話しかけた。

「どうじゃ、小文吾、その後考えたか」

「何を？」

「いつぞや、御当家に仕官せぬかと申したことだ」

「いや、べつに」

小文吾は首をふった。

この間、器楽は交響し、扇を持ったあさけのの舞いはつづいている。

「もういちどいう。当家に奉公すれば、おぬしに葛西のうち半郡を与えてもよいとさえ思っておるぞ」

と、大記はつづけた。

「当家と申すは、千葉家ではない。この馬加家にという意味だ」

「…………」

「ずばり、いおう。いまのあるじ自胤《よりたね》さまはその性暗愚、このままならばいずれそのうち隣国のためにお国を失われよう。さればわしは、将来はこの子にあとをつがせようと思っておる」

と、あごでそばの若侍をさした。

みるからに驕慢《きょうまん》な、大記そっくりの青年であった。それが大記の一子鞍弥吾《くらやご》であることを、小文吾もすでに知っている。

「それには多少の血を流さねばならん事態になるじゃろう。そのために、わしはおぬしの武勇がほしいのじゃ」

大記の眼はすでに殺気をたたえている。

「きいてくれれば、もう一つ、ほうびをつけ加えよう。しかも、いまただちにだ」

と、彼はいった。

「女田楽一行は、明朝去ることになっておる。が、もしおぬしが望むなら、あのあさけのという娘、あれを残しておぬしにくれてやるぞ」

「父上」

と鞍弥吾が口をとがらせた。

「それは、いくら何でも」

あさけのを小文吾に与える、といったのに気色《けしき》ばんだようだ。

「黙っておれ」

大記はこわい顔をして叱《しか》りつけた。

「それで、われらの味方にならぬか、どうじゃ？」

「馬鹿なことを」

小文吾は吐き出すようにいった。

「犬田小文吾は、忠信の犬になっても、乱離の人とはならん」

「なんじゃと？」

「馬加どの。……あなたは、相当以上に悪いお方ですな」

大記が目くばせし、すぐ近いところで、三、四人の家来がすっと立った。

このとき、舞いながら、あさけのがながれるように近づいてきた。うしろは、代わって十人あまりの女たちがすすみ出て、群舞となっている。

おそらく、踊りの手順がそうなっているのであろうが——あさけのが、扇を休め、踊りをあとにゆずって、スルスルとそばに寄ってきたのである。

一触即発の気は凍結した。

「まあ。……いままでに見たこともない男らしい殿御《とのご》」

あさけのは座って、小文吾のそばへいざり寄った。

「あたしゃ、さっきからウットリ見とれておりましたわいな」

小文吾はもとより、大記以下、みなどう反応していいか、思考停止の状態でこの踊り子を見まもっている。いや、その言葉の如何《いかん》より、そばに近づけば近づくほど、この妖《よう》艶《えん》さに対しては、男はなんぴとも思考停止の状態にならざるを得ない。

「犬田小文吾さまとおっしゃいますか。いま御家老さまが、私をあなたにくれてやると仰せられ、あなたさまはそれをニべもなくはねつけられましたが……私がおいやですか」

なお数呼吸、黙りこんでいて、

「きさまは！」

と、馬加大記が、かっと眼をむいてさけんだ。

小文吾も唖《あ》然《ぜん》としている。この踊り子は、この音楽の交響の中で、いまあそこで舞いながら、それどころか本人も歌いながら、こちらの話をきいていたのか？

「まあ、こわい顔」

あさけのは艶然と笑い、大記に向かって、

「御家老さま、このお方を私に下さいまし。私から、じかにくどきますゆえ、あした、もういちど逢《あ》わせて――」

と、いって、立ちあがり、ふたたび扇をひらいて、舞いながら群舞のほうへもどっていった。

「手品使いの女とは知っておったが……奇態なやつ」

あと見送って、なおきつねにつままれたように大記はつぶやき、やっとわれにかえって、

「立て」

と、小文吾にあごをしゃくった。

小文吾はこのとき、しかし背後に三人の侍が近づいて、いずれも短刀をぬきはらったのを知った。彼自身は無手だ。

小文吾が立つと、送り狼はさらに三人加わった。いずれも小文吾にまさるとも劣らぬ大兵《だいひょう》の壮漢であった。

彼はもとの離れにもどって寝た。

一夜中、そのまわりで、数人ずつの侍が交替でにらみつけていたようだが、しかし小文吾は平生《へいぜい》のごとく悠々と眠った。

八

あくる日。

私からじかにくどきますゆえ、あした、もういちど逢《あ》わせて――と、あの女はいったが、夕方になっても、そんな気配はなかった。もっとも、そんなことはあてになる言葉

ではないが。――

しかし、馬加大記の謀叛《むほん》加担のすすめを自分は拒否した。その前に、自分があの品七老人から大記の積悪をきいたことも知っているはずだ。とうてい無事にすむはずがない。

――にもかかわらず、そのほうからの死の命令も来なかった。

小文吾を監視している六人の侍たちも、混迷《こんめい》におちいっていたらしい。彼らの私語から、小文吾が推察したところによると。――

女田楽の一行は昼前までにこの屋敷を去ったという。しかし、あさけのは一人残ったという。

大記がそれを命じたといい、また、あさけのがそれを望んだともいう。侍たちにもよくわからないらしい。大記が、あさけのを不審に思ってとめたというのならわかるが、あさけのが一人残ることを望んだというのはよくわからない。

さらに、夕《ゆうべ》に至って、大記父子、またその家来たちが、対牛楼で、どうやらあさけのを相手にまた酒宴をひらいたようすであったのは、いよいよもって不可解だ。

笑い声や酒歌のどよめきは夜半までつづいた。小文吾は眠った。

そして、何刻ごろであったろうか。

小文吾は、見張りの武士たちのさわぐ音に眼をさました。「なんだ？」「どうしたのだ？」「とにかく、二人ほど、いって見い！」そんな声とともに、だれか駈《か》け出していったようだ。

すると、遠い――たしか対牛楼のほうで、絶叫と刃の打ち合うひびきが聞こえた。いや、それはさっきから、ずっとつづいているらしいあんばいであった。

しばらく、ぶきみな静寂がおちて、また身の毛もよだつ悲鳴が尾をひいてきた。

だれか、庭をこちらへ走ってきた。

また二人の侍がそちらへ駈けていったが、庭のすぐそこで、二、三度刃の打ち合う音がして、大地へころがる地ひびきが聞こえた。

小文吾は身を起こし、のっそりと外へ出た。外は薄明だ。

その夜明けの光の中にしずしずと歩いてくる影を見て、さしもの小文吾も眼を見ひらいた。

まげはとけて、背にたれている。女衣裳《おんないしょう》のすそはまくりあげられて、白い二本の足がむき出しになっている。全身は朱《あけ》に染まっている。手の白刃から血がしたたっている。――

それはまさしく、女田楽師の踊り子、あさけのの凄惨壮美《せいさんそうび》の姿であった。

まだ残っていた二人の侍はちらっと小文吾を見たが、もはやこちらにかまう余裕のあるべくもなく、何かわからぬさけび声をあげてそちらへ駈《か》け向かったが、すでにこれは魔界にさまよいこんだ夢遊病者のようで、たちまち左右に斬《き》りたおされた。

「二十七人」

と、いって、あさけのは、にいっと白い歯を見せた。

それが、彼女が斬った人間の数だとは、小文吾はしばらくのちに知ったことである。

「お助けにきました。犬田小文吾さま」

と、あさけのは笑った。

呆然《ぼうぜん》とつっ立ったままの小文吾は、やっと声を出した。

「どうして……どうして、おれを？」

「あなたに惚《ほ》れたから」

「馬鹿な……人を殺してまで、見知らぬおれを――」

「殺した男は奸物《かんぶつ》です。その奸物の誘惑を、あなたはキッパリおことわりになりました。正しい人は助けなくてはなりません」

きのうの馬加大記との問答を、耳にいれていたとみえる。あの踊りと、みずからの歌の中で、あれをきいたとは――小文吾も驚倒せざるを得ない。そもそもこれは、この世の娘か。

小文吾をさらに驚倒させたことは、次に起こった。

「もっとも、あなたをお助けするのは、ゆきがけの駄賃です」

いたずらっぽく、あさけのはくすっと笑い、

「私は、父と一族のかたき馬加大記とその一党、合わせて二十七人、みな殺しにしました」

と昂然《こうぜん》と白いあごをあげた。

「父のかたき？　そなたは、何者だ？」

「十七年前、馬加大記の罠《わな》にかかって殺された相原胤度《たねのり》の一子、犬坂毛野《いぬざかけの》。——」

若々しいが、声はあきらかに男性のものに変わっていた。

——ああ、あさけのは美少女ならず、美少年であったのだ！

「おう、相原胤度どののことは、さる男からきいたことがある」

と、小文吾はさけんだ。

「しかし、一族みな殺しの目にあったときいたが。——」

「や、ご存知か。されば、馬加のためにまさしく一族みな殺しとなったが、ただ一人、側室であった私の母が、故郷相州足柄郡《あしがらごおり》の犬坂村という山里にのがれ、そこで生み落としたのが拙者です」

と、あさけのは——いや、犬坂毛野はいった。

「やがて母は、生きるために女田楽《おんなでんがく》のむれにはいり、私はその中で育てられた。手品やかるわざ、踊りの芸はそこでおぼえたが、十三のとしに母は死んだ。それまでにきかされた馬加大記の悪逆への復讐《ふくしゅう》の望みは、私を武芸への修行にかりたてた。——その復讐のときが、今夜きたのだ。よろこぶべきか、恥ずべきか、女にまがうといわれたこの顔を利して私は女に化け、いま馬加大記をはじめその倅鞍弥吾《せがれくらやご》その他一族、おもだった家来どもを酔いつぶさせて、ことごとくあの対牛楼で討ち果たした」

酔いつぶさせて——と、いったが、さっき聞こえた刃のひびきや彼の凄壮《せいそう》な姿から、それらの人数がすべて大根のように斬《き》られたわけではないことがわかる。

そして、対牛楼ではまた混乱の声が起こっていた。駈《か》けつけた侍たちが、算をみだした大惨劇を発見した声にちがいない。

「いや、ここでこんな話をしているいとまはない」

と、毛野はいった。

「逃げましょう。私には、まだ討たねばならぬもう一人のかたき――直接父を手にかけた籠山逸東太という男が残っているのだ。――さいわい、ここに逗留《とうりゆう》中、この屋敷の中はくまなく調べた。こちらへ！」

彼は先に立って走り出した。

斬《き》りたおされた侍から刀を拾って、小文吾もそのあとを追った。

とある塀をのりこえ、だれもいない木戸を通り、木々のあいだをすりぬけて、堀に達した。

すでに、いま彼らが去った離れのほうでどよめきがあがっている。

堀はひろく、七間ほどもあった。

毛野は、腰に用意していたかぎ縄の輪をとり出し、一端をこちらの木の根に結びつけ一端を対岸の木に投げた。これを二度くりかえすと、堀の上に二すじの縄が張られた。

「さ」

うながされても、さすがの小文吾も、これをどうしてわたるのか、と、ためらっているいると、犬坂毛野は、自分より乳から上も大きい小文吾をぐいと背負って、二条の縄の上を綱わたりしはじめた。

こうなっても、なお美少女、といいたいような犬坂毛野が。――

いのししを鉄拳《てっけん》でなぐり殺すほどの小文吾も、まるで幼児あつかいだ。

九

すでに夜はしらじらと明けている。

彼らが隅田川の河原についたとき、しかし背後でおびただしい馬のひづめの音が聞こえた。

このあたり、身をかくすものもなく、また、わたるべき舟もない。

――と、千住《せんじゅ》の方角から、柴《しば》をつんだ舟が一そうやってきたが、むろんこちらに着くはずもなく、下流のほうへすべってゆく。

「おおい、その舟、かりたい」

小文吾は呼びかけ、乗っている男たちはこちらを見たが、知らぬ顔をしている。

二人は、それに沿って、一町ばかりも走った。

その舟との間が、たまたま五間くらいの距離になったとき。――

「まず、私があれをとめましょう」

うなずくと犬坂毛野は、河原を助走し、その距離の水の上を飛燕《ひえん》のごとく翔《と》んで、柴《しば》舟《ふね》へ乗り移った。

舟の上で格闘が起こり、二、三人の男が河の中へ蹴落《けお》とされた。

が、その間にも舟はながれ、みるみる下流へ消えてゆく。

小文吾には、いくら何でもそんな超人的な跳躍力はない。

と、背後に遠く馬影のむれが浮かびあがると、こちらを指さし、いっせいに河原の石を蹴ちらして殺到してきた。

このとき、上流からまた一そうの船が——荷をいっぱいつんだ、さっきのものよりひときわ大きい船がやってくるのが見えた。

小文吾は河へとびこみ、ぬき手をきって泳ぎ出した。

その船へ泳ぎつき、ふなべりに必死の手をかける。驚きさわぎつつ、二、三人の舟方が櫂《かい》をふりあげたとき、

「やれ待て、行徳の小文吾さまではござりませんか？」

と、あわててとめた者がある。

小文吾は、この船が市川の犬江屋《いぬえや》のもので、それが犬江屋に使われていた船頭の一人依介《よりすけ》という男であることを知った。

このとき、追跡隊は、もうはるか遠い河原の水際にかたまってもみあっているばかりであった。

ともかくも小文吾は危地を脱した。

もう犬坂毛野の乗った舟の影は見えない。――小文吾にとって、あの美少年は、一陣のはやてとともに飛び去った一片の妖《あや》しい花びらのような印象を残した。

――この船上で小文吾は、依介から、故郷のその後のことをきいた。

去年六月、彼らが大塚へ去ってから十日ばかりたっても帰ってこないので、修験者《しゅげんじゃ》の一人、大法師《ちゅだい》が、安否をさぐりに旅立ったこと。

そのあと、犬江屋の妙真が、悪党赤島の舵九郎におどされ、幼児親兵衛《しんべえ》を抱いてもう一人の山伏とともに市川をのがれようとしたが、その途中待ち伏せしていた舵九郎らに襲われたこと。

そのとき一陣の風とともに化け物のように大きい馬が現れて、舵九郎は蹴殺《けころ》されたものの、親兵衛はその馬にくわえられて、どこかへ消えてしまったこと。

その後、妙真は山伏《やまぶし》にすすめられて、安房へいったこと。

そして、小文吾の父文五兵衛《ぶんごべえ》は病んで、この二月十五日にこの世を去ったこと。――

これらの話をきいて、小文吾の胸にひしめいた驚きや悲しみの波はいうまでもない。

こうして彼は行徳に帰った。

父の墓に何日か詣《もう》でた。

そして、そのあと、また彼は旅立った。

去年荒芽山で別れ別れになった犬士たち、また、まだ相見ぬ犬士を求めて。――彼は、すでに相見た人間の一人が宿命の同志であることを知らなかった。

本書は、平成元年十一月に小社より刊行した文庫を改版したものです。なお本文中には、乞食、牧童あがりの卑賤、人非人、素町人、やぶにらみ、すが目、狂気、びっこ、きちがい、低能など、今日の人権擁護の見地に照らして使うべきではない語句や表現がありますが、作品全体として差別を助長するものではなく、作品舞台の時代背景や発表当時（昭和五十七年）の社会状況、著者が故人であることなどを考えあわせ、原文のままとしました。

（編集部）

八犬伝《はつけんでん》　上

山田風太郎《やまだふうたろう》

平成元年 11月25日　初版発行
令和 4 年 11月25日　改版初版発行

発行者●山下直久

発行●株式会社KADOKAWA
〒102-8177　東京都千代田区富士見2-13-3
電話　0570-002-301（ナビダイヤル）

角川文庫 23405

印刷所●株式会社暁印刷
製本所●本間製本株式会社

表紙画●和田三造

●お問い合わせ
https://www.kadokawa.co.jp/（「お問い合わせ」へお進みください）
※内容によっては、お答えできない場合があります。
※サポートは日本国内のみとさせていただきます。
※Japanese text only

ISBN 978-4-04-112343-0　C0193

◇◇◇

角川文庫発刊に際して

角川源義

第二次世界大戦の敗北は、軍事力の敗北であった以上に、私たちの若い文化力の敗退であった。私たちの文化が戦争に対して如何に無力であり、単なるあだ花に過ぎなかったかを、私たちは身を以て体験し痛感した。西洋近代文化の摂取にとって、明治以後八十年の歳月は決して短かすぎたとは言えない。にもかかわらず、近代文化の伝統を確立し、自由な批判と柔軟な良識に富む文化層として自らを形成することに私たちは失敗して来た。そしてこれは、各層への文化の普及滲透を任務とする出版人の責任でもあった。

一九四五年以来、私たちは再び振出しに戻り、第一歩から踏み出すことを余儀なくされた。これは大きな不幸ではあるが、反面、これまでの混沌・未熟・歪曲の中にあった我が国の文化に秩序と確たる基礎を齎らすためには絶好の機会でもある。角川書店は、このような祖国の文化的危機にあたり、微力をも顧みず再建の礎石たるべき抱負と決意とをもって出発したが、ここに創立以来の念願を果すべく角川文庫を発刊する。これまで刊行されたあらゆる全集叢書文庫類の長所と短所とを検討し、古今東西の不朽の典籍を、良心的編集のもとに、廉価に、そして書架にふさわしい美本として、多くのひとびとに提供しようとする。しかし私たちは徒らに百科全書的な知識のジレッタントを作ることを目的とせず、あくまで祖国の文化に秩序と再建への道を示し、この文庫を角川書店の栄ある事業として、今後永久に継続発展せしめ、学芸と教養との殿堂として大成せんことを期したい。多くの読書子の愛情ある忠言と支持とによって、この希望と抱負とを完遂せしめられんことを願う。

一九四九年五月三日

角川文庫ベストセラー

山田風太郎ベストコレクション
甲賀忍法帖
山田風太郎

400年来の宿敵として対立してきた伊賀と甲賀の忍者たちが、秘術の限りを尽くして繰り広げる地獄絵巻。壮絶な死闘の果てに漂う哀しい慕情とは……風太郎忍法帖の記念碑的作品！

山田風太郎ベストコレクション
虚像淫楽
山田風太郎

性的倒錯の極致がミステリーとして昇華された初期短編の傑作「虚像淫楽」。「眼中の悪魔」とあわせて探偵作家クラブ賞を受賞した表題作を軸に、傑作ミステリ短編を集めた決定版。

山田風太郎ベストコレクション
警視庁草紙 (上)(下)
山田風太郎

初代警視総監川路利良を先頭に近代化を進める警視庁と、元江戸南町奉行たちとの知恵と力を駆使した対決。綺羅星のごとき明治の俊傑らが銀座の煉瓦街を駆けめぐる。風太郎明治小説の代表作。

山田風太郎ベストコレクション
天狗岬殺人事件
山田風太郎

あらゆる揺れるものに悪寒を催す「ブランコ恐怖症」である八郎。その強迫観念の裏にはある戦慄の事実が隠されていた……表題作を始め、初文庫化作品17篇を収めた珠玉の風太郎ミステリ傑作選！

山田風太郎ベストコレクション
太陽黒点
山田風太郎

〝誰カガ罰セラレネバナラヌ〟――ある死刑囚が残した言葉が波紋となり、静かな狂気を育んでゆく。戦争が生んだ突飛な殺意と完璧な殺人。戦争を経験した山田風太郎だからこそ書けた奇跡の傑作ミステリ！

角川文庫ベストセラー

伊賀忍法帖
山田風太郎ベストコレクション
山田風太郎

自らの横恋慕の成就のため、戦国の梟雄・松永弾正は淫石なる催淫剤作りを根来七天狗に命じる。その毒牙に散った妻、篝火の敵を討つため、伊賀忍者・笛吹城太郎が立ち上がる。予想外の忍法勝負の行方とは⁉

戦中派不戦日記
山田風太郎ベストコレクション
山田風太郎

激動の昭和20年を、当時満23歳だった医学生・山田誠也（風太郎）がありのままに記録した日記文学の最高峰。いかにして「戦中派」の思想は生まれたのか？　作品に通底する人間観の形成がうかがえる貴重な一作。

幻燈辻馬車 (上)(下)
山田風太郎ベストコレクション
山田風太郎

華やかな明治期の東京。元藩士・干潟干兵衛は息子の忘れ形見・雛を横に乗せ、日々辻馬車を走らせる。2人が危機に陥った時、雛が「父（とと）！」と叫ぶと現われるのは……風太郎明治伝奇小説。

風眼抄
山田風太郎ベストコレクション
山田風太郎

思わずクスッと笑ってしまう身辺雑記に、自著の周辺のこと、江戸川乱歩を始めとする作家たちとの思い出まで。たぐいまれなる傑作を生み出してきた鬼才・山田風太郎の頭の中を凝縮した風太郎エッセイの代表作。

忍法八犬伝
山田風太郎ベストコレクション
山田風太郎

八犬士の活躍150年後の世界。里見家に代々伝わる八顆の珠がすり替えられた！　珠を追う八犬士の子孫たちに立ちはだかるは服部半蔵指揮下の伊賀女忍者。果たして彼らは珠を取り戻し、村雨姫を守れるのか⁉

角川文庫ベストセラー

山田風太郎ベストコレクション
忍びの卍
山田風太郎

三代家光の時代。大老の密命を受けた近習・椎ノ葉刀馬は伊賀、甲賀、根来の3派を査察し、御公儀忍び組を選抜する。全ては滞りなく決まったかに見えたが……それは深謀遠大なる隠密合戦の幕開けだった！

山田風太郎ベストコレクション
妖説太閤記 (上)(下)
山田風太郎

藤吉郎は惨憺たる人生に絶望していたが、信長の妹・お市に出会い、出世の野望を燃やす。巧みな弁舌と憎めぬ面相に正体を隠し、天下とお市を手に入れようとするが……人間・秀吉を描く新太閤記。

山田風太郎ベストコレクション
地の果ての獄 (上)(下)
山田風太郎

明治19年、薩摩出身の有馬四郎助が看守として赴任した北海道・樺戸集治監は、12年以上の受刑者ばかりを集めた、まさに地の果ての獄だった。薩長閥政府の功罪と北海道開拓史の一幕を描く圧巻の明治小説。

山田風太郎ベストコレクション
魔界転生 (上)(下)
山田風太郎

島原の乱に敗れ、幕府へ復讐を誓う森宗意軒は忍法「魔界転生」を編み出し、名だたる剣豪らを魔人として現世に蘇らせていく。最強の魔人たちに挑むは柳生十兵衛！ 手に汗握る死闘の連続。忍法帖の最大傑作。

山田風太郎ベストコレクション
誰にも出来る殺人／棺の中の悦楽
山田風太郎

アパート「人間荘」に引っ越してきた私は、押し入れの奥から1冊の厚いノートを見つけた。歴代の部屋の住人が書き残していった内容には恐ろしい秘密が……ノワール・ミステリ2編を収録。

角川文庫ベストセラー

夜よりほかに聴くものもなし
山田風太郎ベストコレクション
山田風太郎

五十過ぎまで東京で刑事生活一筋に生きてきた八坂刑事。そんな人生に一抹の虚しさを感じ、それぞれの犯罪に同情や共感を認めながらも、それでも今日もまた新たな手錠を掛けてゆく。哀愁漂う刑事ミステリ。

風来忍法帖
山田風太郎ベストコレクション
山田風太郎

豊臣秀吉の小田原攻めに対し忍城を守るは美貌の麻也姫。彼女に惚れ込んだ七人の香具師が姫を裏切った風摩党を敵に死闘を挑む。機知と詐術で、圧倒的強敵に打ち勝つことは出来るのか。痛快奇抜な忍法帖！

あと千回の晩飯
山田風太郎ベストコレクション
山田風太郎

「いろいろな徴候から、晩飯を食うのもあと千回くらいなものだろうと思う」。飄々とした一文から始まり、老いること、生きること、死ぬことを独創的に、かつユーモラスにつづる。風太郎節全開のエッセイ集！

柳生忍法帖 (上)(下)
山田風太郎ベストコレクション
山田風太郎

淫逆の魔王たる大名加藤明成を見限った家老堀主水は、明成の手下の会津七本槍に一族と女たちを江戸に連れ去られる。七本槍と戦う女達を陰ながら援護するは柳生十兵衛。忍法対幻法の闘いを描く忍法帖代表作！

妖異金瓶梅
山田風太郎ベストコレクション
山田風太郎

性欲絶倫の豪商・西門慶は8人の美女と2人の美童を侍らせ酒池肉林の日々を送っていた。彼の寵をめぐって妻と妾が激しく争う中、両足を切断された第七夫人の屍体が……超絶技巧の伝奇ミステリ！

角川文庫ベストセラー

山田風太郎ベストコレクション
明治断頭台
山田風太郎

役人の汚職を糾弾する役所の大巡察、香月経四郎と川路利良が遭遇する謎めいた事件の数々。解決の鍵を握るのは、フランス人美女エスメラルダの口寄せの力⁉ 意外なコンビの活躍がクセになる異色の明治小説。

山田風太郎ベストコレクション
おんな牢秘抄
山田風太郎

小伝馬町の女牢に入ってきた風変わりな新入り、竜君お竜。彼女は女囚たちから身の上話を聞き出し始め……心ならずも犯罪に巻き込まれ、入牢した女囚たちの冤罪を晴らすお竜の活躍が痛快な時代小説！

山田風太郎ベストコレクション
くノ一忍法帖
山田風太郎

大坂城落城により天下を握ったはずの家康。だが、信濃忍法を駆使した5人のくノ一が秀頼の子を身ごもっていると知り、伊賀忍者を使って千姫の侍女に紛れたくノ一を葬ろうとする。妖艶凄絶な忍法帖。

山田風太郎ベストコレクション
人間臨終図巻（上）
山田風太郎

英雄、武将、政治家、犯罪者、芸術家、文豪、芸能人など下は15歳から上は121歳まで、歴史上の著名人の臨終の様子を蒐集した稀代のノンフィクション！上巻は10代～55歳で死んだ人々324名を収録。

山田風太郎ベストコレクション
人間臨終図巻（中）
山田風太郎

英雄、武将、政治家、犯罪者、芸術家、文豪、芸能人など下は15歳から上は121歳まで、歴史上の著名人の臨終の様子を蒐集した稀代のノンフィクション！中巻は56～72歳で死んだ人々307名を収録。

角川文庫ベストセラー

山田風太郎ベストコレクション
人間臨終図巻（下）
山田風太郎

英雄、武将、政治家、犯罪者、芸術家、文豪、芸能人など下は15歳から上は121歳まで、歴史上の著名人の臨終の様子を蒐集した稀代のノンフィクション！下巻は73歳～100代で死んだ人々292名を収録。

忍法双頭の鷲
山田風太郎

将軍家綱の死去と同時に劇的な政変が起きた。それに伴い、公儀隠密の要職にあった伊賀組は解任。替って根来衆が登用された。主命を受けた根来忍者、秦漣四郎と吹矢城助は隠密として初仕事に勇躍するが……。

山田風太郎全仕事
編／角川書店編集部

忍法帖、明治もの、時代物、推理、エッセイ、日記。多彩な作風を誇った奇才・山田風太郎。その膨大な作品と仕事を一冊にまとめたファン必携のガイドブック。

薫風ただなか
あさのあつこ

江戸時代後期、十五万石を超える富裕な石久藩。鳥羽新吾は上士の息子でありながら、藩学から庶民も通う郷校「薫風館」に転学し、仲間たちと切磋琢磨しつつ勉学に励んでいた。そこに、藩主暗殺が絡んだ陰謀が。

霧笛荘夜話　新装版
浅田次郎

とある港町、運河のほとりの古アパート「霧笛荘」。誰もが初めは不幸に追い立てられ、行き場を失ってここにたどり着く。だが、霧笛荘での暮らしの中で、住人たちはそれぞれに人生の真実に気付き始める――。

角川文庫ベストセラー

長く高い壁 The Great Wall　浅田次郎

従軍作家として北京に派遣された小柳逸馬は、突然の要請で検閲班長の川津中尉と万里の長城へ向かう。第一分隊全員が原因不明の死を遂げた事件の真相を探るうち、小柳は日中戦争の真実と闇に迫ってゆく――。

大帝の剣1　夢枕獏

時は関ヶ原の戦塵消えやらぬ荒廃の世。身の丈2メートル、剛健なる肉体に異形の大剣を背負って旅を続ける男がいた。その名は万源九郎。忍術妖術入り乱れ、彼とその大剣を巡る壮大な物語が動き始める――!

大帝の剣2　夢枕獏

大剣を背にした大男・万源九郎は豊臣秀頼の血を引く娘・舞と共に江戸に向かい、徳川方に命を狙われることに。その頃、最強の兵法者・宮本武蔵や伴天連の妖術使い・益田四郎時貞も江戸に集結しつつあった……。

大帝の剣3　夢枕獏

舞を救うため、大剣を背にした大男・万源九郎は天草四郎を追う。宮本武蔵、佐々木小次郎、柳生十兵衛、真田忍群、伊賀者――追う者と追われる者、敵味方入り乱れての激しい戦いの幕が切って落とされる!

大帝の剣4　夢枕獏

万源九郎が持つ大剣、ゆだのくるす、黄金の独鈷杵、三種の神器がそろうとき、世界に何が起こるのか!? 神器を求める者たちの闘いは、異星人や神々をも巻き込み、さらに加速する! 圧倒的スケールの最終巻。